U0916968

星空

\

布面丙烯 50 cm×70 cm

萤火虫花

\

布面丙烯 40 cm×50 cm

红色沙漠

\

布面丙烯 50 cm×40 cm

红岩岭

\

布面丙烯 50 cm×40 cm

牵骆驼的人（之一）

\

布面丙烯 50 cm×70 cm

无题

\

布面丙烯 50 cm×40 cm

大西北

\

布面丙烯 50 cm×40 cm

雨

\

布面丙烯 50 cm×40 cm

要不怕

刘年 著

CTS 湖南文艺出版社

图书在版编目（CIP）数据

不要怕 / 刘年著 . -- 长沙 : 湖南文艺出版社，
2023.10
ISBN 978-7-5726-1427-9

Ⅰ . ①不… Ⅱ . ①刘… Ⅲ . ①散文集 – 中国 – 当代
Ⅳ . ① I267

中国国家版本馆 CIP 数据核字 (2023) 第 183594 号

不要怕
BUYAO PA

刘年 / 著

出 版 人 / 陈新文
责任编辑 / 苏日娜 陈漫清
责任校对 / 艾 宁
封面、内文插画 / 刘云帆
书籍设计 / 刘盼盼

出版发行 湖南文艺出版社
（长沙市雨花区东二环一段 508 号 邮编：410014）
网 址 http://www.hnwy.net
印 刷 湖南省众鑫印务有限公司
经 销 新华书店
开 本 880mm×1230mm 1/32
印 张 12.5
字 数 320 千字
版 次 2023年10月第1版
印 次 2023年10月第1次印刷
书 号 ISBN 978-7-5726-1427-9
定 价 58.00 元

目录

第四辑　不要怕

第五辑　天边的北斗七星，是永远拉不直的问号

第一辑

把摩托，骑成堂吉诃德的瘦马

独走新藏线

一

去高处。看一看，天空是否完好
需要到六千米的高处，看一看，鹰的去向
需要五千里的雪，冰镇我的焦虑

落日滚下昆仑，四野一片漆黑
继续走，就这样走，一个人走，一直走
一直走，一直走，一直走

慕士塔格，乔戈里，夏岗江
冈仁波齐，珠穆朗玛，罗波岗日，希夏邦马
每一座雪峰，都是人间的灯塔
——我的诗歌《高歌》

二

在叶城，问了七个人，只有一个人支持我走新藏线。

问题集中在五方面：

一、车排量太小，单缸，力量不够，一个达坂（高岭）下来就可能过热、拉缸；二、不是真空胎，扛不住乱石路面颠簸；三、油箱太小，高海拔、大负重、差路面的油耗比平地要大得多；四、没有同伴，万一出事，难以救援；五、高原反应（高原反应不是病，重起来时要人命）。加上失眠和拉肚子，天亮的时候，连自己都有点不支持自己了。想想，走了五十天，近万公里，才到叶城，不尝试一下，以后恐怕再难有激情和机会了。

2019 年 8 月 18 日上午 10 点 09 分，出发了。

一人，一车，一包，一箱。

三

新藏线经过昆仑、喀喇昆仑、冈底斯、喜马拉雅四大山脉。特别是万山之祖的昆仑山，长 2500 公里，据说是女娲补天、精卫填海、嫦娥奔月、共工触不周山的现场。如今，神话没有了，故事还在继续。一个女子，千里迢迢去找修路的丈夫，至今还在路边废弃的房子里等；依然是一个女子，依然是千里迢迢，找当兵的男友，下了车，跑去拥抱，中途倒下，婚礼立时变成了葬礼；两年前，在奇台达坂，两个自行车手，在帐篷里被狼吃了；几十年前，在死人沟，一个骑兵师进去，只有一个骑兵连出来……

四

库地达坂、麻扎达坂、黑卡达坂，像三个冲天的巨浪。

分别海拔 3150 米、4969 米、4909 米。

三起三伏，共 362 公里，一天到达三十里营。

后来才知道，这是新藏线最艰难的一段。

高原反应是最大的挑战，2 小时，陡升到 3000 米。

其次，路难走，盘山路长，部分路面被水毁，被重车压坏。

五

库地达坂，又名阿卡孜达坂，意思是连猴子都上不去的山岭。海拔陡升，气压反差大，会引起耳膜鼓胀，重者会耳膜破裂，需频繁做吞咽动作，消除危险。这是三个达坂中最低的，地势却最为险峻。坡陡，公路贴崖盘旋。帕米尔群山都在对面，没有树，没有雪，没有鸟，连草都很少，一眼望去，林立的山峰，或直上云霄，或深不见底，或迎面而起，或柱立天际，相形之下，修路人如蚂蚁，大货车如甲虫。在大自然面前，生命越渺小，越让人觉得悲壮；越渺小，越让人肃然起敬……我的高原反应非常明显，类似于重感冒，呼吸困难，胸口闷，头皮紧，太阳穴隐隐作痛，头脑反应迟钝，不易兴奋，没带药也没带氧气，只能硬扛。车也会有高原反应，上了 3000 米，拉力就会减一个挡。四挡的力量，只相当于平原的五挡。转弯上坡，非二挡不行，路面稍烂一点，就得一挡。还好，达坂修路，我得以在路边睡了半个小时，精神有所改观。不敢乱吃喝东西，只吃馕，喝可乐和水，很容易疲倦。过了库地检查站，又累了。睡眠比饮食都还要重要，饿一点渴一点，可以忍受，睡意一来，可能会在车上意识模糊，甚至失去意识。曾经因此出过事，所以我会强行让自己停下来休息，慢慢地就习惯了，我可以在雨中睡觉，在喧闹的篮球场边睡觉，在酷热的戈壁滩上睡觉。理智告诉我要在低海拔路段休息好，在高海拔路段才可以加速。开始选择在库地检查站后面的柳树下休息，躺了一会儿，风大而凉，没睡着。继续走，沿河上。在山崖下，找到一凹进去的平地，有点草。头顶是疏松的石头，斜坡成了石头往下滑落的通道，但只要此刻是静止的就行，总相信上天不会为难一个有诚意的行者。不揭头盔，可以当枕头，还可以防石头、防偷袭，增加几分安全感。头盔里，用面巾遮住眼睛，雨衣在最外的一层，防潮，防羊粪。睡觉最怕风和蚊虫，所以，我不让一寸皮肤裸露在外。

睡得不错，醒来已是下午 2 点，阳光很烫人。

上车，速度达到 50 迈，阳光便凉了下来。

六

一辆小货车趴在加长大货的背上，撞瘪了头。

司机凶多吉少。铁制品，是无情的。

小货车没有半点羞愧和悲伤，扭曲的铁壳，感觉还在狞笑。

我的摩托车是雅马哈 150 型，蓝色。

行程 40000 公里了，我依然对它缺乏信任。

前几天还摔过我，还爆过胎。

不过，这车有两个好处，一是省油，一箱油据说能跑 700 公里。

另外就是便宜，13800 元，扔掉不是很心疼。

我没带修车工具，自己也不会修。

想好了，再坏就扔。

七

麻扎达坂，意为埋死人的山口。

呼吸，在平时感觉不到的动作，在这里变得沉重起来。

一度，我还必须用嘴呼吸，才能获得足够的氧气。

乔戈里峰，8611 米的世界第二高峰。

攀登难度，更甚于珠穆朗玛峰，死亡率高达 26.77%。

因为透明度、雪、高差等因素，视觉在这里是不可靠的。

雪山，看起来一天可以往返。

事实上，我一生都不可能接近雪线。

为了看更多的风景，我忍不住往高处爬了十多米。

头昏脑涨，需像风箱一样，大口大声地呼吸。

每走五六步要停一下，仿佛随时都有倒下的可能。

在大自然面前，我早学会了臣服。

缓缓下来，上车，逃离。

摩托车的叫声，像一头公牛。

宽厚，悲怆。

八

沿河谷下，炒砂路，舒畅如小提琴。

夕阳从背后过来，河水金光四射，岩壁红艳如火。

有山溪将路冲断，车头扎进去，摇晃不稳，撑地的时候鞋湿了，在风中冰冷刺骨。停下来，换了袜子、雨靴。将能加的衣服都加上，再套一件反光背心，共五层衣服，四层裤子。怕风吹透，得风湿，又把内裤和面罩绑在膝盖上（因为体积蓬松，携带不便，没有带棉衣棉裤）。就着矿泉水，嚼了点馕，在河堤背面休息了一下。风大，没睡着，但精神好多了。

黑卡达坂，对于我来说，才是最难上的。20多公里的路面，全是坏的，铺着一尺多深的泥灰。卡车只能以20迈的速度前行，扬起几丈高的灰尘。开始还想超车，冷静想想，没超了。首先，灰尘里，能见度为零，对面来车，无法避让；其二，路面不平，灰尘又滑，很难掌控。万一超车的过程中，出现侧滑会被碾成肉泥。黑卡达坂公路百转回肠，我跟在一辆山东牌照的大货车后面，吃饱了灰尘。好不容易挨到山顶，天已经黑了。这时发现，车灯角度被修车师傅调低了点，只能照见20米的距离，车速也只能维持每小时40公里左右。在海拔4000多米的戈壁上，只有自己一盏车灯，像萤火虫一样，在无边无际的黑暗中穿行，有点慌起来。鬼倒不是很怕，担心的是若不能到三十里营就麻烦了，不能在野外过夜，气温低，而且有狼。肩关节疼，一只狼还不怕，一群是无论如何斗不过的。看到前面出现了车灯，连忙追上去，瞄准它的右车轮骑行，这样速度可以提升一些。速度一快，风就大，手套薄了，手指于是冷得发痛，还有寒风从领口里灌进来，禁不住猛烈地咳嗽了一阵。这点习惯还是好，无论什么样的突发意外，飞沙进眼，飞虫入耳，或者奇痒，或者大坑，我第一反应都是紧握车把，保持平衡和前进方向，不会失去对车的控制。身体疲惫，精神涣散，腰因为坐得太久，也开始酸疼起来。这时候，按常理应该停车，但环境又不允许休息。只靠意志支撑，迫使自己想一些故人和往事，那些让人兴奋或者让人心痛的人和事，当然，最多的，是想到身后的事。

死亡，会警醒自己，注意每一个细节、每一个转弯。

一次失误或疏忽，都可能危及整个行程，甚至危及生命。

沿途有很多面目全非的车辆残骸为证。

九

如果死在路上，唯一会来找我的，肯定是你。

眼泪对荒漠，毫无意义。

看啊，重型卡车碾过的塔里木河床，是我。

注视你的天狼星，是我。

隐居在沙漠里的蜥蜴，是我。

你转过身时，用风雪拥抱你的北方，也是我。

——我的诗歌《如果死在路上》

十

上了黑卡达坂后，昆仑山顿时高过了天空，

摩托车龙头也因此高过了天空。

摩托车灯像一轮明月。低处的月亮，

反倒像一盏亏电的摩托车的大灯。

星星在沥青路面闪烁，像谁撒下的一把玻璃碴。

——我的诗歌《昆仑之夜》

十一

历来不喜欢都市文明。

这次看到三十里营的街灯时，我感觉到了温暖。

晚 11 点抵达，362 公里，花了 13 个小时。

这是一个由军营发展成的镇。

查了一下，第二天要到多玛乡，476 公里。

比今天的路程还要长 114 公里。

几个达坂，海拔都在 5000 米以上。

信心顿时崩溃，决定明天休整一天。

十二

8 月 19 日，早上感觉恢复不错。

加满油，9 点 39 分，出发了。

迎着朝阳，人也有了朝气。

冒险，让我的肾上腺素和激素水平更是直线上升。

一路不再过于沉溺风景，提升车速，减少拍照，减少休息。路好走得多，虽有坏路、泥泞、大风，但没有多少盘山道。一个多小时，就到了红柳滩，一棵红柳也没有。饭店老板是四川人，他说这里以前有 3 米高的红柳林，后来军队进来，没有后勤保障跟不上，冬天为了保命，只能烧红柳取暖，红柳砍完了，就挖红柳根，红柳根深，挖不动，不得已动用了炸药。河边有个检查站，有个加油站，有一些供长途司机的饭馆。再次加满油，吃了碗面条，就继续赶路。再走 40 公里左右，就能到奇台达坂了。天阴了下来。

高原就这样，没有阳光直接照在身上的时候，气温马上就会低很多。在山脚找了块背风的地方，睡觉。半小时后醒来。下午，2 点过 3 分到达奇台达坂。虽然海拔 5170 米，但路相比于前面的三个达坂来，平直了许多，根本没有怎么费力。看到了那个狼吃人的厕所，不想浪费精力，没走近去看。下来有几十公里的改道，砂石坑洼，累得够呛。高原的坑洼是冻土，倒不怎么滑。看到一辆加长大货车陷入了松软的砂石中，两个司机在那里用铁锹铲砂石，觉得他们都是英雄。经过一个山谷，有很多湖，没连成整体，远山的颜色本来就多，湖水或有或无，或深或浅，加上阳光不均匀，而更加多彩瑰丽。没走多久，又累了。在路边的沙石坡上睡。起来，起风了。在路上，车速降到三四十迈，有几下还差点被吹倒，继续降速。

时间长了，发现调整车头的方向和自己身体的重心是可以对抗风的。

一度我在风中开到了 60 迈的车速。

一度，我取下了头盔。

两个月没剪的长发，像旗帜一样飘扬。

十三

砂石、草、雪、阳光，都自带颜色。

山色极为艳丽。

银白、蓝黑、灰白、暗绿、黄、黑、暗红、血红……不一而足。

这些艳丽并不突兀，能配合山势的走向，过渡自然。

山势也不求新奇，起伏极为节制，因此举重若轻，意境雄浑。

有些起伏，让人怦然心动。

十四

一只母藏羚羊，只有一只。

方圆几十公里，只看到这么一只。

她正顺着戈壁滩，往乌云堆积的天边走。

看到我拍照，轻跑了一段，姿势优雅而收敛。

好像受了伤。

跑到安全距离停下来，观望着我。

看我没有威胁，又慢慢地走了。

她的身影在地平线上，越来越小。

她的孤独，则越来越庞大。

十五

死人沟，这里又叫泉水湖，或者甜水湖。

乌云压地，刚好有强烈的阳光，探照灯一样打在对岸的雪山上，让这个湖泊显得有些神秘，周围平静，风不动，旗不动，水也不动。虽然传说得神乎其神，但有检查站，倒没有丝毫害怕，只是觉得累。看到路边有个工地，进去找了块胶合板，拖到墙脚，躺下休息。醒来，已经快七点了。用矿泉水冲了一包咖啡喝下，准备一鼓作气，冲刺余下的 130 公里。

随着铁丝网消失，车进入了西藏境内。界山达坂 5347 米，红土达坂 5380 米，虽然高，但几乎没有什么盘山路。车速一直在 70 到 80 迈。翻过界山达坂，有一处湖泊，后面是一排雪山，湖的颜色也是我喜欢的黄绿色。一条新修的炒砂路，我忍不住还多走了一段。咖啡对我的作用很明显，高原反应好多了，依然呼吸紧张，乏力，但头不疼了，拉肚子也好多了，于是可以任意在海拔 5000 多米的高原上狂奔和停驻，面对着应接不暇的五彩斑斓的河流、雪山、湖泊、戈壁、草原，以及不下百只的藏羚羊，我禁不住还唱起了歌，戴着头盔，轻轻地唱，也听得清楚，而且能听到心里去，有时能把自己唱出泪来。

这时，上天又给了我一个梦幻般的晚晴。

斜阳万里，草原金黄。

生命从来没有这样壮丽过。

十六

“在大都市里，我的存在，是多余的。

“我的来和去，没有人会在意。

“在荒无人烟的旷野，我是王者，我不可或缺。

“我让这片大美有了意义。”

当发现自己真实存在于人间时，我感到了莫大的惊喜。

十七

晚上十点到多玛乡，比昨天多走了 100 多公里，节省了一小时。

藏民们在街上，围着一个音箱跳锅庄。

旅馆没有电视没有卫生间和热水，也 140 元。

海拔 4437 米，累极了，倒头便睡，却睡不着。

呼吸困难，头重胸闷。

把枕头垫高。不敢向左侧睡。

总担心一口气没顺着，就此睡死。

毕淑敏的文章里说，因为经常有人醒不来，醒来起不来。

这里的军营后面都有烈士陵园。

军训也不进行夜间的紧急集合。

几台柴油发电机远远近近，像满河的青蛙在叫。

半夜过后，柴油机停了，电热毯冷却了，寒意又袭过来。

焦虑、烦闷、害怕、寒冷、思念，在凌晨四点后，才渐渐被睡意掩盖。

十八

号手似乎在怀念什么人，反复了三遍

最后一遍，没忍住，铜号，吹出了唢呐的嘶哑

风也在吹，峡谷是另一只铜号

整个小镇，只有我的篝火和昆仑山的月亮，没有熄

——我的诗歌《熄灯号》

十九

8 月 20 日，也没刷牙洗脸，自己配了点盐水喝了，在小镇苏醒之前就走了。没多远就是班公错。湖面 604 平方公里，长 155 公里，也叫“长脖子天鹅湖”。有趣的是，虽然同属一湖，在我国境内的是淡水，而印度境内的湖水苦咸，不能饮用，也没有鱼。接近蓝黑色的水，是我不喜欢的。不过湖边鸟很多，我见到了在云南昭通见到过的黑颈鹤。边走边歇，230

公里炒砂路面，下午三点就到了狮泉河镇，五点就办好了边防证。狮泉河镇中间的狮泉河，水量出人意料地大，往上游看，是荒芜的石头山，往下游看，也是荒芜的石头山，似乎这么多的水，都是从石头里流出来的，然后又流进了石头。它发源于冈仁波齐，下游就是印度河。据说，这里就是《西游记》里的通天河。

二十

前面出现了两条路。

南线，是热门的旅游观光路。

北线，新修好没多久，冷僻，没有什么景点。

南线，有冈仁波齐圣山、玛旁雍错圣湖和札达土林。

北线，是 60 万平方公里的羌塘无人区。

南线，游人多，景区多，但安全。

北线，风险高，有段路还查不到加油站的状况。

和弗罗斯特一样，我选择了“人迹更少的路”。

8 月 21 日，由 317 国道，走革吉、改则，进入羌塘无人区腹地。

二十一

一头野驴，混在羊群中吃草。

傍晚了，羊群按顺序回去了，它的孤独就显露了出来。

不吃草了，就那么痴痴地站着。

仿佛在想那些羊，为什么要放弃自由，回那么破的石圈。

又仿佛只是在看湖上变幻的光线。

二十二

最能代表这片土地的是牦牛。

什么时候在哪里看见，都会心生悲悯。

我甚至觉得应该由牦牛引领人类的发展速度和方向。

“见过一头老牦牛，站在 216 国道中央。

“白毛垂地，背脊下陷，肩胛高耸，像座威严的雪山。

“一队满载武器的军用卡车，缓缓停了下来。

“见过三头牦牛，依次从夏岗江雪山上下来。

“往石头垒的、垮了两处的牛圈走，稳重而坚定。

“方向和落日完全一致，速度和落日也完全一致。”

二十三

从上午 9 点到晚上 9 点，走了 488 公里。

8 月 22 日，从改则县，又往南走 316 国道。

依然是上午 9 点到晚上 9 点，依然走了 480 多公里。

回到了新藏线，即 219 国道，在然嘎道班住宿。

没有想象中的艰难，这两天的冒险，变成了观光。

像在逛一个几十万平方公里的展厅。

一路是大自然的绘画、雕塑或者摄影作品。

经常故意绕路，以看到更多的风物。

快到然嘎道班时，还把车灯关了，为了看满天的星斗。

二十四

青藏高原，最让人迷恋的，是光。清晨，阳光擦着雪峰过来，特别长，饱和度又高，很有穿透力，迎着晨曦骑车，你能感受阳光的重量。光，在这里是一种唤醒。所到之处，沉睡的群山，有了色彩，沉默的牛羊有了动静；帐篷上，因此有了炊烟；你的身上，因此有了温暖。湖水是死的，很呆板，而且高原的湖泊没有船，又不能游泳，更容易乏味，但光线能让平淡无奇的湖，变得色彩纷呈。几个盐湖，带着金属光泽的银灰，大多数湖是祖母绿的，在改则看过秧黄的湖，达瓦昆湖有两种颜色，一种灰蓝，一种翠绿。在措勤，10 公里，有 5 个湖泊，像结的一束椰子，色彩也不一样，最后一个湖，在落日下成了金黄色。因为光，这里的每个黄昏，都很壮观，在改则县城，金红的晚霞就在头顶上 30 米处，几十丈厚，天空变成了一块烧红的铁，将整个县城映得通红。第一次看到这么魔幻的天空，我目瞪口呆，但当地人司空见惯，埋头做自己的事，对天上史诗般的瑰丽，看也不看。这时候，所有被落日照到的事物，像被点石成金一样，璀璨夺目。人也是，自拍了一张，满脸的辉煌，像得到了神的眷顾。盛极而衰，接下来，落日会一点一点收回自己的光芒，一点一点地拉起黑色的绒毯，将世界盖入睡梦中。

其次是雪。昆仑山、喀喇昆仑山、冈底斯山和喜马拉雅，很多的威严和神奇，都缘于晴空下的雪。山上有了雪之后，就像头上有了白发一样，自然会获得人们尊重。何况是盛夏的烈日下的雪，更具有一种天然的力量和精神。印象最深刻的夏岗江雪山，我在它面前睡了一觉。当时阳光半遮半掩，它的色块对比非常鲜明，让我想起了塞尚的画。我还骑车跑了两公里回去，把忘记在草滩上的可乐瓶，捡起来带走——有些雪，能让你产生羞耻感。

第三，迷恋这里的本真。什么都还没来得及格式化和数字化，这里还珍藏着这个时代少有的慢和古朴。散漫的、低矮的、和大地融为一体的藏式建筑，厚重、古雅的藏式服饰，铿锵有力的藏语，慢腾腾的一走一偏的脚步，集市上的桌球台，广场上的牦牛群，都让人觉得新奇和安稳。这条路，很少车辆，很少游人，没看到一辆旅游的摩托车，有 300 公里甚至没有加油站和杂货店，以至于这里的几乎每个藏族男人，看到我都像看待英雄一样。我停车，他们会主动上来打招呼，看我车上的鹰翎和音响，问我来自哪里。如果骑行中，他们会向我挥手致意。一路向我致意的还有那些动物——野驴、高鼻羊、鹰、鼠兔、戴胜鸟……它们好奇地看我，走近了，又会跑开。藏羚羊最胆小，见你停车就警觉，你掏手机的时候，它们就转身而去，轻盈、优雅、灵动、野性，让人心生怜爱。

第四，喜欢这里的高。高可摸天摘云，高可俯视苍生，高而简单，高而完整，高而纯净，高而无拘无束无忧无怖。其中桑木拉达坂，达到了海拔 5566 米，是这次骑行最高处。高原反应症状已经消失，道路哈达一样飘逸柔顺，马达像倾诉一样低沉悦耳，人和摩托融为一体，翱翔一样游刃有余。很少这么自信过，感觉人生，也在此达到了巅峰。

二十五

海拔 5566 米，我站的地方，
比所有的主席台都要高，请安静下来，

我想说三点：

一、别老想囚禁我，你们不是棺材；

二、不需要那么大、那么多、那么新、那么快，

你们需要的是忏悔、宽恕和审美；

三、你们把手机显示屏，当成了苍天。

被你们遗弃的苍天，被昆仑山苦苦支撑着，

你们喝的水，是昆仑的泪。

——我的诗歌《在昆仑山上的致辞》

二十六

8 月 23 日，走了 535 公里。

晚上 11 点半。

在拉萨郊外的尼木县，结束了这次骑行。

回过头去看，速度快了一些。

有点仓皇，有点像逃亡。

应该慢一些的。

但是，叫我再走一次，可能也慢不了多少。

如同摩托车的低速挡，慢，更需要力量。

我还没有足够的力量，摆脱高速前进的时代。

二十七

6 天来，第一次正经地站在镜子前。

准备认真地洗个脸。

镜里，那个男人有点陌生。

头发、胡子都很长了，衣服又旧又脏。

脸上黑中带红，嘴唇是乌的。

手沾了机油，有些黑，拿着半颗血红的生西红柿，在啃。

像个野人，也像个逃犯。

只有我知道，这才是真正的我。

穿越青藏高原和云贵高原的雨季

一

在北京新书发布会的现场，突然被虚无和焦虑所包围，就买了机票。第二天，2017年7月3日，在拉萨贡嘎机场下飞机的时候，还是拖鞋、短裤、短袖衫。第一件事，就是找一个劳保店，买保暖衣服、鞋袜、手套和雨衣。一共只花350块钱，这就是选劳保店的原因。第二件事，是买辆摩托车，8300元，本田150，墨绿色的。第三件事，才是高原反应。原想穿羌塘草原骑新藏公路的，看到如山的黑云、锋利的闪电，想到那些远和险，以及重感冒般的高原反应，我选择了放弃，在当雄去那曲的路口，摩托车龙头往右一拐，就是滇藏公路，直通湖南的老家，挑战者因此退却成为漫游者。觉得自己老了，蹲在火车涵洞中，抱臂望天，有点沮丧。一个年轻藏族司机以为我冷，把我叫进小轿车里避雨。

二

去青藏，千万要避开雨季——有经验的旅行者都这么说。几乎每天都有一场雨。雨衣能抵挡小雨，中雨能抵挡十分钟，大雨完全没办法。经常一天之内，衣服干湿几次。第一场雨躲过了，第二场雨，本来也躲过了，因为想拍青藏铁路，主动迎了出去。雨中夹有雪粒，不戴手套受不了，手指会冻得刺痛；不戴头盔也受不了，脸皮虽厚，也扛不住铅弹般的雪粒。火车碾过头顶的声响，像一阵滚雷的到来和远去。大多数的时候，青藏的雨很明确，先是堆积黑云，然后会长出雨脚，往哪个方向走，走多快，都看得出来。有几次，我是自己主动追上去的——有些热情，需要天上的水，冷却一下。这次是我第一次骑男式摩托跑长途。买车的时候，还担心不会骑怎么办，西藏的加油站太少，女式摩托续航能力不够，只能硬着头皮骑男式摩托。在拉萨城，我换到二挡，就不敢换了。出了城才开始练习换挡。车熟了之后，尽量避免走国道，人烟稀少的地方，会增加骑行的难度和不可预测性，但一路有原生态的河流和村庄。

三

索县的雨，长达 70 公里。手套湿了，鞋也湿了，摩托车上，这是最怕冷的两个部位，沿途没有树和悬崖，实在找不到地方避雨，厚着脸皮进了一家藏民的帐篷。只有女主人在家。地上全是野草。案板过去，是张铁架床。她让我坐在床上，我说身上脏，找了一个塑料凳子坐了。青稞面下锅了，她过来摸了摸我的衣服，说有些湿了，要脱下来烤烤。我说不用，烤烤手套，换换袜子就行。其实，那时候，我在想这是我的家就好了。铁架床上厚厚的牦牛绒毯，让铁架都柔软起来。最动人的，靠近枕头的床脚，竟然开着一朵紫白的硬币大小的旋覆花。

四

眼见着一滴滴雨，汇成了水沟，水沟长成了溪流，还在长。长成了雄狮，跟着我在荒野上纵跃嘶吼。有段时间跟丢了，在如美镇再见到时，已经成了沉吟的澜沧江。血色的大江，跌宕，澎湃，粗野，荒凉，划破了青藏高原，冲开了横断山脉，会把佛山镇的那些几吨重的巨石吃汤圆一样，吞进去，过几天，才吐出来。人们用江水搅拌混凝土，我把江水当成药，反复冲洗摩托排气管的烫伤。

五

从巴青县到丁青县，藏语的意思是从“大牛毛帐篷”到“大台地”。237 公里，原以为收个早工，谁知道走了近 14 个小时。路奇烂，泥浆很厚。摩托车，一度成了耕牛，犁田一样，需用尽全身力气才控制得住。离丁青还有几十公里的时候，修路堵死了，等到天黑也未见通，不得已改走河滩的路段。下起大雨来，水漫上了路，将路冲毁了 50 米，看不出水有多深。跟在一个藏族骑手后面下水。一挡，水底是卵石，脚踝没入水里，膝盖没入水里，发动机没入水里都不管了，全力控制车不倒，不熄火。上坎是半米左右的软泥，要猛加油门，前面的年轻人，一溜烟就冲上去走了。我手生，一犹豫，滑了下来，熄火了，还好车没倒。又试了几次，都没冲上去，后轮的泥甩脏了人和车。无法，站在原地等人帮忙。洪水咆哮，白浪翻滚，似乎还在上涨。雨水打在脸上，有了些寒意。心想，实在没有人来帮忙，只能把车扔在这里了。还是来了一辆摩托，骑手是个穿着藏袍的中年人。等他冲上了软泥坎，我上去拦住，说明来意。他禁不住我的恳求，说试试。

我在后面推，他在前面冲，摩托一声尖叫，就上来了，不过，后车轮又溅了我一身泥。草地上，车轮依然会下陷，两脚要随时撑地，才不至于滑倒。绕过了堵路的地方，余下的路虽然没有铺沥青，但却是硬化路面。雨又大了一些，我戴的是半盔，有一个帽檐，走快一点，雨水会横飞，射入眼里，看不清路，所以只能维持在 30 公里左右的时速。全身湿透了，又饿又冷。雨衣在龙头处形成低洼，这样，我可以喝到雨水，不至于干渴。雨还在增大，垮天了一样，伴着闪电和雷鸣。晚上 10 点多到了丁青县城。灯光下，我浑身是泥，站着不动，别人可能会以为我是兵马俑。

六

随着海拔的降低，雨开始绵延起来，不会很大，很冷，可以骑车，但泥石流、垮坎和坍塌的路段很多。有时候，1 公里会垮塌五六处。这时候，只能赌运气了。有几次让我觉得与死神离得很近。在勐省，摩托向右并线，没看后视镜，一辆高速长鸣的皮卡车擦肩而过。在盐井，贪看吊桥上背笆篓的女人，差点冲进了血色的澜沧江。在松水村，头颅大小的落石，落下来，砸在我的左脚一尺左右的位置。你只能尽量做到细心和警惕，其余的只能听天由命了，不过我还是相信上天不会为难这么一个虔诚的行者。我甚至想好了，如果我能活着回去，再见到她，一定说那三个字。经过一段泥泞，车轮突然猛烈摇晃，左脚最终还是没撑住。车倒了，排气管温度太高，右脚的小腿肚只沾了一下，就撕下一块皮来。幸好就在澜沧江边，可以迅速用江水冲洗。

七

山，是青铜般的青。雪，发着冷兵器的光芒，夏天的烈日，也不能融化。在5130米的东达山上，当天空就在额头的时候，找不到一个人拍照，找不到一个人分享惊喜，我深切地感受到了青藏高原的孤独，这里的寺庙，因此比市场还多；那么多好看的男子和女子，因此，穿上了袈裟……从登巴村到如美镇，左边的悬崖，高不见顶，右边的悬崖，深不见底，我开得很慢，而摩托，作为金属制品，一味烦躁地吼，一味地只想往前冲，根本感觉不到我的害怕。害怕，是一种更深的孤独。还好，再过去就是横断山脉和云贵高原了。从后视镜里可以看到，随着我的远去，青藏高原的孤独，还在加深。

八

扎西尼玛在电话里一再警告我，不要走德钦到丙中洛的路，山高路烂，越野车都不敢走。怒江的澎湃，对我是一种无法拒绝的召唤，脑壳一时包铁，迎着澜沧江大峡谷足以把摩托吹偏的大风，往怒江方向走了。果然，吃了许多苦头。翻过3882米孔雀山，路之烂、之险，比之巴青到丁青，有过之而无不及。有段工程便道，因为太陡，有五六十度吧，怕刹不住，我只能挂一挡，刹死前后轮，一步一松，一步一挪。好在经历了巴青的雨后，对付这种艰难有了心理准备，风险也在可控的范围内。只在冲一个溪流的时候，熄火了，双脚撑在水中央，湿了鞋。上午10点出门，晚上10点进门，12个小时。一路除了澜沧江和怒江之外，还有雪山、瀑布、原始森林。海拔骤降，从高寒荒原，到了亚热带丛林，又见到了熟悉的大叶榕和青蛙。

到达怒江丙中洛的时候，骨头都快散了。那时，怒江是唯一主河道没有水电站的江，水因此充满了活力，现在听说也有了。怒江全长 3200 公里，中国部分 2013 公里。怒江本地人称为“阿怒日美”，意为怒族人居住区域的江。我始终把它理解为愤怒的江。那天，刚好死了个我喜欢的人，觉得这上天、世道、亲友都对其很不公平。雨，适时地下起来。很多路段，你能直接看到怒江、听到它的怒吼，从南方来的人，知道这种水的力量，不能行船，更别说游泳了。在马吉渡地段，我还尝试着在江边的一块巨石上睡觉，根本无法。一万头雄狮，从 5 米外的石头下，纵跃，低吼，那种气势和次声波，就让人心慌。沿怒江而下，路面仅 6 米宽，但弯不大，而且没有坡，骑摩托显得舒展流畅。一个人跟着一条灰黄的大江，越走越有感觉。怒江往左，我也往左；怒江往右，我也往右。怒江澎湃，我也澎湃；怒江停下来，我停下来吃米线或者饵块。从丙中洛起程，它就在愤怒；在马吉渡吃凉粉，它在愤怒；在石月亮拍照，它在愤怒；在鹿马登住宿，它在愤怒；半夜醒来，还在愤怒。怒江的声音不高，像一辆负重卡车的远去。吊桥上，没有人的时候，铁索也在瑟瑟发抖……感觉人间的不平，都在横断山上了；人间的愤怒，都在这浑水中了。不过当地人都习惯了，烤鱼摊边，几个男女在互相调笑，说一些黄段子。让我更加愤怒的是，一辆飞驰的黑色越野车，将污水溅到了我腿肚的伤口。

九

滇南土热，站久了，脚就会生根。进入了小乘佛教地区，女人开始穿筒裙，男人开始穿人字拖，芒果一块五一斤，董棕叶子有两米长。雨季还在持续，但雨越来越柔软。在广允缅寺避雨，或者是到广允缅寺参观之后觉得没有必要急于赶路的小憩，我坐在地上，靠着板壁。鸡蛋花很密集，百日菊很密集，雨声也很密集，像有人筛米，筛那种又尖又细又白又均匀的糯米。“佛爷只管给附近的老百姓做法事，什么也不管，文物偷了不管，花起虫了不管，领导来了也不管。而我，除了管文物，还要做保安、消防员、清洁工、讲解员、花匠……”门关着，看不见屋里的情况。凭声音判断，抱怨的女人，应该很年轻，应该有两瓣肥美的唇。倾听的女人，一直没有作声，偶尔发出一声嗯，这样的女人，应该经历过剧痛，应该盘着头发，应该挂着冰种翡翠的绿耳片。均匀的雨，一直没有停的意思，我也没有走的意思。来了，“佛爷”来了，一眼就看得出来。他头上有戒疤，只有二十五六岁，远远称不上“爷”。拄着一根木拐杖，只有一条腿。看到我，干净的面容上，微微一笑，就进了斋房。坐着睡着了，醒来，雨还没停，就站起来，走到大殿，映入眼帘的是面大鼓。墙上有介绍，传说很久以前，高耸入云的红毛树上，有只金雕，为害一方。村民把树砍倒，赶走了金雕，用其枝丫，做了这面大鼓。枝丫直径都接近两米，树干有多大，不可想象。摸上去，指尖隐隐震动，仿佛有公牛，关在里面。举起鼓槌，又放下来。估计鼓的声音会很大，不仅会打扰村庄的宁静，还会让人们以为我想喊冤。出了城，突然传来了滚滚的雷声，天老爷擂响了大鼓。

十

以前只喜欢秋季，现在四季都喜欢了。以前只喜欢苍凉辽远的西北，现在密不透风的南方也喜欢了。以前只喜欢晴天，现在阴天也喜欢了。摩托，越来越听话。路也越来越好走，半天走了 200 公里。一路买了五个烧苞谷。到开远，云虽然很多，但都不重，所以天是阴的。走了一条山路，经过了一个村子，让我非常喜欢。因为这里有很多牛车。有一家，母亲赶一辆，女儿赶一辆，还有一辆父亲赶着去卖万寿菊。也不要驾照，一个八岁的小男孩，也赶一辆，后面还坐着四五岁的小妹妹。都是水牛，慢而笨的水牛，每一脚都很踏实，赶车的人坐在上面睡觉也不会翻车。云越来越低，暮色越来越重，越来越压抑的时候，你还会想念一场雨。

十一

都市坚硬，县城刻板，只有小镇保持着随意和自然。没有城管，因此有烟火味和人情味，因此脏乱差。我恰恰是个脏乱差的人，所以我一路上的吃和住，基本在小镇上。贵州的这个小镇，记不得名字了，正在赶集，处处有让我流连的陈旧与落后。有卖草药的人、卖烟叶的、剃头匠、铁匠、算命的，有个人就只卖四只鸡蛋，也有找人的等人的年轻人。苗族人居多，从服饰就看得出来。他们都喜欢让我拍照。怕我拍不好，还停下来，还摆姿势。这里每个上年纪的苗族女人，每天都花半个小时，盘很高很别致的头发，每个人的发型都不同，以至于，连打猪草去、砍柴去，都有贵妃游春的气质。我摸了，没用发胶。我专门看了潘大娘盘头发的全过程，为了让发型更张扬，她掺了由一束黑线做的假发，埋在里面。他们说那首歌《黄杨扁担》，唱的就是这片土地上的人，歌里的柳州本应是酉州。“黄杨扁担么软溜溜呀，挑担白米下柳州喂。人说柳州的姑娘好呀，柳州的姑娘会梳头喂。大姐梳一个盘龙髻呀，二姐梳一个茶花纽喂，只有三姐嘛梳得巧呀，梳一个狮子滚绣球喂。”潘大娘梳的就有点像狮子滚绣球。后来下雨了，我穿上雨衣后，雨又走了。来回看着一个五十来岁的算命女人，坐在石拱桥上，半天没有生意。本身自己也走累了，就把她的小矮凳坐了，叫她给我算命。她捏着我的手，说她是代替手掌仙人说的，“你的手软，又细又长，是女儿投错了胎，成了男身。手软心就软，一生会受很多人欺负”。我说，下辈子，还想投成男儿身，还没有被女人爱够，还没有爱够女人。她的话很多，一直说个不停，有很多话很没名堂，有很多恭维的话被我当成了耳边风，但有两句话我听到心里去了，一句是“不要过问不在眼前的人的去向”，还有一句就是“每一场雨，都是天意”。

十二

骑摩托，一累就得睡，要不然精力涣散很危险。我在公园里、屋檐下、渡口都睡过。在黄泥村招呼站睡的时候，是雨声把我吵醒的，感觉没睡好，所以不愿起来。建议承包那些公交招呼站的包工头，修长椅的时候，要用木头，水泥板会快速带走体温。我听见杂货店门口那桌打麻将的人在议论我：他是不是病了？只是在躲雨吧？雨都飘到身上还不起来？是不是修电器的？……刚刚睡着，又被一个大嫂叫醒了，我有点生气，昨晚赶了很长的夜路，今晚还打算赶很长的夜路，但没表现出来。她递给我一瓶矿泉水，问是不是病了。我说没事只是累了。她问我要不要去家里吃点东西。我说不用。她走了，我继续睡，想翻身，长凳太窄，怕掉下来。建议承包招呼站的包工头，修长椅的时候，请加宽 20 厘米。后来还是睡着了，我对人世毫无防备，我能听见自己的鼾声。

十三

5400 多公里后，2017 年 8 月 1 日。在离王村 20 公里的断龙乡路段，天老爷适时地降了一场暴雨。比起青藏夹着雪粒的雨来，家乡的雨，像从一个巨大的喷头里洒下来的，温暖而体贴。索性脱掉了上衣，取掉了头盔和面巾，用手充当雨刮器，有些风尘和污垢，只有天上的水，才洗得干净。唯一不开心的，是碾到了一条四脚蛇。

横断山歌

一

父亲坐在石头上，用手捶，敲木鱼一样敲
他说，每一捶都是有用的
二十分钟后，巨石像桃花一样裂开了
唠叨是有力量的，每一句都有
当第九次，她说想坐摩托车去西藏了
我告诉她，从今天起拼命锻炼，十天过后出发
——我的诗歌《林芝五月桃花开》

二

4月9号，晚8点，月亮从玉屏山出来的时候，我们从北门冲出发了。目标，林芝4月底到5月初的桃花。路线，刻意经过了横断山区。如果选个地方，让你一年去一次而不担心厌倦，我会选横断山区。每一次进来，都有新的感觉。它大起大落，给人的意外和惊喜，连青藏高原都有所不及。

我甚至认为这是中国最丰富多彩的地区，听听那些名字就知道了：四姑娘山、玉龙雪山、轿子雪山、哈巴雪山、梅里雪山、央迈勇雪山、碧罗雪山、贡嘎雪山、高黎贡山、大小凉山、哀牢山、苍山、无量山、金沙江、澜沧江、怒江、九寨沟、独龙江、海螺沟、虎跳峡、泸沽湖、黄龙。你不知道，下个弯会有什么风景什么地形。有时候，刚刚还是巨石狰狞寸草不生的峡谷，转过去，又是原始森林；刚刚还是带老人须的原始森林，翻过山坡又是带雪的草甸牧场。在理塘县时还下雪，开空调不够，还开了电热毯，第三天到了巧家县，又是盛夏，两人不断地脱衣服，绑在摩托车上，让摩托车变得像一辆笨重的小货车。再过两天，到毕节，又深寒难当，把衣服都穿上，摩托车又恢复了轻骑状态。还有一次，10 公里不到的村级公路，经过了四个寨子，分别是藏、摩梭、纳西、彝，四种不同的语言、不同的服饰、不同的建筑风格，如同游历了四个国家。彝寨外，遇到一个彝族帅哥在刷房子，见过各种装修，第一次见到把小砖房涂成粉红色的，均匀细致，童话一样的风格在苍凉的大地上，显得格格不入，但他说他喜欢，因为他的妹妹喜欢。他的妹妹去外面打工了，六年了一直没有回来……总之，这里的山水草木、四季人事，甚至石头，都会让你感觉到生命的张力。

三

贵州是个奇葩的省份，山多，雨多，雾多，云多，说不清道不明的东西多，但都没有鲜明的个性和层次感，感觉无论什么时候什么地方什么事物都是模模糊糊、朦朦胧胧、恍恍惚惚的。回来时，明明一路艳阳天，从昭通刚踏进贵州的地界，就阴了，到了纳雍，就细雨绵绵，加上山高风大，体表感觉比下雪的理塘还冷。腾云驾雾多了，见到云海雾山都有些烦，因为会影响能见度。贵州的山比湘西的高大，因为坡长，一度导致后刹失灵。贪近，在道真仡佬族苗族自治县走了一段野路，李子垭段太陡，叫她走，我在山下等。山上油菜花刚刚开，山脚的油菜已全部结荚。去旧城镇的路上，雨越下越大，鞋子进水了，风吹着脚趾发痛，停车，在长凳上休息。我穿得厚，又有绑腿，弯腰很难够着。她蹲下来，替我脱鞋，再脱掉三层袜子。“洗澡没洗脚吧，有点臭。”她边说，边把干袜子给我穿上，依然是三层，套上皮鞋，又换另一只脚，脱三层，穿三层，上车继续走。到了旧城镇点了带皮牛肉，等菜熟的时间，她去给我买半筒靴，一会儿就来了。25 块，41 码的，不知道码子足不足，她说他们这里不叫半筒靴，叫水鞋。我试了一下，小了。她跑去换了一双来，42 码的，应该可以了。还是紧，袜子穿多了的缘故吧。她回去，换了 43 码的回来，给我套上，这回刚好。后来到凉山，到理塘，回到永顺，八千里，都是这鞋，在香格里拉，服务员还笑话，说出来旅游还穿这种破鞋，这是她们拖地时才穿的，她们不知道，骑长途摩托，防水防寒，这种鞋最可靠。

四

总有一些无聊的路，没有美景，也没有惊喜。沿途的牌子，多是警示、宣传和广告，直接、粗暴、生硬，对字敏感的我会越看心越乱。这时候，宁愿看来往的车辆，也不去看字。内心柔软的时候，还真能把这些车看出生机、看出性格、看出故事来。大货车，人见人怕人恨，其实也挺可怜的。发动机的呻吟、排气管排出的发黑青烟、一路的刹车水、大地传来的震动，都能让你感受它们承受的重压和磨损。货车一般只停服务区，318 国道那么好的风景，没看到一辆大货车停在观景台欣赏美景的。其中，水泥罐车最暴躁，像怀胎的女人，大着肚子，看到什么都烦，老远就听得到喇叭在咒骂，你停下摩托让路，对方也不减速，溅一丈高的灰尘。它们又爱结伴，尘埃落定，又来一辆，同样的暴躁，同样一丈高的灰。很少生气的妻子，也禁不住骂了一句，话音刚落，又来一辆，还是一丈高的灰——后视镜里，她已经在滚滚红尘中，变成了灰姑娘。货车也有好看的，拖风车叶的货车，像背着翅膀的蚱蜢。长途大货车一般都很有礼貌，晚上会车，他们关远光灯的概率远远高于别的车辆。最不关远光灯的是三轮车，像独眼龙一样莽莽撞撞地迎面而来，不懂的人还以为是两轮摩托车。它们也最不遵守交规，跟在后面要特别小心它们的急停急转，但这种车最勤劳，往往凌晨三四点，就出现在马路上，另外，它们也很坦诚，车厢里装的什么都一览无遗，经常是背着书包的女儿靠在昏昏欲睡的妻子怀里，她们对三轮车师傅的绝对信任，让人羡慕。倒是轿车，经常欺负摩托车，对面过来，明明不能超车了，也要超，不管你的鸣笛闪光，它们知道你撞不过，逼着你猛踩刹车，甚至让到路边。如果把公路比喻成水流的话，货车是座头鲸，小轿车是流线型精明的海豚，三轮车是慢腾腾横着走路的螃蟹，摩托车就是人见人欺的小虾米。警车是鲨鱼，黑质而白章，要随时警惕。在盐津，交警把我拦下来，我自以为手续齐全，也戴了头盔，大大咧咧地给他们查，谁知他们说我尾箱是非法改装，硬要罚五百，最后讲法讲情，罚一百了事。后来，我见着他们都绕着走。

五

关于车，再补充一点。在磨盘山，三辆大货车，连在了一起，速度慢，盘山路上谁也不敢贸然超车，于是二三十辆车，跟在后面走走停停。走着走着，突然发现，前面是一辆 745i 的宝马车，后面是一辆奔驰 S350L。在两辆豪车之间，摩托车的寒酸变得显而易见，一辆整车加上货物，抵不上人家的一只轮子。于是没话找话说，问她：“前后两辆豪车，都要一百多万，你坐 13800 的车，没有感觉到丢面子吗？”她说：“小心开车，刹车又不好，将别人追一下尾，一年就白干了。”想想也是，忙打转向灯，鸣笛超车，超到宝马车前面，跟着一辆五菱宏光的小货车，就轻松多了。车厢里装着一车绵羊，货车停下来，绵羊会乱纷纷地叫，仿佛在催车快点走，车走动的时候，绵羊会安静下来。

六

金沙江，我一眼就能认出来，哪怕是三江并流地区。怒江比它自由，比它狂野，澜沧江是暗红的，是土壤的红。金沙江的浑浊，是一种铁灰的，是工厂和矿山污染过的怪异。在路边，在买凉粉的时候，都心怀敬畏，你知道，大姐身后的彩条篷布外面，就是垂直几百丈的悬崖；停车拍照的时候，都尽量熄火下车，因为垂直下去，几百丈就是金沙江。前几年，是带着妻儿到元谋的江边乡看金沙江，还特意带着孩子在江水里游了泳，那时候，感觉金沙水和时间是同质的液体，充满不可抗拒的力量。她还记得，那年凤凰花正开，芒果正熟，三块一斤。这一次，虽然没有下水，却再次感觉到了金沙水和时间一样不可抗拒的力量。当初壮年的我，能背着大背包，一个人辗转七趟车，走 10 多公里的山路，为了看这条江，找不到平地搭帐篷，在乱坟堆里过夜，也要看江岸的日出。现在，叫我骑车走 10 公里，去看看山顶的村庄，都觉得耽搁时间。

金沙江有水电站的地方，则是另外的样子。在湾碧乡，两岸保持着金黄的荒凉，江水又平又蓝，和湖泊没有两样，分不清哪是上游，哪是下游。那天赶集下来，在木瓜地里等船。因为下游修电站，老码头被淹了。并排坐的是一家三口，两口子和儿媳，他们每个人拿着一瓶二两装的扁瓶二锅头，没有下酒菜，默默地喝，喝饮料一样喝，像在祭江。儿媳会讲普通话，她说因为地都淹了，男人买了船，接送赶集的客人，没事做，公婆常喝酒，自己也就学喝了。太阳落山时，船来了，航线扭扭斜斜，看来开船的丈夫也喝醉了。幸好，水面没有交警查酒驾。在巧家县，潘聪说，再过五六年，等白鹤滩水电站修完，风景会好看很多，县城将变成海滨城市。他还说，雷平阳送了他一副对联“眼前一湾金沙水，我当五湖四海看”，但我喜欢浑浊、奔流、危险的金沙江，看起来像一笔笨拙、苍劲的枯墨，力透纸背。

七

关于金沙江，还有几点要补充的。一、在金沙江边，看到一个纸牌上挂有广告“卖羊粪”（电话号码略）；二、还在金沙江边，看到一个殡仪馆，上面有指示牌，写着“焚化车间”；三、对于悬棺，诗人樊忠慰说，是死去的人想飞。我觉得，是为了给洋芋和苦荞腾地方，因为这里平地太少，大货车打个倒，需要走 10 多公里，才有专门的倒车坪。四、在金沙江边，看到一个穿着灰色僧衣的汉族僧人，沿公路磕长头，身形瘦削。

八

为了化解山的高和陡，路到了横断山脉，变得繁复、冗长和灵动，再加上没有树的遮拦，线条连贯清晰，更具穿透力，穿过雨雾，穿过黑云，穿过村庄，穿过隧道的时候，你会想起铁丝穿过了锁骨。当然，比路更让人惊叹的是那些高处住着的人。当年没有公路，他们如何出门？如何出嫁？如何种地？如何赶集？有了公路，为什么不搬下来、不进城？她仰着脸，看着那些路，仿佛是对着天空说的。这正是我想看到的雄奇，就像进入了唐诗的现场，心动不已——“蜀道之难，难于上青天。”“青泥何盘盘，百步九折萦岩峦。”“尔来四万八千岁，不与秦塞通人烟。”“山从人面起，云傍马头生。”“君问归期未有期，巴山夜雨涨秋池。何当共剪西窗烛，却话巴山夜雨时。”“高江急峡雷霆斗，古木苍藤日月昏。”“关塞极天唯鸟道，江湖满地一渔翁。”“万壑树参天，千山响杜鹃。山中一夜雨，树杪百重泉。”这些诗句一股脑儿地涌现出来，曾经在脑海中惊叹的画面，在眼前一一展现。

九

直上千米，岩石有了鹰嘴、狼牙和刀锋
直下千米，金沙江有了蛇的惊恐
弟弟将姐姐搂出了母亲的慈祥
十一岁的姐姐，将洋芋片炸出了勋章的光芒
——我的诗歌《凉山辞》

十

每隔三四个乡镇，就会遇到一处赶集。晚餐住宿选择县城，早餐午餐，多是在这些集市上解决。在凉山美姑县的拉木阿觉乡，赶集的人把公路堵死了，索性在镇外停下车，赶了两个小时的集。荒芜的山区，一下子冒出这么多人、这么多的货物，让人有点惊讶。多是彝族人，女人基本穿着传统服装，男人和孩子，一部分也是。偏远的集市上往往能找到童年的感觉，那种商品和娱乐极度缺乏的年代，赶集就是节日，是我了解世界的唯一窗口。仔细一观察就清楚，商品虽多，但绝大部分都是外来的工业制品，真正当地人卖的东西种类很少。看到三个八九岁的女孩，围着一架首饰串珠细细地挑选，凉山的阳光透明度很高，仿真的玻璃、塑料，比真的钻石还耀眼，以前厌恶的劣质商品此时觉得挺好的，如果都是真的，这些小姑娘最多得眼看，摸都没机会摸。我们在树下躲阴凉，对面一个三四岁的小女孩，一手拿着西瓜，一手拿着冰棍，吃一口西瓜，又吃一口冰棍，烈日下，你能感受到她的快乐与甜蜜。她把西瓜啃成白板了还在啃，另一只手，冰棍剩下一根棍子了，也没有丢，于是，你又感受到了一种强烈的眷恋。更小的孩子，多在妈妈的背上，天气热，人又嘈杂，所以妈妈背上的孩子，百分之八十，都在沉睡。但也有个别的孩子，是在姐姐的背上，背着孩子的姐姐，会有着母亲一样的慈祥，这再度让我想起了童年和我的姐姐。见一个女人一边卖樱桃，一边卖草莓，红得可爱，她一样买了半斤。往西昌的路上，我在前面骑车，她在后面给我喂，要樱桃时是樱桃，要草莓时是草莓，准确率高达百分之八十，这让我又一次地想起了童年和我的姐姐。

十一

关于这次骑行，着重叙述 16、17、18 日这连续三天的经过。4 月 16 日，星期二。大晴。皇历上写着，宜嫁娶、祈福、出行、移徙，财神西北，喜神西北。从木里去稻城，六点多天还没亮就出发了。翻了一山又一山，到理塘河之前还顺利。逆理塘河而上，在一家屋檐下吃酥油饼，饼子难吃，吃了几口准备上路。主人主动上来搭讪，两句话，改变了我们的行程，也给了我们此行最大的考验。他说："你们摩托车，不要沿理塘河走了，走近路吧，翻山过去，风景好得多，也近得多。"山很高，爬到半山，摩托过热，二挡也有气无力，人也明显地有了高原反应，于是在固增苗族乡找了一处松林休息。地上满是松软的松针，睡得很好。中午 12 点，被一只乌鸦吵醒，继续赶路。果然人少路好风景好，虽然烈日当空，但因为海拔持续增高，也要加衣服。十多米高的杜鹃树，呈墨绿色，上面挂满了原始森林才有的菌丝"老人须"，树底出现了越来越多的冰雪。冰越来越多，在海拔 4280 米山冈，远远地看到了雄伟的亚丁三大雪山，仙乃日、央迈勇、夏诺多吉，央迈勇在最左，弧线也最为完美，像展翅飞翔的天鹅。随后，炒砂路突然中断，变成了泥石路。在原始森林中盘旋而下，担心刹车片过热，所以在蒙热普溪，又停下来休息。水清澈无鱼，古木纵横，落叶沉浮。继续吃难吃的酥油饼，她还趴下去喝了一口溪水，选择在一棵枫树下休息，我选择了溪中的一块干净无尘的巨石躺下，水声如一支打击乐队在两耳边，一下就睡着了。醒来，路越走越烂，过了水洛河桥，右转是一个 50 多米的 U 形陡坡，接近 30 度吧。路面多石块，而且有厚厚的灰，没有把握，犹豫了一阵，叫她先下车。想想推车也不好推，于是硬着头皮骑下了，一挡，双刹，果然不稳，眼见要冲下河，往内拐，上了中间陡棱，侧滑，失去了控制，前轮又往外冲，刹车，刹不住，堪堪失去重心下河之际，一边想着弃车，一边尽力稳住龙头，没想到还稳住了，冲到对面，惊出一身冷汗。停下车，回过头去看，如果摔下去，30 米高的河坎，几乎不可能全身而回。这是整个旅程中最危险的一次，后来想想，这种情况，应该叫她在后面拖住，慢慢下来。

继续沿河而上，虽然没那么陡了，但是更加烂，17公里，路面全是乱石，左侧高不见天日的悬崖，右侧深不见底的河水，崖石狰狞可怖，如刀如斧，犬牙相错，每一块似乎都有杀气。落日偏西，大风又起，有石头落下来，离我最近的，也只2米，不过只有核桃大，落在头盔上也没事。只能用一挡二挡，宁愿冒着被落石击中的危险，走里坎，走外坎一旦掉下去，没有生还的可能。风越来越大，河坎越来越高，有一次，二挡错换成了空挡，轮子右冲，我已经看到轮子下面金红的河水，还好操作留有余地，扭过龙头，有惊无险。太阳斜斜地打在脸上，火辣辣的，汗水流入眼里，手臂震得发麻，车速降到12迈，也不休息，多停一分钟，就多一分风险。50公里烂路的结尾处，是一个陡坡，有乱石和深灰，没来得及考虑，加速往上冲，半途发现冲不上去，紧急刹车，刹不住，倒退，她惊叫，我叫她下车，她反应快，在车倒之前下了车，人都没事。视野不好，怕有货车过来，叫她先去竖了标志物，才竖车。都累了，再加上高原反应，竟然竖不起。取下尾箱后，才竖起来。一挡，我加油门她推，能听见她的喘息声。这次还是上来了。过桥就是两车道崭新的炒砂路，桥头有路牌，稻城还有100公里，蓝底白字，不容置疑。这才知道，那人说的这是走亚丁的近路，而不是稻城。大为泄气，天快黑了，慢悠悠，走20公里。麻烦并没有结束，又遇一悬崖塌方，大大小小的石头，从200多米高的悬崖上塌下来，压坏了铁丝网，压断了公路。那土方，估计得几天才能挖通。不想回了，她说把车停在这里，把行李带走，找地方住宿，明天再想办法。我已经精疲力尽了，不想多走一步路，在那里想办法。两个穿藏服的年轻人主动问我是不是想过去，我说是。他说我骑他们推，我说我技术不行，不敢。真不敢，比刚才走的那一段路难多了，一点失误，就会偏下河。其中一个人说：“我来，你让开。”一个人推，一个人骑，半米高的坎，磨盘大的卵石，摇摇晃晃地竟然骑过去了。感激都不足以表达我的谢意，应该是感恩。给钱，他们都不要。记不清他们的样子，反正康巴汉子，都有修长的身段、棱角分明的脸、黑白分明的眼以及一字一顿的藏区汉语口音。继续走5公里，到了香格里拉镇上，天已经完全黑了，一身有劫后余生的轻松，住雪域神峰酒店303房，120元。在琴瑟流年餐厅她点了我喜欢吃的野生菌和牦牛肉，又花了217元。

4月17日，星期三，晴转雪转晴转雪转晴转雪。从香格里拉镇，经稻城到理塘，是青藏高原的样子，一直在海拔4000米上下，波动不大。有成群的白色的虫子或者杨花，从眼前飞过，后面发现有晶莹的光泽，才知道是雪。4月之后，在烈日下见到雪，我们感到新鲜而新奇。它们飞着飞着就在空中消失了，所以路面依然是干的。过稻城，到海子山，又起风雪，这次就正规多了，成了一朵一朵的雪花，落在公路上化成了水，但落在草上的，变成一层薄薄的霜。时速降到了20公里，还有点不稳，索性停下来看风景。海子山是古冰川地带，冰川消失了，就变成了石头的王国，特别是石头河中，全是圆形花岗岩，有些直径五六米，像一河的巨蛋。水在石头底部，只闻水声不见水。继续上路，感觉来了外星球，起伏的坡地上，也散落着大大小小的石头。在别处可以忽略的石头，在这里成了主人。看久了，会看出生命感来，每一块都是独特的，仿佛身体里有很多沉重的话语和秘密。有的石头依偎在一起仿佛在撞身取暖，有的保持着阵形和距离仿佛在开会或者阅兵，有的大石头背着小石头，也有小石头背着大石头的。在石头世界待久了，即使两个人也会感到孤独。真佩服山上那家孤零零的牧民，只有一个捡牛粪的女人，男人去采虫草了，晚上她一个人一条狗是如何面对这3287平方公里的石头的？这里的第二个奇迹，是湖泊很多，资料显示共有1145个大小海子，我们在沿途只看到十来个。大大小小的，有的湖全是冰，有的湖全是水。夏茹措，意为乌鸦海，面积15平方公里，海拔 4377 米，相传为神鸦居住的灵湖，主司晴雨风雪，半冰半水，有冰的是白中带着点浅蓝，无冰是蓝黑色，像阴阳八卦图。我想：如果有无人机俯拍，一千多个湖泊会不会像星宿海？雪停了，但远处一排雪山前面，有团黑云正在乌压压移过来，带着明显的雨脚，又是暴风雪。我见识过沙尘暴和暴风雪，缓慢的外表下，暗藏着凶险的旋风。连忙催她赶快上车，逃亡似的下山。暴风雪和我们的方向一致，像一支大军一样，穷追不舍，跑到兔儿山，吞没了我们，不过这时已经减弱了许多。这里海拔 4696 米，石头像一页一页的书册，参差错落，其中，有两册特别突出，像兔子耳朵，因此得名。能见度骤然降低，闪光灯打起，速度降低，雪花大片大片漫山遍野地落，还好，落在路面上的又被大风卷走了，要不然，堆积起来，是不敢走的。时速降至 5 公里，有好几次，把车龙头都刮偏了，终于找了一个背风的弯道停下来，那里刚好有一条几百米的冰瀑，还给她拍了好几张可以当桌面的照片。半个小时之后，又是雪开云散，到呷洼乡阳光愈发艳丽，但依然是冰凉的，感觉有些诡异，像做梦一样虚幻。土是咖啡色的，藏民的房子也是咖啡色的，山上的草是金黄色的，山的线条柔和而饱满，都是我最喜欢的，但兴奋不起来，那种诡异而虚幻的感觉越来越强烈，到后来，觉得头脑不是自己的了，才知道是高原反应。理塘 4014 米，是世界海拔最高的城市之一，比拉萨还高。在酒店里，浑身无力，说话都不敢大声，走路几乎是一步一挪，身体虚弱的时候，内心也虚弱起来，完全丧失了信心。我说去不了林芝了，不想冒这个险。我倒没有什么失落感，早已过了征服和证明的年纪，对于失败，已经习以为常。一路上，她几乎没有提过反对意见，这次也一样。

十二

4 月 18 日，星期四，大晴。宜祭祀、出行、教牛马、扫舍，余事勿取。早上开窗一看，理塘四周的山上，全是雪。薄薄的，恰到好处。不冷，也不危险。这种薄雪配以苍黄的草坡，配以圆润而有弹性的线条，配以金黄的晨光，配以成群的牦牛，层次分明，动静相宜，让 318 国道上的青藏高原更加雄浑壮阔。我禁不住告诉她，这是数次进藏以来，我看到的最美的青藏高原。“我的勇气和你的勇气加起来，对付这个世界总够了吧？去向世界发出我们的声音，我一个人是不敢的，有了你，我就敢”，突然记起王小波的这句话，但没有转述出来。发现自己越走越轻松，信心倍增，又找了块宽敞的地方，停下车，她以为我要拍照，我说自己的高原反应好了，问她想不想去不去林芝，如果去，马上就掉头，反正没走多远。她想了一阵，说不去了，够了。

《口弦》《妈妈》《彝族舞曲》《带我去山顶》是我喜欢的几首彝族音乐。特别是《不要怕》这首歌，过凉山时，在摩托车上单循环了一段时间，莫西子诗的词曲都难以挑剔。曾经到过盐源县龙洼小学，那里刚通路和电，孩子们什么都缺。有个年轻好看的女老师，以为我是什么老板，问我能不能给她找份工作，只要能出去，做什么都行，在乡下实在是穷怕了。她用彝语唱的这首《不要怕》，让我经常想起。妻子觉得好听，慢慢也学会了。沿 318 国道走到中午，嫌国道车多，从康定的新都桥，转到九龙县，没想是骑行的最好的路。两车道，车非常少，一路顺着河流走，有弯，但不突兀，有起伏，但不古怪。关键是，风景还出人意料地好，有一排排的大雪山，有高高的藏族古碉楼，有在土里寻食的大雁，有整齐好看的白桦林，有还未发芽的红柳林，有类似于干死的胡杨林的原始森林，和深灰的土地一起，色调收敛，画面和谐，意境幽远。沿河的路，也会受到水流的感染，变得流畅、欢快，青杨叶甚至发出了哗啦啦的水响，人也会受到河流的感染。她唱起了《不要怕》，虽然五音不全，但因为适情宜景，尚可忍耐——“风起了，雨下了，荞叶落了，树叶黄了，春去秋来，心绪起伏，时光流转，岁月沧桑。不要怕，不要怕，不要怕，不要怕，不要怕，不要怕。无论严寒或酷暑，无论伤痛，或苦难。不要怕，不要怕，不要怕，不要怕，不要怕……”在格日底村附近，视野开阔，路平直。忍不住提了一会儿速，海拔已经不高，摩托车恢复了强劲的动力，蜜蜂撞上头盔有子弹的脆响。几分钟后慢下来，打开头盔，问她怕不怕，她说不怕。我叫她猜一下时速，她说可能有 70 迈吧。我告诉她，97 迈。

十三

梅里雪山、玉龙雪山、哈巴雪山、白马雪山、大雪山、碧罗雪山、贡嘎雪山、仙乃日雪山、央迈勇雪山、夏诺多吉雪山，横断山区这些雪山，我都见过，每一座都超出了喜欢的范畴而且尊重加迷恋。在全球变暖的大背景下，比之青藏高原和帕米尔高原的雪山，横断山区的雪山更不容易。在低纬度低海拔地区，又在高速公路和大都市的附近，很多山放弃了自己的雪，裸露出与森林极不协调的癞疮疤一样的石顶。听保护区的扎西尼玛说，就连四大神山之一的梅里雪山，也因为冰川急剧缩小，雪线在年年升高而有可能在最近几十年失去雪。黄昏，我们抵达了九龙县城郊。运气也好，这正是大雪山最美的时候，早来一小时，雪山没有立体感，迟到十分钟，太阳就下山了。雪在夕阳下鲜明夺目金红欲燃，她在山脚兴奋地拍照，我静静地看。她觉得雄壮的雪山我觉得悲壮，因为我也有自己珍视而又在渐渐失去的雪，我也想在有生之年守住自己的雪——这种与环境和气候对峙的孤独感和无力感，是我决定渡过金沙江去诗人王单单家喝酒的主要原因，也是王单单戒酒两个月闭门练字看书后破戒陪我喝醉的主要原因，也是夜里一点钟诗人张雁超不顾我妻子跑到我房间里边喝饮料边说话聊到三点才走的主要原因。

十四

4月9号晚上8点出门，4月27号晚上6点到家，走了18天，4205公里。关于骑摩托带妻子走长途的不好，我总结了四点：一、我得强行倒时差，晚上尽量不赶路。二、看着她跟着自己睡公交亭、公园甚至草地，觉得有点愧疚。三、怕她在车上睡觉，超过10分钟不说话，就得叫唤一声。她掌握着一家的存折密码、经济命脉、内务外交，以及孩子的前途，平均每天只能走200公里。四、不敢随便找卖烤洋芋的老板娘搭讪。带她走长途的好处，也是显而易见的：一、有人买早餐，有人找住宿，还会砍价。二、有人洗衣，不用一套衣服穿十多天了。三、有人推车，从理塘过来，有几次打不着火了，是她推出了速度，用发动机冲出的。四、有人扶车，倒车之后，一个人扶还是很吃力，特别在高海拔地区。五、可以随时叫她查当地的天气、攻略、风景、路程。六、饿的时候，可以不停车，她会把饼子或者包子撕碎，喂到我嘴里。开始，会喂到鼻孔、下巴甚至眼睛里，后来，连矿泉水都能喂准了。七、大的决定，还是她的正确，比如说幸好没去林芝，要不然风险会很大。八、找不到路的时候，我不愿意开口，会兜圈子硬找，她就愿意下车问路。有一次，她下了摩托，走了好几脚泥泞，拦停别人的车，问这样的烂路有多远。司机告诉她，没多远。她过来，告诉我，没多远——

没多远到底是多远？等于没问。我告诉她一定要问清公里数，还好，一教就会。

十五

关于这次旅途，还要补充七点：一、雅砻江绿得像玻璃种的上等翡翠。在沙滩上午休时，看到水边黑压压的一层蝌蚪。二、从雷波到西昌，大地慢慢恢复元气，从寸草不生的石头，到土壤，到草甸，到灌木，到松林，头发越长越长，越长越密；从九龙到巧家，又反过来，原始森林一样的头发，慢慢地脱落到寸草不生。三、雷波县的彝餐、理塘县的豆花鱼、冕宁县的酸菜鱼、思南县的牛肉，又好吃分量又足又便宜。四、木里到九龙，有满坡满坡的高山杜鹃，紫红的，像大火烧山的样子。五、在长青春科尔寺，听全寺的僧人一起诵经，见识了狮子吼的震撼。六、普格县螺髻山镇梯田田埂、昭通苞谷土的塑料薄膜线像大地的琴弦。七、在香格里拉镇遇到一甘肃摩托车手，他说佩服我敢走木里到稻城的老路，更佩服坐在后座的她，他说坐车人比骑车人更艰辛，更需要将生死置之度外的勇气。

十六

他们赞美的大山和大河，是他憎恨的大牢和大锁
——如果有命离开，尿，都不朝这个方向屙
后来，真的离开了
后来的后来，他嘱咐孩子，坟，一定要朝这个方向埋
——我的诗歌《横断辞》

和张二棍骑马旅行记

一

这年头，在很多地方，马没有驴值钱了。

原因很简单，马肉没有驴肉好吃。

二

两匹马合计：18500 元。

打算：从林西县，经锡林郭勒、兴安岭、呼伦贝尔，到额尔古纳河。

要求：成也可，不成也可，开心就行。实在不开心也可。

人物：我和张二棍。

缘由：趁着有点时间和钱，有点激情和体力，做点自己喜欢做的事。

注意：过于看重内心的时候，“喜欢”二字，足以让人做很多傻事。

三

喜欢马蹄敲在石头上的声音，清脆，但不刺耳。

喜欢在马背上一起一伏的感觉，仿佛进入了画质清晰的西部电影。

西部电影有一个好处，就是恶会在结尾处，得到报应。

四

张二棍，名常春，山西代县人。

喜欢落日、荒原和酒。

他气质古朴，能把新开业的购物广场，坐出黄土高坡的感觉。

我在北京的出租屋，被告知不用上班了，就打电话问他："出去走走有时间吗？""有啊。""去骑马吧？""好啊。""什么路线好？""你说了算。"本来想走甘南去找黄河源头，高原冷。还是走点容易的路吧，草原怎么样？马不愁吃的。"好啊。"放下电话的第三天，就到林西买了马。第四天就到了这个无名的草滩。才知道，他没有请到假，一路领导还打电话训他。替他算了一下，一个月工资没了，年终奖没了，加上买马的一万元，损失了三四万吧。

我们似乎是一对反义词——我耐力差，他耐力好；我四两必醉，他能喝一斤；我长得大器晚成，他长得少年老成，所到之处，都认为他是大哥；我能把他拍成荒野大镖客，拍成布拉德·皮特，他摄影技术烂，常把我拍得肥头大耳，猥琐如偷马贼；我学机械出身，但连扳手都拿不稳，他没学过，却可以大修国产双缸的柴油机。两匹马也是反义词——我的马矮小，他的高大；我的马吃苦耐劳，他的好吃懒跑；我的马成熟稳重，他的只有四岁，像孩子一样顽皮，咬破过他的西装。有一次，我系鞋带，它一脚踢在我屁股上，时机、力道、速度、角度，都像是练过的，我趴在地上，颜面全无。

我们骑马走在锡林郭勒大草原，像一对反义词在黄绿的纸上。

一前一后，相距至少 250 米。

后来才告诉他，我是不想听那快乐的野鸭般的歌声。

五

草原并不像歌里唱的那么美。

一个小时是那条地平线，两个小时、三个小时还是。

你恨不得飞过去，看看前面的风景。

辛辛苦苦走到草丘上，发现前面是一样的绿草、一样的天和地。

地平线的起伏都差不多。

歌里也没有告诉我们，草原上还有很多铁丝网。

往往走到跟前才能看清楚，又原路返回三五公里。

歌里从来没有唱过草原的干旱，沙化严重，沿途牧民，几乎全靠地下水。

人没有水可以凭意志支撑，马没有水，牵起来像拉纤。

有次给马讨水，牧民说，吃顿饭可以，水没有，自己的牲畜都不够饮。

六

只是在电视里看郭靖和黄蓉、和华筝公主骑过马。

至于如何装鞍，系肚带，用缰绳，我们一无所知。

原本打算练一天再走，上了马才知道，半小时都练不下来。大腿肉嫩，受不了马鞍的打磨，匆匆地问了些养马常识，就上路了。第一天，牵，远多于骑，仅走了 40 里地，找了间废弃的石头房过夜。“马无夜草不肥”说的是真理，马晚上一定得吃草，要不然会越来越瘦，所以不能拴死；“好马不吃回头草”也是真理，马吃草会跑很远，得上脚绊套住三只脚，一瘸一拐就走不远了。我们有张 4 米长的彩条篷布，做帐篷也做防潮垫。每个人一件军大衣，裹在身上当被子。边吃牛肉干边说话，说着说着就睡了。凌晨四点起床，马已不见，分头去找，于 3 公里外寻获。

真正有马之后，就体会到那些有关马的成语和俗语，其实都很生动，如老马识途、马不停蹄、马首是瞻、走马观花、一马平川、快马加鞭、鞍马劳顿、悬崖勒马、人仰马翻、倚马可待、“路遥知马力，日久见人心”等等。特别是“人靠衣装马靠鞍”精警，一路有人说我们是收松茸或者收旧手机的，一路有人要买马鞍。

在伊敏镇，一个大爷想买马鞍，还管饭管草管住宿。

那时才知道，我们的马鞍不仅制作精良，还是真银装饰，价值至少两千。

我脸皮薄，说回来送给他。

七

大风往南，我们往北；大雁往南，我们往北
大雪往南，我们往北；大时代往南，我们往北
草，越走越黄；马，越走越瘦；话，越走越少
锡林郭勒，科尔沁，兴安岭，呼伦贝尔，额尔古纳
我们抵达的北方，几百万亩的星空，不掺杂一粒灯火
——我的诗歌《北方》

八

马是有刹车的，“嘘——”喊一声，马就会刹住。

马也是有挡位的，信马由缰，是一挡，最慢。提缰，两腿一夹马肚，是二挡。抖缰，大喝一声“驾”，是三挡。加一鞭，则是四挡，马已经四蹄飞纵了。加两鞭，是五挡，最快。马也是有倒挡的，上火车桥，马怕，越拉越退，反倒把我拉下了铁桥。

有一次策马奔腾，用了三挡，风掠起了头发和衣襟，见前面有个泥坑，想减速，于是“嘘”了一声。没想到刹车比摩托还灵，马前腿一撑，立即就定住了，我收势不及，从马头上栽了下去，顺势一个前滚翻，爬了起来，拍拍草，没等张二棍看见，又上马，继续加油门，又是三挡，风又掠起了头发和衣襟。这次，是一只乌鸦，突然从草丛中蹿起，掠过马耳，马受了惊吓，本能地往左急转，避开了乌鸦，只是我的惯性依然是往前的，所以，又栽了下去。又是一个前滚翻，站起来，拍拍身上的草，不过，这次张二棍看到了。

从马背上跌下来，是很危险的，马镫一旦缠住脚，会拖到马，马会受惊，马一受惊，会反过来拖你，跑到自己觉得安全了，才会停。他们说每年都有游客被马拖死。

我继续上马，加油门，挂挡。

在张二棍拍的照片中，马矮，我矮，天也矮。

九

因为矮小，我的马被张二棍讥为小毛驴。

因为黑，倔而笨，我取名为小铁。

有一段路，马头偏了，开始只往左偏一点，不要紧，反正草原那么宽，后来越来越严重，跑长一点，如果不纠正，它就会转一个大圈，回到原地。请教了牧人，才知道，马经常犯这种毛病，需用鞭子纠正。往左偏打左脸，往右偏打右脸。

果然，几下就纠正了。暴力如此省力，难怪他们那么迷恋。

伊敏河水深，过不去。只能从火车路上过。但马怕铁，如何牵，如何推，如何抚摸，如何拿草诱导，就不上去。天快黑了，水边蚊子又多，急躁起来，捡起一节橡皮管就抽。叭叭几下就上了铁桥。怕来火车，牵着急走，马这回听话多了。

8500 元的蒙古马，在废弃的橡皮管面前瑟瑟发抖的样子，至今还记得。

过了伊敏河，我给马编了根好看的小辫子，在额头上甩来甩去。

“伊敏”两个字，像一个初中女生的名字。

十

几乎每个看武侠长大的男人，都有个策马江湖的梦想。

20 公里的草滩，没有一张铁丝网。

我喝了一罐啤酒，反正草原上又没有人查醉驾。

高唱《嘎达梅林》，策马飞奔。三挡，四挡，五挡。

尽情狂奔，风起云涌。

夕阳，追光灯一样，打在我身上。

杂交山羊，四散奔逃；毛驴回避。

肉牛停止吃草，向我行注目礼。

有汽车，停下来给我拍照；也有摩托车，向我鸣笛招手。

甚至连火车，也长鸣了一声，才钻进洞里。

苍蝇远远地抛在了身后。

草越来越绿，蒲公英越来越多。

金币一样的蒲公英，清热解毒的蒲公英，可以喂鹅、炒菜的蒲公英。

风，越来越急，掠起了我的头发和小铁的辫子。

草原的尽头，似乎有一架巨大的风车。

十一

听我的话，不会骗你们，不要进山——饭店老板又劝，言辞诚恳。

他母亲采山货，一个星期才找回来，还算运气好。

有个猎人，一辈子都没回来。

付了账，走出镇子，看看太阳，确定了正北，拣了条土路，进了山。

北方的山比南方的好，没有密不透风的杂草和荆棘，有苔藓和落叶，让大地充满弹性。前是白桦，后是白桦，左是白桦，右是白桦，走五里是白桦，再走五里还是白桦，走到山谷是白桦，走到山顶还是白桦。一棵白桦是风景，十里的白桦林，是大风景，几十里的白桦林，就是凶险的阵营了。他们说白桦树可以做琴，但我此刻想到的只是森森的白骨。掉在地上的白桦都是干掉的，有的还真发出骨折般的声音。有阳光的时候，还觉得宁静。阳光被云遮住了，就有些恐怖气氛了。很难判断北方，没有指南针，手机也没有电了，设定远距离的目标，一段一段走。乌云渐渐堆积，白桦林里暗了下来，风越来越大，老远听到磅礴的风涛从远处传来，摄人心魂，整个山似乎都开始动摇了。第一次见到如此多的白桦，一起呼风唤雨，一起张牙舞爪。咔嚓，一棵四五米高的白桦，直接扑了下来，还好反应快，没压着人。一向冷静如冰箱的张二棍，都有点惧意，脚步明显地加快了。都知道，一群狼、一次迷路、一只蜱虫、一次受伤，都可能危及生命。如果闪电带来一场山火，跑都不用跑了，这么厚的落叶，这么大的风。当然来一只熊，也不用跑了，熊在山里，是神一样的存在，速度是你的两倍，力量是五倍，爬树更高，游泳更久，还有锋利的爪和牙。试着骑马，路不平的时候，马也累，骑手更累，只能牵着马走。沿路有野蒜，嚼在嘴里，不仅有韭葱的香，还有点大蒜的辣。有只大杜鹃在叫，不知远近，满山都是它幽幽的声音，喊魂一样。

实在害怕，我会把书拿出来，是岳麓书社的《佛教十三经》。

用麻绳绑紧后，就成了一把刀鞘。

那把十块钱买的、无鞘的西瓜刀，插在《维摩诘经》附近。

十二

一只灰黄的狍子，倏忽而逝，梦幻一般。

过了沼泽，过了20公里的芦苇滩。

前面一片无边无际的绿，让人不禁感慨呼伦贝尔的辽阔和壮美。

走近了才知道，不是青草，是小麦，估计有好几万亩。

人困马乏，天快黑了，又冷又饿。有的农房，农闲时节是空的。二棍侦察我放哨，有点紧张，从小连桃子都没有偷过，盘算着如果有人在屋里怎么解释，有人过来怎么解释。

他先看看大门，用铁丝在锁孔撬了撬，没开，看看窗户，也拴死了。绕着房子走两圈，发现有块玻璃是用透明胶固定的，撕开胶布取下来，伸手进去拔出插销，窗子就打开了。翻进屋，橱柜里有油盐，有两个苹果，自己啃了一个，递给我一个。他贫瘠的脸上，终于露出了一丝笑容，原因是翻出了一包面条。他在角落里又找到了柴油，倒在木柴上，放进铁炉，点燃了。他去打水，我把马拴到外人看不到的树林里，回来见烟囱直冒烟，又担心起来。“不要怕，明天给主人留点钱就是了。柴堆上晒有渔网，河里肯定有鱼。”二棍说。来到河边，水很清。我打电筒，他放鱼笼，用石头压住，说明天早上来看，最好能来几条狗鱼，那种鱼他吃过，刺少，肉又细又嫩。回来，水开了，他煮面条，我把沿途采的野菜洗了，丢在面里。野菜也不知什么名，别人采，我们也采，煮熟了也是苦的。面条好了，吃完又添了一碗，没想到山西人煮的面条竟然可以很好吃。

火炉通着大炕，躺下去，还真暖。

唯一的遗憾，就是二棍不是华筝公主，或者黄蓉，或者梅超风。

半夜起来小解，打开门，吓了一跳。

几十万亩的珠宝店一样璀璨的星空，不掺杂一粒灯火。

十三

遇到了几只棕色的狐狸，二棍眼睛不行，一只也没看见。

一个骑着高头大马穿花青蒙古袍的女子，他倒看见了。

我一度还想去追，对方翻山如履平地，一会儿就没了影子。

一天就只早上见到这么一个人。中午的时候，烈日如火，马鞍打磨着我的屁股，望不到边的土路打磨着我的耐心。没有河流，只在松林里看到一个水色近乎褐色的臭水塘，虫蝇密布，对水最挑剔的马，都忍不住喝了一点。带的矿泉水剩下最后一瓶了，都不敢喝。二棍也露出了疲态，一步一步挨。天快黑了，终于看到一个村子，所有的村子都有一个杂货店。我说，这次要敞开肚皮饱餐一顿。一边叫老板娘饮马，嘱咐用上好的草料——现在我什么都缺，就是不缺钱！一边问老板有什么好吃的，尽管拿来。老板说，都在架子上，自己拿。红肠、蛋糕、健力宝、啤酒、泡椒凤爪、花生、瓜子、矿泉水之类，取了一桌子。

吃饱喝足，软在沙发上。

一算账，两个人 35 元。加草料 15 元，合计 50 元。

突然想，在都市里很多点头哈腰和微笑，是没有必要的。

十四

两个疲惫的外乡人，拉着两匹疲惫的蒙古马，出现在现代化的城市里。

马路，不是马走的路。

行人纷纷侧目，车主怕踢坏了车灯，外公怕踢伤了孩子。

马，战战兢兢，生怕踩疼了水泥砖。它不知道，多年以前，多年以后，这里都是草。显然是饿坏了，趁我不注意，连路边的小叶杨也咬来吃，而且还把树枝嚼着，咽下去了。找了个小旅馆（只能找私人的小旅馆，才会帮你找地方拴马）。吃完饭，已是晚上十点多，穿着军大衣，到街上的绿化带放牧。半夜，实在累了，就回了旅馆。马显然没吃饱，第二天早上，牵出城的时候，看到人行道上的青草就牵不动了。只得让它们继续吃。草半尺多长，全是嫩叶。马吃相贪婪，但不吃开花的蒲公英。坐在台阶上，看久了，我也折了一茎草，含在嘴里，细细地嚼。

来了两个民警。“哪里来的？”“锡林郭勒。”“去哪里？”“往北，走到哪儿算哪儿。”“为什么骑马？”“不想坐车。”“无人区吃什么？”“干粮。”“怎么过夜？”“野地里，带有军大衣。”“马是不是偷的？”穿制服的很认真。我们有身份证，马没有；我们会辩解，马不会；还好，我会微笑，张二棍会递烟。警察放行了，继续走。刚走了一条街，又被穿反光背心的清洁工叫住了。“把马粪清理了再走，”上了年纪的阿姨语气倒还柔软，“找活干，要去城北的煤矿，那里常年招人——你们赶快清理马粪，拉出城去。”她说：“领导看到了，会直接罚你们款——这可是卫生城市。”

我蹲下去，用塑料袋套在手上，一颗颗捡。

由伊敏的河水和青草，组成的圆球，温暖而又柔软。

我想到了母亲做的蒿子粑粑。

十五

“天上的鸿雁从南往北飞，是为了追求太阳的温暖。”

“南方飞来的小鸿雁呀，不落长江不呀不起飞。

“要说起义的嘎达梅林，是为了蒙古人民的土地。”

琴弓在小尚手里成了一把钝刀。

他开着商务车倒回来，说马肚带不行，叫我们跟他回家换新的。

在他家看到马头琴，就叫他拉了《嘎达梅林》。

琴声低回沙哑，像草原上那些流着流着，就消失在沙里的河流。

十六

我是好奇心起，才出了这个馊主意。

反法西斯公园里有几辆坦克，游人钻进钻出，我说在坦克里过夜算了。

在背人的斜坡上等夕阳落下去，等最后一对恋人回去，等公园管理员锁门下山。我们把马拴在树林里，选了辆老式坦克。铁盖开着，直接钻下去就行了。杀人机器现在变成了我们的庇护所。刚开始感觉还不错，安静，安全，没有风，虽然窄一点，但蜷缩着还能睡。一个小时之后，就感觉到不对劲。金属制品散热快，钢的冰冷和坚硬，直接穿透军大衣抵着后背，军大衣完全无法抵御。爬出，换一辆新式坦克，躲进去，每次一睡着，就会被冻醒。怕感冒，坐起来青蛙一样，望着头顶，8 颗锃亮的铆钉一样的星子，牢牢钉住了井盖一样的夜空。暗自想，如果我设计坦克，一定会装上空调和电视，装真皮沙发和重金属音响，以及一些包糖的蒿子粑粑和女明星画报，坦克里的人软下来了，会减少许多血肉模糊的碾压。张二棍倒没事，鼾声均匀，他在工作中的国产双缸柴油机边都能睡着。

夜里 2 点，感觉关节开始生锈。

夜里 3 点，终于挨不下去了。我站起来，头碰上了 30 厘米厚的钢板，钢板没动静，头嗡嗡响了一阵。等脑袋不响了，爬出来。

坐在废铁之上，对着那饼不锈钢的月亮，吹起了不锈钢的口琴。

海拉尔河北岸过来的风，吹起了 125 毫米口径的滑膛炮管，像长号一样低沉。

十七

不是所有的草，都像麦子一样结籽，

有的草，钻出来，遇到了干旱。

有的草，钻出来，遇到了马的唇。

有的草，钻出来，遇到了百草枯。

十八

呼伦贝尔大草原上最多的，不是草，而是风。

风大的时候能把马吹偏，只能牵着走。

又冷又饿又累，好不容易看到了十几顶帐篷。

主人嘎沙是一个五十多岁的汉子，有着一张刀刻般的国字脸，有着一个黄蓉般古灵精怪的女儿，父女俩经营着这家牧家乐相依为命。几杯酒下喉，话多起来。他说："年轻的时候，呼伦贝尔还真是风吹草低见牛羊。现在，草只有 2 厘米。这里适合游牧，要冬夏转场，草才长得好，牲畜的维生素才跟得上。现在有了铁丝网和砖房，定居了，草少了，牲畜的病却多了，肉也没有当年好吃。有些人还把草原垦成耕地，这里土壤薄，化肥农药用下去，几年就会板结沙化，很难恢复，不知你们留意没有，很多麦地周围，都已经是沙了。最重要的，化工厂越来越多，再往北，沿路都有，有黑心工厂，直接往地下排污。你走出帐篷，就可以看到对面有家化工厂，我就直接和他们干了，他们给我钱，我也不答应，现在停工了……"对于这个世界的看法，他比我还悲观，他说："现在还能看到呼伦贝尔草原，再过几十年来，你能见到的只是呼伦贝尔大沙漠了。"就他的故事，被我写进了《风居住的地方》："纵横交错的铁丝网，会琴弦一样低鸣 / 北风，九级，零下 42 度 / 牧民嘎沙，光着上身，端坐在化工厂门口 / 将厂长递来的两沓钱，抛向空中 / 漫天的钞票，是这个冬天 / 呼伦贝尔草原上唯一的一场雪 // 沙，驱赶着草，风，驱赶着沙 / 风，才是真正的主人 / 我们无法阻止呼伦贝尔大沙漠 / 就像我们无法阻止风一样 // 抛向空中的那些钱，全被风收走了 / 几十个工人骑着摩托，一张也没有追到。"

风停了，走出帐篷，黄昏是一个盛大的仪式，让人肃立注目。

我拍了一张照片。整个画面都是金红的。前面，河水流淌着金光，牛羊的剪影清晰可见，帐篷在后面若隐若现，饱和度很高，层次感很强。

照片里看不到满地的牛粪和羊粪，看不到苍蝇和蚊子，看不到啤酒瓶和塑料袋。

当然，也看不到化工厂。

十九

故事的结局很美好，我们抵达了额尔古纳河。

两匹马，由起初的互相攻击，到互不理睬，到形影不离，到生死与共。

一度丢了，几天后，在荒野找到时，两匹马还在一起。

马鞍寄给了那位留我们食宿的大爷，自己另买了个人造革马鞍。

至于马，不用管，张二棍总是擅长收拾残局。

他把马托运到唐山，在山洞里关了一个月，每天去喂。

后来，找了个买家卖出去了。

二十

一直想找个秋天，再去北方看看。

20 公里的芦花，会开成什么样子？

几十万亩的麦子和上百里的白桦林，会黄成什么样子？

那两匹马，如果没杀，又老了三岁。

它们的三岁，相当于我们的十岁。

游离者

· 2020 年 3 月 3 日，晴转阴，从张家界到借母溪。

一

那天，你突然在人潮人海中停下脚步，回过头。

以为你在震耳欲聋的广播和轰鸣中听到游离者那震耳欲聋的沉默。

二

“——想出去了。”晚十点，突然对她说，刚刚睡醒的我有了久违的冲动。“往哪里？”她已经习惯了。“广西广东吧。”我说。这季节只能去南方，别的地方都冷，不适合骑摩托，去广西看看边境，看看海，去广东走走当年打工的地方。我一件件穿上骑行所需的衣服，她在一边一样一样地听我的吩咐替我找东西。因为疫情，要尽量减少与人的接触，有些地方还可能找不到吃的，我带上了打火机、铁盆、火锅炉、盐、腌牛肉、菜刀。睡袋带了，又放下了。晚 11:18 发动了摩托车，打开车灯，挂一挡，松离合器。离合器，此时应该叫离别器。后视镜里，她一直在杏花树下，站着，看着。

三

因为有了炊具，因为去南方，我可以离开人群。

像月亮游离于瓦背，像云游离于山。

我和世人，可以不必互相依赖，互相麻烦，互相讨厌和摩擦。

四

借母溪的水，依然能发出声音，这是我喜欢的。

在里面游过泳，有细如牙签的鱼苗，围过来，咬得人又酥又麻。

・3 月 4 日，阴转雨，深寒，从借母溪到黔阳古城。

一

下雨了。路面湿了，面罩湿了，手套也湿了，有雨水顺着面颊和脖子流入了胸口，最后鞋袜也湿了。体温在风中迅速降低，特别是手指，由冷得发疼，到开始麻木。一旦冷了，疲倦、饥饿、动摇等负面情绪就会接踵而来。注意力不集中，怀疑行走的意义，想回去。在火马冲雨停了，找了一个小码头，点一块火锅蜡，放在细柴下。火，就像有一个朋友来到对面一样，火不仅能给人温暖和光明，还能给人安全感。又割了一块腌牛肉，用树枝穿起来烤，烤出油，烤出蛋白质特有的焦香，慢慢地用手撕着吃，吃饱了，就踏实了。古人认为心是用来感知和思考的部位，我想，胃，起了大作用。

二

饭馆都关着门，只有零星的米粉店开着。它们就像杏花一样，最先忍不住春天。吃粉的时候，老板娘说也是冒险开的，有人来干涉，就关了。我家开过米粉店，知道这种低技术含量的行业，竞争压力很大。不到万不得已，不敢涨价，不敢关门。他们说，央行有没有多印钱，去老地方吃一碗米粉就知道了。

三

导航引上了高速，无人收费，也不回头了。有雾的高速公路上，万物都有了杀气，大货车超车的时候，像一支雷霆万钧的军队，小轿车有了地对地导弹一样的凶猛，落叶会像弹片一样旋转着从车头掠过，雨滴打在头盔上，也有了霰弹般的脆响。40 分钟左右，从桐木镇出口下来，像活着走下枪林弹雨的战场的士兵一样，长舒了一口气。

四

古黔城空空荡荡。霓虹灯照不到人，就对着一条横幅闪烁——“新冠病毒真可痞，惹不起我躲得起”。去码头上看沅水。有人来收网。我说想和他一起去，他说船不能搭两个人。船很小，等腰三角形，另一半像被锯掉了一样，很难看。收网的人，一无所获；等鱼的我，也一无所获。

五

看到两块方正的夹板，不知哪辆车掉的。

捡了一块，感觉太大，在护栏上敲成两半，虽然不好看，但能放进尾箱里。

这很重要，我没有带砧板。

・3月5日，阴，从古黔城到通道。

一

从黔阳古城到洪江古城，虽只有两车道，转弯起伏，没有丝毫的生硬和造作，你甚至能感觉到左侧黑暗中沅水的柔和和善意。大地的震动从车轮通过减震器传到车把上，再从车把通过皮手套传递到手掌，那不再是颠簸，而是颤抖。雅马哈的创始人山叶寅楠，以生产乐器起家，他们的摩托车，也有音乐属性，手指在离合器和前刹上轻点，左脚在挡位上和脚刹上轻踩，配合无间，像在弹脚踏风琴。有一段四车道的路，加上中线，刚好五根清晰的黄线，我和我的摩托车像个音符，在《蓝色的多瑙河》五线谱上，流动，抒情。

二

洪江段，条石砌岸。

沅水在一排刺眼的路灯下，灰色的水泥地面一样平静。

景观树，不仅树种一样，距离也一样，大小也一样。

他们总是认为整齐才是美。

三

凌晨四点到高椅乡。一面巫水，三面青山，如坐高椅，因此得名。坡陡而长，有些路段，只敢用一挡。在村公所暗处的条凳上躺下，等天亮，等着看看这个古村落。昨晚咖啡喝得太浓，睡不着，能听到石板街很多有趣的声音：猫叫像孩子一样多变，司晨的公鸡叫得很有责任感，高筒靴的声音像象脚鼓，屠夫在磨砍刀，有人在扫地，有人穿着棉拖鞋出来，巫水里有马达声——估计是来赶集的船。睁开眼，坐起来，见如所闻，屠夫果然穿着高筒靴，买猪肝的大嫂，果然穿着肥大的棉拖鞋。只是没想到扫地的大姐用的扫帚，竟然是一束带着绿叶的竹枝。错误最大的，是右侧卷帘门里面床板的动静，一直还佩服小两口的精力，看了招牌，才发现是包子店，估计在揉面。天，终于亮了，进村闲逛，老巷子曲折幽深，青石青砖青瓦青苔中，会突然出现一树明亮的红杏，挺有意思的。

四

瞥见巫水里，有条渔船，慢得让正在加速的我微微一震，停了下来拍照。你觉得他慢的时候，老渔夫索性放下船篙，点燃了一支烟。船和水都不动，在那里等他点烟。点完烟，也不急，坐在那里抽，几分钟之后，才拾起篙子，继续往上游撑，船走的是折线，看起来并没有坚决的目的。受其影响，我拐入了一个田园牧歌似的乡道。看到了我喜爱的侗族木房、溪桥，到处可见穿睡衣散步的男女，甚至还有穿睡衣骑摩托车的。土狗心情舒畅，从它们的跑动姿势就看得出来，比狗更快乐的是母鸡，应该刚下过蛋，叫声明显地听出了它的成就感。最快乐的是麻鸭，它们拍打着翅膀摆动着尾巴，钻进水里也不找食物，只是好玩，一出水就叫，应该是唱，脖子伸那么长，再难听也是唱。百花汹涌，李花、桃花、茶花、梨花、玉兰花，扑面而来，尤其是菜花，山上山下、村前村后，从早看到晚。人车合一，随着水泥路，在油菜花中起伏，像一只穿花的蝴蝶，后视镜是蝴蝶的两只触角，加大马力，摩托车轰鸣起来，又感觉自己是一只蜜蜂。

· 3 月 6 日，晴转小雨，从通道到南宁。

一

万佛山，盘旋而上的车灯，一串串的，很好看。

仿佛繁星就是这些夜间赶路的汽车，开上了天空形成的。

二

北风和南风，在此交战，所以天气变化快。南风输了，又下起冷雨来。在合桐村的公交亭里休息，毛毛雨凝结成的雨滴没有规律，像杂沓的脚步，又像野猫舔水。石头做的长凳很冷，五层衣服都抵御不住寒气透进肉体，仿佛石头有一张贪婪的嘴，在吮吸着我的热量。但我还是睡着了。我的经验就是，在野外睡觉，要躺下来，身体放稳，四肢放松。用头巾遮住眼睛，尽量戴头盔，头盔不仅防风，防蚊虫，更重要的给人以安全感，不必担心板砖棍棒偷袭头部，因为偷袭头部可以致晕可以抢劫，陌生人不会动不动拿刀捅你。有了安全感，会更容易睡着。醒来出发，时速提升到 50 公里左右。突然，近光灯显示车头下面有一条蛇或是一条绳子，看长短、看盘的形状像一条蛇，但是前轮点过去又没动静，我想这么冷的天，蛇应该不会出来吧。继续走，1 公里后看到公交车上赫然写着“盘蛇村”三个字，于是想那可能真是一条蛇。

三

清水煮青菜，放了剁辣椒。味道和音乐一样，能让你想起久已淡忘的细节。芥末一样刺鼻的菜叶，让我想起和父亲在守水库时，每天就是吃米汤煮青菜。年纪大了的缘故吧，越来越接受这种清淡的草木的味道，吃得一干二净，煮过青菜的水，也是香的。端着空盆发呆，突然发现有些事物其实挺完美的，没有必要再创新了，就比如说这盆子的形状，比如白糖包子和剁辣椒。

四

晚九点出发，应该是北风败北了，天气好转，气温大幅提升。到内鸡村口大榕树下小憩时，听到了今年的第一声蛙鸣，有金属铜的感觉。重新上路，声音从黑暗处转到路面变成了实体的青蛙，比声音形容的要小。

· 3 月 7 日，阴，从忻城到崇左。

一

后半夜，几乎每辆来车都会关远光灯。

感觉每一次远光灯的关闭，都是深夜赶路的陌生人，向我的眨眼。

有个上坡，彼此还未冒头，心有灵犀一般，同时关了。

二

中东镇，凌晨三点，竟然有两个中年男人在路灯下下象棋。

棋子敲在木盘上将军的时候，铿锵有力，有几分逐鹿中原的霸气。

停车，观棋，不语——水平比我高得多。

出镇，被六双绿莹莹的眼睛吓了一跳，走近一看，是露宿的黄牛。

三

过驮卢镇，天渐渐亮了。桃花、菜花和李花少了，有了扶桑花、三角梅、黄槐花、腊肠树花、红樱和木棉花。遇到一牛车，老大爷骑在牛背上，老大娘坐在牛车里，对我微笑。我倒车回去，给他们拍照。老水牛的角，又大又尖，像两把好看的大刀。老大爷六七十岁了吧，但腰身挺直，不怒而威，仿佛护送刘备家眷千里走单骑的关云长，只是手里缺了一柄青龙偃月刀。心情好，风景也好，舍不得走了。停车做饭，到处都是奇形怪状的石头，灶都不用砌，荔枝树下干树枝很多，切牛肉，煮牛肉，削木为筷，靠石为椅，细嚼慢咽。清明鸟叫得婉转欲滴，口音和老家完全一样。远处，有父母拉着牛车，牛车带着一个小孩，向山谷里面走去。山很精致，盆景一样，但都很独立，陡不可攀，这又让我想起广西的朋友，小韦和小陶，都那么精瘦和倔强。觉得以后骑摩托长途旅行，可以带上炊具，这样可以在自己喜欢的地方做自己喜欢的吃的。不主张人类重返原始社会或者农耕文明，不喜欢动物世界般的残酷，但是希望以后能像斯奈德一样，经常有机会浪迹山林、漫游荒野，甚至像梭罗一样，能在野水边住上一段时间。大自然，虽不言说，却自如寺庙或者教堂，给人教诲，给人安宁和信心。大自然，也不造作，自有大美和深爱，能让人感到安慰、愉悦。

四

从张家界、怀化，到崇左，一路向南。

有弯曲，但大方向不变，像玻璃上的一滴水，或者脸上的一滴泪水。

直接下垂，下垂到地图的最底部，中越边境。

· 3 月 8 日，晴，从崇左到水口。

一

随着气温的升高，天气由敌人变成了朋友。

边走，边减衣服，有了松绑的感觉。

一度还把笨重的头盔取下来，享受一下违禁和头脑解放的快感。

头发三个多月没理了，在风中有旗帜般的张扬。

二

沿边公路，山峦叠翠，马鞍、元宝、骆驼、乌龟、人脸，形状不一。遇一穿乡卖肉的面包车，买了一斤后腿肉。又过了几座山，见三个水塘，串在一起，清澈可爱。一些好地方要多停留一会儿，以示喜欢，一些非常好的地方，要做做饭，要睡睡觉，以示敬意。停车，砌灶，煮肉，炒肉，睡觉。林子里各种鸟在叫，一种都辨不出，青蛙大白天也叫，另还有一种咕咕的声响，不像是动物，估计是水在往地下渗漏，也许我睡的下面是一个巨大的溶洞或者天坑。果然，一觉睡醒，水明显地浅了一截。收拾简陋的盆子、砧板，突然想起了小时候过家家的儿戏，那时觉得好笑，现在发现，人生真可以当成一场游戏，只要能够放下，足够简单。可惜蜜罐没盖好，全漏在尾箱里，难以收拾。

三

山却越发凶猛了，劳作的人们在山脚，显得更加弱小而让人怜悯。遇一摩托车维修部，请小伙子紧链条，上润滑油。他消瘦的身形、窄而尖的脸形，都和我的朋友韦树定神似，只不过手里的毛笔变成了扳手。他问了我的骑行经历，瞬间崇敬起来，说自己也有骑摩托去西藏的梦想，可是没有钱也没有时间。我说像他这么大的时候，我在广东打工，更加狼狈，不仅没有钱和时间，连尊严和自信都没有，女朋友因此还离我而去。只要努力，时间会解决一切问题。给他钱，他说算了。喜欢粤语区的人讲普通话的味道，短促吃力，像在嚼脆骨。上了润滑油的摩托车，更加柔顺无声。

· 3 月 9 日，响晴，从水口到停寨。

一

烈日下，群山像蒸笼里的包子。以 30 公里左右的时速巡航，一只手掌握车把，不用离合器换挡，轻松写意。走了一段，我也如蒸笼的包子，快被蒸熟了，连脱了两件衣服。在热带地区，到处都能感受到生命的强大，人会乐观许多。亲眼看到一所无人居住的砖房被各种藤蔓死死绑住，连人都无法进去了，也亲眼看到一条 4 米宽的水泥路，在密林中被蕨类植物吃掉。

二

水东镇竟然开着几家餐馆，青椒炒肥肠。喜欢吃内脏，喜欢肝肠心肺的柔软，可惜辣椒不够辣。走大青山，后背如有芒刺，脱衣检查，并无异样，索性不穿了，湖南人还在棉衣棉裤的时候，我竟然打赤膊骑摩托。风和阳光在身上，凉爽，轻柔如一袭华贵的丝绸。

三

路过了一个叫剥皮的寨子。

· 3月10日，晴，从停寨到东兴。

一

遇到两只猫头鹰和一只蝙蝠。

猫头鹰翅膀的扇动从容无声，蝙蝠的扇动就很慌张，捕食也像在逃命。

二

遇到一个烧过野火的荒山，离公路十多米，有很多干柴，视野也很开阔，这段边境公路非常罕见，更重要的是四野没有一粒灯光，不用担心别人的呵斥与驱赶。简直是完美的宿营地。查了一下手机——停寨，名字也挺适合休息的。

三

没有石块，用木棍和土块砌灶。找柴很容易，而且是我喜欢的干松枝，一点就燃，有好闻的松香。水很快就滚开，菜也很快熟了。还是牛肉，如果在防空洞里三个月只能选择一种食品的话，我会选择牛肉。吃完，洗盆子，倒水，小心翼翼，水像一根绳垂在盆底，铁盆发出婉转的哭声，倒多一点，哗啦啦，就笑了。洗完再倒，有月光落入水里，惊慌的鱼一样乱窜，我一口喝下去了。擦菜刀，刀上也有月光，越擦越多，不锈钢变成了镜子，一点杀气也没有了。收拾停当，换件内衣，赤裸着上身，月光像冲冷水澡一样，从头顶流得全身都是。把能加的衣服全加上了，以对付晨寒。还没有睡意，坐在高处看看风景。月光如深海，五座山头大尾小，线条圆润，像五头潜伏的蓝鲸。各种虫声此起彼伏。桉树林有只杜鹃，偶尔也会叫一阵。我用口哨学它，它像遇到了知己一样，和我呼应起来，声音越来越凄切，最后像在哭诉了，我连忙停下。在火旁和衣睡下。风不大，也不停，带着桉树味。做了一个梦，梦里还是那种浓稠的橙红的黄昏，很多亲人都在，有不可名状不可抑制的悲伤，想抱着每一个人痛哭。醒来，四周更加澄澈，打开头盔，又白又圆的月亮就在鼻子尖上，仿佛伸出舌头就能舔到。一条云，鳄鱼一样，静静地从月亮旁边游过去，一直游，游着游着，分娩出一条小的，游着游着，游到天边，把几粒星子吞掉了。

四

水泥路像镜子一样反光，关掉车灯时速竟然也能达到 36 公里。

一生中，有必要在月光强烈的凌晨独行一次，有机会想到一些错过的还在错的事情。

· 3 月 11 日，晴转阴转小雨又转晴，从东兴到茂名。

一

想沿途赶海煮海鲜吃的愿望落空了。

各种禁止外地人的牌子、花杆或者带小旗子的阻拦绳，把海岸封锁了。

只在白浪滩附近，透过房子和树林的空隙，看到了一点点海。

猥琐如一块灰白的湖泊，或者抹布。

二

往合浦出发。路上遇到几根干松枝，停车，折断，绑在后座上备用。

中午，拖着这几根干柴，过了钦州市。

下午 3 点，在 325 国道旁的桉树林里做午餐。桉树已砍掉，和昨晚的荒山一样，到处都是干柴，不同的是，这里还有满地的苍耳花。后座上的柴本来没有用的，为了证明自己不那么蠢，还是强行取下来烧了。有鳕鱼的地方锅也是海。剁椒鳕鱼煮豆腐，色泽好看，但不好吃，腥味太浓，吃一半，倒一半。睡觉，下雨了，雨滴打在头盔上有轻微的响声，继续睡。这里的干草、枯叶和土块形成了一张床，天然下陷，幅度完全符合人体工程学。不走，敢打赌这雨下不大，下不久。

我会看云，浅灰色的，又轻又薄，不像那种积雨云。

这次，我输了。

三

月亮被我从广西的合浦，带进了广东。

夜间赶路，有个最大的好处，就是排除了视觉干扰。

眼睛接收的信息太繁杂，反而会干扰大脑的思考。

夜行的时候，心往往会发现很多眼睛无法看到的事物。

四

不经历付出的得到，不经历痛苦的快乐，是浅薄的。旅行于我来说，更多是体验，所以一路上不仅有快乐，也有疲惫、痛苦、尴尬、失败和沮丧。这样的旅途，其实就是一段人生的浓缩，只不过跌宕起伏的幅度更大而已。我的骑行一般有四等状态：第一等，外界环境好（风景好，路也适合骑行，车少，安静），内在的精神状态也好，这种时候很少见，在大西北多一些；第二等，精神好，但环境不好，这种时候比较多，如今在意路上感觉胜过风景了，和审美一样，觉得内心的打动胜过单纯的视觉冲击，更有力量更能回味；第三等，就是精神不好，环境好，可以持续一段时间，但是要降速；第四等，就是精神不好，环境也不好，这时，要想办法改变，须停下来休息或者投宿，或者喝咖啡提神。广东廉江段和化州有一段，就属于第四等。

五

有那么一刻，我厌倦了月色。

· 3 月 12 日，晴转阴转阵雨，从茂名到云浮。

一

海水要抽干了是什么样子，去海鲜批发摊看一看就知道了，各种鱼类、虾类、贝类、蟹类、藻类整整齐齐闪闪发光地摆着。经常会逛逛当地的农贸市场，在这里，总会有人为你点头哈腰；在这里，总能有一两样，让你觉得值得付出什么。我看中的是梭子蟹。56元两只，一公一母。打开塑料袋，它们刚刚认识，就被我分开。提着梭子蟹的绳子，用剪刀给它们松绑，刚刚获得自由，就掉进了沸腾如海浪的锅里……带火锅炉的好处，就是不仅可以在野外做吃的，还可以在宾馆里做吃的，火锅蜡也没有烟，不会引起宾馆方的不满。凌晨四点看了球赛，本来打算白天补觉的，谁知街上钻机在打眼，把整个酒店，弄成了一个巨大的音箱，无法睡着，不得已提前出发。

二

典型的第四等旅途，人疲倦，景难看。路烂车抖，需要强力钳住车龙头，这让我想到了早上煮的梭子蟹。走了20公里，停下来休息，没喝咖啡，买了一瓶健力宝。在明城水泥厂，打完球，有时会买一瓶健力宝喝，又甜蜜又清凉又解渴又提神，全身通透，但是三块钱一瓶，有点舍不得。那时有个梦想，希望有一天钱能多到随时买健力宝而不会舍不得。在中部见不到这种饮料了，但在广东还随处都有，依然是三块钱一瓶，依然是一样的塑料瓶、一样的味道。舌尖的记忆比眼睛更持久更准确。当年在篮球场上，那个速度快、启动快、爆发力惊人的追风少年，又浮现在眼前，我在厂里拿到了冠军和得分王。庆祝宴上，他们要我摸一个服务员的胸，广西女孩子。我不摸，他们把她的衣服敞开了，比月亮还耀眼。我不敢对视，更不肯触碰，他们急了，几个人来捉我的手，我也急了，奋力挣脱，夺门而出……健力宝一直在舌面回甜，以前迷恋的感觉，现在讨厌起来，对于正在减肥的我来说，喝这种高糖的饮料有一种犯罪感。

三

还是支撑不住，又找了一家宾馆。

饱睡之后，晚九点出发。

200 公里的路有点短，而夜还有那么长。

连续红灯也不急，让我有时间认识一下这座城市。

哦，叫阳春——多好的名字。

四

音乐到了《斯卡布罗集市》，轻轻地跟着哼起来。

我要去的，恰恰也是一个陈旧的小镇。

四车道，对面的车都不怎么关远光灯，强烈的灯光又让我想到了当年烧焊的电弧。刚开始，每天红肿着眼睛，床头氯霉素眼药水是必不可少的，我甚至用手臂吊砖头，练习烧焊，两年后技术才好，花纹又美观又没气泡。拿铁留痕，突然想到这个词语，铁经过焊接或者火焰切割之后颜色没有变化，碰了才知道。刚到车间的时候，手经常会烫起泡，直到后来养成了戴皮手套的习惯。

又下起雨来。

夜，披在夜行人身上，像一个巨大的斗篷，在风中猎猎作响。

五

看到了久违的萤火虫。

只有一只，正挣扎着往高处飞，超过了木瓜树还在往高处努力。

仿佛要变成一颗星星。

· 3 月 13 日，小雨转阴转晴，从云浮到高明。

一

回忆藏在故地，不来，你还真想不起来。

进了肇庆市区后才记起，不仅骑单车来过七星岩， 还带父母来过。

她也在，父母挺喜欢的。

二

一条路一条路慢悠悠地走，失落的记忆，俯拾皆是。水泥坑积满了水，颚式破碎机被拆走了，换成了几只青蛙，样子差不多，也挺吵的。机修车间还在，钻床、卷板机，连工具箱都还在原来的位置，我又推了推氧气瓶小车。当年，我和她一前一后，推着这种车，去各车间维修，泥泞中开始相帮相怜。球磨机，这个水泥厂最吵的大家伙，现在比我还要安静。球磨机装着好几吨钢球，有一次换衬板，需要把钢球腾出来，我在里面，她在外面，把钢球一个个递给她，钢球有大有小，但每个都很烫很亮，当时就感觉是上帝把一颗颗恒星，递给了天使。我夺冠的篮球场上，芦苇和姚明差不多高了。宿舍搬空了，只有厚厚的灰尘、斑驳的青苔和几只有毒的花蚊。山上那座不起眼的宝塔，印象中只离镇子两三里，现实中，竟然有七八里远。那年深秋，枫叶红了，一群人去玩，我们还拍了张合影，我折了枝红叶像伞一样罩在大辫子大眼睛小狡猾的她的头顶上，也就是在那天，在电影院里，拉了她的手。照片珍藏了很多年，结婚后才把它丢了……一转身，23 年就过去了，一转身，10 万多公里就走完了，一转身，上海产的永久单车变成了中日合资的雅马哈 150 飞致摩托。时间究竟是怎么回事？生命究竟是怎么回事？一转身，倔强又脆弱自负又自卑，相信爱情和永远却不相信命运和苍天的疯狂追赶失声痛哭的少年，就变成了面无表情袖手参观一言不发的中年游客。

三

随着导航的准确率越来越高，我的信任，慢慢变成了信赖，并由信赖变成了依赖，变成了言听计从的奴隶。去高明，特意关了导航以示反抗，却把本来 17 公里的路走成了 60 多公里，不得不再次打开，温柔的女声在 10 万多公里的千山万水同甘共苦之后，依然是那么客套礼貌而无懈可击无机可乘。又看看摩托车，随着电子点火启动、碟刹、防抱死制动装置、真空胎等制造技术的炉火纯青，几乎不用再担心抛锚或者失控。再看看随时担心丢失的两个手机，你会越来越觉得冰冷的软件和更加冰冷的机械，比人情和人世更让人放心，这是我越来悲观与绝望的原因之一。老一辈人说，死之前要去收一收年轻时的脚印，才能入土为安。用足迹印证回忆，心，确实会安定下来。人生不是梦，以前确实如此这般地活过，有诸多的旧物为证，对于一个在高速变化的时代里要不停地工作一停下来就心慌意乱就怀疑焦虑甚至恐惧的人来说，心安非常重要，意味着天空和世界不再摇摇欲坠，意味着生命和时间，暂时还是可以相信的。其实，以前一起打拼的谭小文和李俭元，都还在附近，老实巴交的李俭元，成了一个成功的老板。做得一手好菜的谭小文，买了新的房子，找了一个好看的爱人，养了一对可爱的儿女。不打算通知他们了，疫情防控期间都不方便，知道他们都过得好就够了。在沧江路上等红灯，从后视镜端详自己，头发比父亲的还长了，因为头顶有疤，他总是留长发加以掩饰。

四

独自游离于人世的时候，精神往往会游离于肉体。

红灯变绿，直到后面的车，鸣起了喇叭，我才意识到，应该走了。

· 3 月 14 日，阴晴相间，从高明到清远。进入狂奔模式。

一

夜里两点睡醒，骑摩托车走出如家宾馆，在高明城里转了几圈，出城，把音乐音量放得很高，像单车少年一样，抬起臀部，俯下前胸，身体与大地平行，像一辆加速的喷气式飞机随时会离开地面腾空而起的样子。凌晨三点半，再次抵达明城水泥厂。黑暗中的水泥厂，一盏灯也没有，像一个巨大的城堡，更像一座阴森的坟墓。转了一圈后，北上，从清远、邵阳、泸溪返回，从闷热的夏天返回，从 23 年前返回，返回春天，返回今天，返回肉体，返回人世，返回那棵杏花树下。一共走了 13 天，3089 公里。

二

怀念，因为走得足够远，足够有仪式感，最终变成了祭奠。

梅雨

一　宿风雨亭时，对梅雨尚不够尊重

蚊子，轰炸机一般，轮番俯冲，隔着头盔，不足为惧。只是对面排椅上，那个流浪汉的鼾声，难以容忍。旋律虽然悠扬，但毫无节奏，几次在半空中突然断了，让人心悬了好一阵子才续上。几次权衡后，穿上雨衣，翻身上车——虽大雨，虽深夜，吾往矣。

二　在桥洞下躲雨，还保持着乐观

路面成了激流，货车是虎鲸，轿车是鲨鱼，客车是大白鲨。摩托车是惊慌的螃蟹，见到什么都怕。躲进桥洞，成了寄居蟹，才有了安全感。在桥洞里，看天空，有教堂一样的弧顶；在桥洞里，看人间，像沸腾的锅，煮着海鲜。有个骑电瓶车的女子也想来躲雨，老远地看看我，又掉了头，仿佛我真长着两只蟹钳。

三 落魄

一样的看海回，一样的回湖南，一样的宽脸大鼻，一样的胶筒鞋，连摩托都和我以前的一样，广州本田新大洲150——是不是丢失多年的魂魄追上来了？他是屠夫，微信名叫“猪肉小王子”。和我当年不同的是，他比我爱说话，也比我自信。肉店托了朋友照看，出来看海。一起走了半个小时，嫌我慢，魂魄扔下我，狂奔而去。下午，发来微信：必须绕道，长江过不去。两天后，我在路上被洪水困住了，魂魄又发来微信：已安全到家。想想，我是魂魄才对，这个时代，身体总在前面。

四 大江封渡，有点焦虑

以前旅行，总要设计成环线，像珍珠项链一样，让每一站都有新意。果然如猪肉小王子所言，雨多成灾，长江过不去，不得已走了回头路。焦急慌乱之后，还是安慰自己：不走回头路，就不知道，鄱阳湖胖了一大圈；不走回头路，就不知道，卖状元猪蹄的老板娘，也胖了一圈；不走回头路，就不知道，她竟然还记得我。她说，只半个月，你就胖了一圈。我哭笑不得：是雨水泡胖的吧。

五 在高家岭，开始诅咒

农历十六，被云层遮住的月亮，被水显现出来。坑坑洼洼的路上，形成了成千上万不规则的月亮。有个月亮太深，摩托车陷住了，半阵出不来。大货车性急，冲过去，溅起一丈多高的水，将我从头淋到脚。改变不了路况就改变自己，想象成月光正从脖子里往下淌，就没气可生了。10 公里烂路走完，月亮还原成水塘。20 公里的烂路走完，谦谦君子还原成土匪。又一辆货车溅水的时候，我骂出声来。30 公里烂路之后，下起了暴雨，不敢骂天，找了一片屋檐，等雨停。雨不停，九点多也不停，也不敢骂天。

六 在丰城，对老许倒了两小时的苦水

胶筒靴的雨水，倒进了卫生间，一路的苦水，倒给了第一次见面的老许。没完没了地说，密密麻麻地说，梅雨一样。老许，根本插不进话，但他很耐心地听。当初闯进梅雨，还觉得是小菜一碟。曾经一人一骑，战胜过青藏高原的雨季。那里的雨，满满的恶意，会变成霰弹一样的雪粒，会变成洪流推下巨石，但它们会停，衣服湿几次，也会干几次。江南的雨，不冷，但是它们持之以恒，雨衣没有用，水鞋也没有用，躲也没有用，跑也没有用，计划没有用，挣扎没有用，发狠也没有用。它会打乱你的节奏，泡软你的意志，稀释你的信心。铁做的摩托车，都受不了，几次在瓢泼大雨中，打不着火，后面的各种车，用各种方言的喇叭，骂得我狗血淋头。

七 逃出梅雨季

云层里，终于出现了几颗星子，我竟然感动了。脱掉雨衣，如同蝴蝶脱掉了茧。那一晚，十四小时，狂奔 500 公里，到了益阳灰山港，确定雨追不上来了，才住下。老许问我离开江西没有，如果没有，要马上走，他发来了视频，酒店变成了海景房，茶叶泡在水里，咖啡泡在水里，方便面泡在水里，红糖泡在水里，还有一群晾干的鱼，也回到了水里。

一

想把落日换成朝阳，想把后座上的张二棍换成女人。

二

“曾经在乌梁素海，住了四个月。那里是无边的芦苇荡。春夏之交，进去，半小时，就能捡一桶鸟蛋。借居的房主也有一辆摩托，没有你这辆好，125型的。经常带我去集上卖鱼，有一天，喝多了，房主说自己杀过人——”张二棍如是说，“杀人的人，必须承担被杀的人的孤独和恐惧。”我也到过乌梁素海，我知道那里迷宫一样的水道、谜一样的芦苇、谜底一样的鸟群和鱼群。我问他：“后来呢？你是不是很害怕？”“后来我继续和他生活了半年之久，他其实很善良的，杀过人的人，有超出常人的孤独和恐惧。”

三

“燕山，天气冷，按理说，不会有这东西，但我就看到过四次，不敢看有多长，只见到草往两边分——”张二棍如是说，“这么大，”他双手伸到我眼前比了比，“直径 50 厘米吧。在我们湘西，用手比蛇的大小，是不祥的。”

四

“施工队迟迟不上来，独自在中条山待了十多天，喝完酒去掏红嘴山鸦。那是天下最聪明的鸟，白天捉不到，但是晚上电筒一照就不动了，驯化后会特别黏人。有一天晚上，在去掏鸟窝的路上，突然出现一个红头发的人，1.2 米左右，‘你想去找死啊’，他竟然说的代县方言”——张二棍如是说，“从那以后，再也没养过红嘴山鸦，但还是养别的宠物。在野外，必须养，要不然一个人无法待那么久。野兔和麻雀，气大，养不活，老鼠倒很好养。在野外，还必须喝酒，特别是一个人的时候，早上喝，晚上喝，很多时候，在屋子里，是像爬行动物一样爬行的。有一次，大雪封山，人出不去，粮食也进不来，就经常买牧羊人的羊尾巴吃，他有土豆也不卖，留给自己，吃得我现在见羊肉都想吐。”

五

土突然厚起来，两侧几十米高的悬崖看不到一块岩石，全是橙黄暗红的土壤，栾树变成了槐树、苦楝树，狗尾草变成了狼尾草，风粗粝起来，空气中充斥着化学品的怪味，重卡像毛虫一样牵连一路，它们把山西的土运出去，换来轻盈好看的塑料制品。浑浊滞重的黄河，需要这么一座沟壑纵横、千疮百孔的高原做伴。张二棍是这里的土地神，仿佛刚从黄土里钻出来，尘土满脸，见谁都诚惶诚恐，小心赔笑。但一说话，他对这片土地上的人和事了如指掌，哪个妖怪去了哪里，哪根草是人变的，哪块石头是神附体的，都很清楚。

如果太行山，需要一个山神，我依然选张二棍。做什么都提不起兴趣的他，仿佛看穿了、看透了一切的他，一进了太行山，眼里就放出了异样的光芒。他会像山羊一样到处乱窜，仔细地看那些不为人注意的花草和树木，仿佛游子回到了故乡，天黑了都不愿离去。

六

“有个矿洞挖穿了，遇到了另一个矿洞的人。主动道歉，主动撤退，但撤退不到半个小时，炸药炸了，对面矿洞不得不停产。这片土地表面上，山河静美，但地下，是惊心动魄的，说不定我们的脚下，就有人在挖。有的人挖矿；有的人挖窑洞；有的人，挖别人的墓；有的人，挖自己的墓。”张二棍如是说。

七

“走吧，星星都出来了——”张二棍如是说。我们用弹弓赶一群野鸡，野鸡被赶入了莜麦地里，我还不放手，他却先灰心了。要多大的星星，才能让这双戴了眼镜才零点六度的眼睛看见？我抬起头，太阳落下去。莜麦坡上，金星有西红柿那么大。

八

“不喜欢坐你的摩托车，座位太高。

“那个杀人犯的摩托车，好坐多了。”

——张二棍如是说。

九

“你也挺像杀过人的人。

“你有多出常人的孤独和恐惧。”

——张二棍如是说。

路的诱惑

一

我尊重路，如同我尊重闪电、血脉或者掌纹。

二

不可救药地爱上了孤独。

一个人的时候，所想、所做、所说，是完全一致的。

在孤独里，我找到了我苦苦追求的自由。

三

生命的底色，也是那种青少黄多的苍凉。

大西北的秋天与我的生命之间，所产生的强烈的共鸣，让我着迷。

看到绵延至天边的大地，不长一棵树，我觉得这是一种坦诚。

四

把城市当成一座监狱，埋头于办公室与出租屋之间，极少娱乐。

一旦出来，囚犯放风一样，会发现，世界是崭新的，连阳光都会带有刚磨过的锋刃。

从容的大自然，性急的四季，沿途的集市、庙宇、青稞、燕麦、劳作的人们，晒在柏油路上金子一样发光的玉米粒以及一路的意外和感动，都是我所喜欢的。甚至连各种困难、麻烦、尴尬也一并包容并喜欢上了。

去甘肃和青海走了近半个月，虽然略显疲惫，但没有一点厌倦之意。

喜欢和那个没有任何伪装的自己，一路无声地对话。

我的幸福，就藏在自由的最里面。

五

黄泥路、砂石路、草路、田埂，这些没有被水泥硬化的路，让人倍感亲切。

微微的弹性，仿佛在寻求和脚掌的配合。

有些柔软的地方，还会把你的脚印，清晰地留下来。

六

很少去火车站，读书时挤怕了，感觉火车是暴力和冷酷的象征。

喜欢汽车的灵动和随和。它会进入沿途的乡镇，会停在路口五分钟，等一个气喘吁吁地背着背包的赶车人，而那个人，很可能是我。

单车也不错，但太耗费时间和体力。最理想的工具是摩托车。它的样子有点像马。等我有大把时间的时候，我会买一辆好点的摩托车，带上帐篷和生活必需品上路。

摩托车比小轿车好，不仅便宜，而且能到达一些未被水泥占领的山谷河滩。

最重要的是，摩托车上，有我喜欢的风和阳光，以及雪。

七

网络时代，离别渐渐灭绝，阳关还有。

包了一辆出租车，司机是个女的，我们彼此信任，哪怕在钱的问题上，但我避免交谈太深，避免建立友谊。

风，突然冷了起来，沙也有了血色。

远处，是白雪皑皑的祁连山；近处，是一只坏掉的马车车轮。

仿佛到了天边，仿佛到了人生的尽头。

离别的悲伤，依然如此盛大而壮丽，只是世人没有觉察而已。

八

坐车的时候，一定要有一扇干净的车窗。

我会厚着脸皮和别人换座位，多花钱也愿意，有时候，甚至会走下车去，用纸巾擦一擦车窗玻璃上的泥点。把耳机戴上，放自己熟悉的音乐。窗子，如一个电影屏幕，一路变换风景。以前是摄影发烧友，看到什么都想拍一下，现在相机都不想带了，只是看，专注地看，忘我地看，任思绪，如风中的落叶一样，到处飞。

从甘肃到青海，有了明显的高原反应，咳嗽，流鼻涕，低烧。身体虚弱的时候，内心也很脆弱。车在暗夜中疾驰，不知何时能到大柴旦，也不知道那里是什么样的状况，据说下车后还要走很远的路，我隐隐地有些担心。高原的星光锐利、冷漠、凄美。这时候很容易想到死亡。死神是我最忠实的旅伴，我走到哪里，她跟到哪里，有时隔得很远，有时你能感觉到她轻轻的急促的呼吸，这让我一直有一种悲剧意识。人间，对于我来说，是一个大一点的酒店，而远在远方的家，对于我来说，是一个小客栈。过客，是我的身份，离开、离别、上路，是我的命。我一直带着死神在走，总有一天会反过来，死神会带着我去她想去的老家。我会把在路上的死亡当成一次私奔，我希望我的亲友也这样。

死神，是一个美丽的女人，她心地纯良，放弃了很多带我走的机会。

她有很多辫子，就像前座那位身着藏袍的中年妇女。

她相信报应。

九

在红草滩的尽处，回过头去，能感觉到路在默默地送我。

正如一个行者，需要一条好路；一条好路，也需要一个懂得崎岖坎坷和珍惜的行者。

十

路，也会死去。

见过一条死去的火车路。矿已采尽，火车不会来了。

在生机勃勃的狗尾草中，钢铁，显得那么无力。

第二辑

大地，给了我无尽的教诲

大地

一

海拔 3000 多米，离昭通城又远，所以大山包的时间，要慢很多。

外面菜花金黄的时候，这里还是枯草带着霜。

外面睡凉席摇蒲扇的酷暑，这里还要盖棉被。

外面进入了高速的人工智能时代，这里还处于农耕文明的末期。

二

十年前，这里还没有什么游人，我不顾司机的劝阻，执意一个人背着帐篷，走进了茫茫黑夜，来到了大海子边。大海子其实只是个小型水库，面积不到一平方公里，平均水深才 2.5 米。搭好帐篷，钻进去，还看了一会儿书。睡垫下面，是一层帐篷布，再下面，就是大地了，那上面有草、树叶、泥沙、石子，甚至羊的粪便，没有瓷砖地面整洁，但让人信赖。那几年，疲惫、厌倦、浮躁或者受伤的时候，我都会背着帐篷，像蜗牛背着自己的壳，远远地离开都市，去大自然中行走过夜。大地不仅能承受你的脚步和肉体，还能帮你承受一些负累。那些负面情绪像体温一样，被大地接收和消解，人很快就沉静下来。沉静下来的人很容易睡着。第二天，黑颈鹤的叫声吵醒了我，这种优雅的大型涉禽，叫声却嘶哑难听。走出帐篷，月亮还在蓝天上，很瘦，冰一样地白和冷。有几只黑颈鹤比翼而飞，轻盈舒展，像纸做的风筝。这种黑白分明的国家一级保护动物，令当地农民非常讨厌，管它们叫“雁鹅”，它们会偷吃刚种下的洋芋、红薯和苞谷。

三

坐飞机、坐海船的时候，总是害怕出事。

一定要在飞机落地、海船靠岸之后，才会放下心来。

这是因为你回到了大地上。

大地给人的安全感，是与生俱来的，是无法代替的。

四

十年前，我像公牛一样精壮有力，充满了激情与好奇心，挎着一个大相机，背着二三十斤的背包，不知疲倦地奔走于荒山野径、田间地头。清晨的村子静谧而安详，狗见了我也不叫，眯着眼，脖子长长地贴在地上晒太阳，很享受的样子。稀疏的一排李树，没有花叶。几间茅草顶的土房参差错落，土墙的土砖，凹凸不平，在阳光下，像烤得焦黄的面包。一群灰鹅，在村口散步，又大又多又肥。走近了，它们会飞，才知道是天鹅。斜斜的一条木栅栏，自然，简洁，有几处断了，似乎不想围住什么，只是给大地增加一些好看的线条。走向一家冒出炊烟的土房，胖大嫂拴了狗，开了门。

我问她能不能卖我一点吃的，比如洋芋。她笑了，将我迎进柴门，从牛粪间取出三个烧好的洋芋，刮了几下，递给我。皮没有刮尽，烧焦的地方，有一种特殊的煳香。她又叫女儿弄出一碗自家做的辣酱，用筷子涂在洋芋上，咸辣中有微微的酸。洋芋没有熟透，嚼起来有些脆，这是昭通烤洋芋的特点。如果选一种农作物代表大地的话，我会选择洋芋。首先，谁都爱吃。其次，它长在泥土里，接地气。再次，生命力强，多贫瘠的土地里都能长，切成小块，也能长。传说，明朝禁海的时候，福建人冒死从南洋带回来种子，私下里种，这种种在土里的东西，产量高，却不好收税，于是，人口就是从那时开始倍增的。另外，洋芋花还好看。这里的洋芋是最上乘的洋芋，所以三个我都吃完了。土门开了，进来一个男孩，挑着一挑水，因为不胜其重，肩膀压得很弯。紧接着，又进来一个男孩，也挑着一挑水，因为个头更小，整个身子都压弯了。“他们是老三、老四，”路大嫂道，“老二是刚才倒水的女孩子。”憨厚结实的路大嫂，让我再次想到生命力强大的洋芋，春天种一小块，秋天可以挖出来一窝。我说：“这么多孩子你照顾得过来吗？”路大嫂笑了：“乡下孩子都是放养的，也不用怎么照顾。还有一个老五呢，被老大带着去赶鸭子了。”

五

四只短嘴小黑猪，执着而专注地在泥土里拱。

边拱边往我这边走，边拱边哼。

似乎世间没有比这更快乐的事了。

似乎黑黄的泥土是松软的夹着奶油的蛋糕。

六

坐在一个无名的山头，可以像神一样，俯视人间。这里叫锅底塘村，像一口巨大的锅，人与动物，都在大地的锅里生活。四面的山、底下的坝子，全部被垦成了耕地。一块块的，有的深黄，有的浅黄，有的暗黄，有的黄中又带着点红，土埂的线条柔和自然。尤其有一片土地，整齐划一，色彩绚丽，中间还有一条雪白的小路蜿蜒而去，意境苍茫，喜欢摄影的我将它拉近，发现缺了人物的点缀，风景活不起来。于是，循路看去，在村口发现三个人牵着三头牛，正走出来。我放下相机，耐心地等。他们着实慢得厉害，晃晃悠悠，踱着步子，半天才走了两三百米。又走了一段，前面那个人停了下来，于是，其余的人和牛都小站住等他。那架势，仿佛是抱住了牛头，可能是为了给牛取蜱虫。

时间和阳光一样，漫山遍野都是。不忧，不怒，不惧，不急，我嘴里哼起了那首喜欢多年的《大地》。没想到繁华如香港，竟然能产生这样粗粝的适合在大山包哼唱的歌。歌中，黄家驹和刘卓辉，用游子和父亲来表现大地，再合适不过了，因为父亲最知道大地的厚度，游子最知道大地的宽度。广东话歌词，有半文半白的通病，但这并不影响这首歌的力量。喜欢这首歌的前奏，也喜欢最后那句："这刻，在望着父亲笑容时，竟不知不觉地无言，让日落暮色渗满泪眼。"那年，我父亲不在了，那位同泥土打了一辈子交道的男人，一个人可以耕两个人的田、一个人可以挖两个人的土方的男人，最终被大地纳进了自己的怀抱。埋他时，是我最先动锄头的。突然想起，有次我的假期到了，要回云南上班，他送我上车讲的话是"一个人在外，要注意身体，多吃肉，少熬夜"。我虽然口头上答应好，但心里强忍着的是厌烦，我的孩子都十多岁了，竟然还把我当成孩子。没想到那竟然是他的遗言。现在，再想听，都听不到了。

像抟土造人的女娲一样，抓一把土在手掌里。灰黄的、干燥的、疏松的土粒中，有碎石、细沙，还有些植物的茎须，散发着一种暧昧的、腐败的气息。就是这样的东西，神奇如巫师的手帕。那些种子、那些根，用它蒙上，过段时间，就会发生不可思议的质变和量变。一根薯藤，可以变成一窝红薯；一颗指甲大小的板栗，可以长成高过屋顶的大树，可以年复一年地结果，屋不在了，人不在了，树都还在；一根长矛埋进地里，可以变成蛇钻出来……一个坚硬的温暖的无所不能的伟大的父亲埋进去，最后变成狗尾草长出来了。

七

“日出而作，日入而息；凿井而饮，耕田而食，帝力于我何有哉？”

——这首大气的《击壤歌》，好像专为大山包写的。

大山包上，一个接一个的山丘，让地平线呈饱壮的弧形。

站在弧线上，天大，地阔，那个一米六几的农夫，也有顶天立地的感觉。

八

罗大哥在耕地。我拍照的时候，他回头笑了笑，脸膛红黑，看不出四十八岁的样子。递上一支烟，他放下犁，坐过来和我一起抽。见我也是个农民的样子，很快就丢掉了戒心。他很爱说话，谈及了土地、生活、收成……为了保护黑颈鹤，这里要退耕还林还草。退一亩地，补偿一百二十五元。罗大哥脱下鞋，倒出里面的泥土，一边说道：“现在平均每个人只有几分地了。收成不好的时候，会没吃的。”他的脚上，袜子有个洞，大脚趾露出来了。听得出来，他并没有寻求帮助的意思，只是诉苦，于是我便认真地听。他的眼光没错，我的确是一个农民，八岁以前在农村的生活，给我的一生打下了深刻的农民烙印。这让我能吃苦、耐劳、节俭，热爱土地和庄稼，热爱大自然，同时也自卑、邋遢、散漫、粗野。年轻的时候，还想改变，变成城里人，变得有贵族气质些，现在改也不改了。农民有什么不好？何况，现在写作，还不是和农民差不多。和农民在地里种燕麦、苦荞一样，我在纸上种诗歌、散文。一样的深耕细作，一样的广种薄收，他们靠天气吃饭，我是靠状态吃饭。他们的庄稼是一行一行的，我的字也是一行一行的。物价翻了很多倍，粮食价却涨得很有限，字价何尝不是？生活再怎么艰难，他们看着自己的禾苗时，眼神里是充满温暖和希望的，我看着自己的诗歌和散文的时候，何尝不是如此？

十年前的我，脸皮特别厚。我问罗大哥家里有没有吃的，什么都可以。他拴了牛，叫我跟他回去。他家是村子中唯一的砖房。他给我倒开水，热水壶空了。我说喝生水也可以。他说不行，这里的水质不好，喝了会生病。他到左面的邻居家找水，那家的水也没开。于是，到前面那家找，前面没人，他又往后面那家去了。他一路小跑，怕我等不及。于屋后家找到了一壶。他给我倒了一杯，还放了一些茶叶，然后问我要不要辣酒，我不知道什么是辣酒，便说要。他取出来，是一瓶普通的白酒。我不好意思反悔，也想要同他喝点。他说下午还要干活，而且是帮别人干，不能喝。我一个人慢慢地尝着，真的很辣。坐了一会儿，他又问我要不要甜酒，燕麦做的。我没尝过，又说要。罗大哥给我弄了一碗，很难看，也很难吃。我拼尽力气，没有吃完。临走，给钱，不要；给烟，接了。

九

黄草覆盖的大地，像性感的汉子，袒露着古铜色的肌肉。

冬雪覆盖的大地，在紫色的阳光中，会不会像袒露着衣襟的少妇？

十

站在昭通鸡公山上俯视，牛栏江就像一条蚯蚓，慌慌张张地逃进了乌蒙山。这里是大山包的核心景点，但现在要收门票了。门票站就意味着是把美和生活隔开了，当地人，一般不会再进去了。离开了生活的美景变得轻浮而苍白。四年前跟着作家们来这里采风，唯一让我兴奋的，就是租了一匹马，还借了一张羊毛毡，披在身上。（这里的牧人都披一种很古典的披毡，叫查尔瓦，羊毛做的，能遮风、挡雨、保暖，当坐垫、睡垫和被子。）策马狂奔，因为风大，白色的羊毛毡高高扬起，仿佛成了一个侠客，想拯救些什么，但鸡公山顶全是游客和落日，没有什么可以拯救的。后来出了景区，坐车的路上看到原生态的村庄和大地，想想第一次来的情景，大山包的精彩之处，还在景区之外，决定骑摩托过来，一个人走，自由自在地走。我还真的骑着自己的250铃木豪爵摩托车来了。转了一整天，觉得不够。第二天，凌晨三点半又出了门，看日出，看晨雾，走村穿寨，或拍照，或记录，时而狂奔，时而久坐，仿佛又成了十年前那头公牛，全身充满了力量和激情。直到中午，饿了，到乡里找到一个牛菜馆吃红烧牛肉。这是我最钟情的食物，放着薄荷和辣椒，牛肉带着本色的草腥味，让你相信这种牛肉一定没有注水，没有喂过人工饲料。你信任牛肉，如同刚刚遇到的赶牛车的男人信任他的水牛。一份牛肉带米饭，四十八元，刚好吃饱，汤也不剩，饭也不剩。吃饱了就累了，大山包这点好，到处都是草床，到处都可以睡。我还花了半天，挑了一处视野最好的松林边的草坡上睡，向左侧身，可以看到云雾茫茫的乌蒙山；向右侧身，可以看到在苦荞地里采苦荞叶喂猪的红头巾的女人。万一滚下床，下面是燕麦地。

十一

燕麦的美，是理所当然的。纤细，高挑，柔韧，风一来就起伏，但怎么也吹不倒。没想俗不可耐的洋芋花，一旦成片后，竟然比燕麦更美。风一吹，像一件紫白的碎花的棉质的围裙，朴实清新，褶皱舒展，沉重的大地因此变得轻盈、飘逸起来。苦荞要到秋天转红了才美，现只是一片片的油绿，乏善可陈。当你认为不好看的时候，出来两个人，男的开着手扶拖拉机，女的站在车厢里，穿着蓝色衣服，戴红色头巾，在纯净的绿色中，显得特别艳丽，让你想起了鼓舞人心的旗帜或者火焰。男人手扶拖拉机，摇摇晃晃地带着媳妇，转过弯好一阵了，还听得见拖拉机快乐的叫声。这里是农村的博物馆，农牧兼作，所以牲畜也很多，种类齐全，骡、马、驴、牛、羊、狗都有，光牛就有奶牛、黄牛、水牛、引进的肉牛等几种，这些牲畜给村庄带来了浓重的臊味，也带来了勃勃的生机。不像别的农村，只剩下了留守的老人和小孩，这里的村庄，依然是非常完整的。地里劳作的多是成双成对的夫妻，他们的劳作没有对白，动作简练，配合默契，让你想到那个陌生而矫情的词语——幸福。这里甚至还有别的村庄越来越罕见的妙龄少女，我对其中两个印象非常深刻。第一个姓龙，没考起高中。当时，她在割牛草，是给牛晚上吃的。草坡呈一个扇形隆起，她恰好在线条上。体力不支的时候，要直起腰放松一下，这时候，白衣飘飘的她，在蓝天与绿草之间，像一朵百合，拿着镰刀亭亭地站着，风展开她的裙子，又像一朵白云，随时会飘到天上去一样。放松了一阵，又弯下腰去割，草完全淹没了她。你觉得，天空因此塌下了一米多。还有一个女孩子，赶着六头黄牛。她披着披毡，脸形身材和娇羞的样子都让我想到了《双旗镇刀客》的好妹。她一出来，像日出一样，整个画面就活了，整个破败的村落都有了光芒，包括满是牛粪的村巷和那几头黄牛。

十二

拍照的时候，当地人说，怎么不去景区啊，这里这么落后、这么脏乱差啊，有什么好看的？细细自省，我迷恋这片土地，有三个原因：一、能找到儿时在农村的回忆，这种回忆，是一生中最温馨、最纯净，也是最遥远的那一部分。二、能感受到生命的力量。农民在如此贫瘠的土地上的努力、挣扎和不屈，是很有感染力的。我想这也是凡・高不喜欢巴黎，喜欢阿尔的乡下，喜欢画那些别人只道寻常的农田和农民的原因。你能从凡・高的画中，感觉到力透纸背的热情与深爱。相反，那些著名景点的画，虽然美，但没有穿透人心的力量感。三、我们都有留恋农耕文明的情结。自古以来就有，所以才有陶渊明的《归园田居》和贝多芬的《田园交响曲》的动人。农村的慢和静，没有强烈的竞争、扩张、占领、破坏和改变的欲望，没有疾风骤雨般的裹挟的力量，让人放心，让人有自主权，不再有高速度快节奏城市生活中的担心和恐慌，不再害怕在竞争中失败、被时代抛弃、被高科技代替，特别当你游走在大山包这样的土地上的时候，会找到无忧无虑的童年般的愉悦。其实，再往深处想想，和所有的乌托邦一样，农耕文明的美，也是虚幻的。伴随着它的慢与静的，是低效率，是贫穷，是没有时间和金钱上的自由，是辛苦和煎熬。作为路人，走马观花地欣赏一下可以，一旦在这里生活，一旦去参与春种秋收，美的成分将所剩无几。例如那些土掌房，看起来有一种古朴的美，但要在里面生活，就会觉阴暗、狭窄，没有干净的厕所，没有自来水洗澡，牛粪的味道和绿头苍蝇会扑面而来。更重要的是，村庄安宁的外表下，是保守、压抑的思维模式和生活习惯。因为过于拥挤与熟悉，几乎每个人所有的一切，都在别人的眼皮下、舌尖上和耳根里。没有隐私带来的结果，是很少有人敢特立独行，很少有人敢于真诚，敢于创新，大家都千篇一律千人一面地忍受着几千年传下来的陈旧的家族观念、等级观念，甚至是弱肉强食的森林法则。这么一想，这种美，又增加了几分无奈、沉重与悲壮。有阴影才有立体感，所以这片土地的美，在我看来，比起那些完美的、唯美的九寨沟、黄山、阿尔卑斯山、桂林山水来说，更真实、更有味、更有力。

十三

太阳和我们一样，也是大地的孩子。它接近大地的时候最美，它接近大地的时候，大地也最美。好几年没这么认真地看过日出了。昭通城方向的云开始出血，大地一点一点孕育，一点点分娩，在太阳挣脱母体的那一刹那，万物苏醒，大地焕发光彩，每一滴露珠都开始闪烁。我想到了尼采和查拉图斯特拉，想到了瓦格纳，想到了感恩，想到了自己的诗句。“感谢大地，给了我无尽的学养，让我阅读四季，理解生死；感谢大地，给了我无数的感动，很多到过的地名，都变成了人名，让我怀念，让我想再回去看看；感谢大地，还给了一条布满了荆棘和风景的路，让我行走，让我狂奔，让我停下来，痴痴地回望——等待和寻找是这一生的主题。”

十四

我带着九个蒸熟的洋芋，离开了大山包。

我还会来的，想看看这里的冬天。

冬天有漫山遍野的风和漫山遍野的雪。

想走一走食尽鸟投林后的干干净净的大地。

凉山凉

一

村东的山坡上，有一座学校；村西的山坡上，有一座破庙。如果学校找不到，就在庙里。如果庙里也不在，那是因为你没看见。我靠在秸秆堆里睡着了。十点钟方向，不足50米，有一棵老柳，与滇杨并排的那棵。矮小，多瘤，不能做家具，也不能做柴，烧不燃。有一次，背柴的黄老师，滑下来，被它拦住了。直下几十米，是条土路。凉山，连阳光都是凉的。

二

山村并不宁静，松毛垛上的公鸡，中午还打鸣。来自上海的黄老师，学会了木匠手艺，在修一张课桌。电锯的转动，还可以忍受。木头叫喊，让人想起邱小娥。凉山，之所以这么凉，是因为风太多、风太大。镇上做泥水匠的父亲，就是被风刮下了脚手架。黄豆地，隆起了红土堆，邱小娥写作业的手，隆起了红冻疮。邱小娥，三个普通的字，按顺序放在一起，就有了魔力，叫一次，就有一张脸，向日葵一样，转过来。

三

山村的夜，很长。可惜忘了带口琴。披衣，下床，去叫黄老师。答应我的，是一只叫火苗的狗。铁链，让人不太放心。于是，取出篮球，一个人打，篮球砸向地面，一个变向，过掉影子。打球，十个球场，一个人，独自挡拆，独自抢断，自己还会倒数五秒，然后绝杀自己，听到远处也有人拍球。显然是图书馆的回声，后仰跳投，球空心入网。凉山的月亮，是一个二百五十瓦的大灯，照得见水泥地上的裂缝。

石龙河之夜

一

诗人们点起了篝火。纯粹的、理想主义的火。

不负责煮饭、煮茶、烧洋芋，只负责照亮。

二

巫师吹起了短笛，女子跳起了锅庄。

男人加入进来，孩子加入进来，飞蛾和蝙蝠也加入进来。诗人们悄悄退场。

余秀华走出人群，摇摇晃晃，摇摇欲坠。

还好，在火光照不到的地方，找到了塑料凳子。

为了囚禁，那具装满火药和铁片的肉体，老天给她上了道沉重的枷锁。

三

有人说，王单单像令狐冲，有人说像收保护费的打手丙，有人说像贾宝玉，有人说更像不管天高地厚的孙悟空，只有酒精才可以让这个混世魔王现出原形。他在柴堆上，以一个婴儿的姿势，在夜的腹部蜷缩着。

四

张二棍，喝了八两没有醉，又在喝啤酒。张三棍并排而坐，也在喝啤酒。二人神态完全一样，谁先醉，谁就会成为倒影。张二棍请假了，在家赋闲，在找兼职。爱奇艺给他一万块钱一天，录节目，他拒绝了，说对诗歌的态度不真诚。我说他适合开个寿材店，懂生，也懂死，能忍受死一般的寂静。醉了，可以在棺材里躺下，朋友来了，敲棺材盖，如同敲门。他叫我合伙，给人们推销棺材。我摇头——卖东西，要叫余秀华。她口才好，能把棺材卖成居家必备的家具。我可以做棺材。我学过机械，能打铁，可以做铁棺材。铁，天性危险，打成棺材，就彻底安全了。我做的铁棺材，符合人体物理学，死人躺着，会很舒服。我需要三十里的竹林、三十里的好水，需要一个如水的女子拉风箱。美好的事物，能化解铁的戾气。

五

林东林提起了怒江（我们准备去怒江的原始森林生活十五天。不带水，不带食物，不带帐篷）——带不带火种？——不带！我觉得，若能亲自从木头里取一次火，会比从柜员机里，取一沓钞票，有成就感得多。

六

关于七这个数字，张三棍想到了七剑下天山和江南七怪。我想到了北斗七星、竹林七贤和 C 罗。林东林想到了七武士。《七武士》拍得真好。结尾，农民无情的狂欢，让武士们的死，很不值，又仿佛很值——真正伟大的牺牲不为了名，就只是为了别人的快乐。夜更黑了，黑得有了硬度，有了象征意义。

七

余秀华趴在桌子上，像块疲惫的铁，全没有了平时的光泽和锋利。睡不着，我们都羡慕王单单。他呼吸细腻，他信赖人间。——“啪！”不知是想起了什么悔恨的事，还是在打蚊子，王单单结结实实扇了自己一耳光。

八

小个子的彝族女子，跳得最好，从舞姿中能感受她如索玛花一样绽开。她拒绝了小伙子递来的烧苞谷。尽管小伙子要年轻五六岁，尽管她什么也没说，依然看得出他们暧昧的关系。真的爱情，像驼背一样，是藏不住的。

九

相比于没心没肺的狂欢，孤独，显得有点猥琐。相比于载歌载舞的人们，游离在阴影里的诗人，像孤魂野鬼，上不了天堂，也下不了地狱。——

“有星星出来了！”他们仰起头。张二棍兄弟和林东林都近视，看到的星星加起来都没有我多。水里有几颗星星，蝌蚪一样游，林东林每丢一颗石子下去，都会吓它们一跳。有颗石子，惊飞了一只鹭鸟。它的瘦、它的苍白、它的惶恐、它的带着轻蔑和冷笑的背影，都让我想到了毛子。什么时候，余秀华被叫起来了，在书上写自己的名字。很不在状态，一笔一画，笨拙，微颤，似乎用上了全身力气，在刻自己的碑。

十

什么时候，王单单的身上，多了一条羊毛的紫罗兰色的披肩。

白云和众神居住的云南

一　昆明

1

看不到门牌，不知是监狱，还是精神病院。
有两丈高的围墙和拇指粗的钢筋。

不知是病历，还是罪名，白纸写着黑字：
举石砸天，挑沙填海。养狐成妖，磨砖成镜。

穿过钢筋后，月光变得锈迹斑斑。
月亮若是上天掷来的一枚硬币，我永远选择背面。
——我的诗歌《洪家营的月亮》

2

那时还没有意识到生命如此短暂，也不知道写作如此耗费生命，所以觉得时间太多，有公交车也不坐，经常走文林街、滇缅公路上下班。有时还故意绕道，走走滇越米轨铁路。昆明让人很容易忘记四季，因为天气、环境、衣着、食物都没有明显的区别，湍急跌宕的时间之河，流经这里的时候，突然慢了下来，没了浪花，没了漩涡，没了冲刷感。还好，在文林街上，有纷纷扬扬的银杏叶，提醒我，又一年过去了。

3

那天特别无聊，绕道了“西南联大”。抗战时期，清华、北大、南开三所大学迁长沙，合并成立长沙临时大学，后撤至昆明，更名为“西南联大”，梅贻琦、蒋梦麟、张伯苓、胡适、钱锺书、闻一多、陈寅恪、刘文典、穆旦、朱自清、沈从文、林徽因、冯至、华罗庚这些大师，成就了教育史上的传奇。那间铁皮屋的教室还在。有一天，冯至在讲课中，突然暴雨倾盆，雨声大过讲课声。诗人于是当即宣布自习，“大家一起听雨”……雨真下来了！接连几天的下午总有一阵雨。我走到公交站避雨。黑云仿佛就在对面的楼顶上堆积着，远远的西山上却还有落日。于是，每一滴雨下来，都是金光闪闪的，落在水泥地上，会绽开一朵朵金色的水花，然后又汇成一条金色的溪流，满街乱跑。这就是昆明，不可理喻的昆明，东边日出西边雨。85路车来了，在我面前稳稳地停下来，开车的司机误会了——我等的不是车停，而是雨停。昆明一雨成冬，每一滴都像针一样冷，哪怕是大热天都不能淋。只要稍等，雨就会停。阳光、天空和迎面而来的风，都会变得非常纯净，云最厚处较暗，是赭石色和深灰色，往落日处渐轻渐薄，渐鲜渐亮，土黄、橙黄、橙红，到边上，又是嫩黄，最边缘处，是耀眼的金黄。随着落日的沉没，云的颜色会逐渐加深，直至深红、血红、血痂一样暗红，这时，四面八方的星星都在赶来昆明的路上了。

4

洪家营，是一个城中村，有配钥匙和修单车的，有三家价格便宜的小饭馆，有两家价格更便宜的理发店，剪个头只要四块钱。这还不是最便宜的，晚上，会有很多兼职的人来摆地摊，袜子十块钱七双。出口处，总有一个女孩子卖百合花，她家的香水百合四季都开。两条街之外有个篮球场，我每周要去两到三次。在球场上，我会把一切都忘掉。打完球，一个人走回去，又把一切都记起。在洪家营一年来，除了房东，没有一个人认识我。我总是一个人上楼、一个人下楼、一个人买菜、一个人做饭、一个人看书、一个人写字，每个月三百五十元的出租屋，又狭窄又简陋又脏乱，经常让我想起卡夫卡用文字构筑的《地洞》。总有些深夜不想写东西，书，翻翻又扔掉，爱情动作片看了两部。在出租屋的内阳台，可以看到对面屋顶上的扁豆架和珠光宝气的星空。这时候，我会和老魏出去，老魏是一辆山地自行车，魏连殳的魏。海源路很直，有专门的自行车道，昆明的夜，总是缺少一些粗粝的风。越骑越快。风起云涌，斗转星移。快到海源寺的时候，把龙头撒开，像少年一样，狂踩狂奔，仿佛这样，就能摆脱越来越庞大的孤独。如果还摆不脱，有四个单身汉是可以深夜打电话的，潘健、田冯太、胡正刚、王云望，一个人只需要一瓶啤酒和一碟醋黄瓜。前面三个，现在都在昆明安了家，立了业。只有王云望，这个长得仙风道骨的年轻人，比我还野，突然辞了职，到洪家营摆起了地摊，再后来陆陆续续地听到他的传说，地摊摆到了大理，摆到了丽江，摆到了拉萨，摆到了喀什，摆到了尼泊尔。去年买了摩托，一个人走了，从欧洲，走到非洲，走到了印度。

5

文林街急转直下的地方，是卡夫卡书屋。因为给女老板写过广告，她许诺给我的德国黑啤打三折，终身有效。在那里，我认识了那个懦弱而敏感的、为了写作可以毁掉婚约的奥地利小伙子，渐渐地爱上了他文字中让人窒息的压抑和让人绝望的绝望。读了小说还不算，把他的日记和书信也找来读，在书吧里读，也借回家读。有一次，和雷平阳、王单单、胡正刚在这里喝酒，喝着喝着，就一个人溜出来，在最角落的桌子上趴着流泪，有诗《在文林街大醉》为证，诗里最后一句，就是改的卡夫卡日记里的句子“让上天降一场令彼此安慰的雨”。父亲去世，内心崩塌之后，刚开始重建。这次痛哭成了很重要的转折，从此告别父亲做老好人的人生轨迹，开始学着卡夫卡，刻意地离开人群，适应并享受孤独，在写诗的路上一意孤行。在那个急转直下的时代，在那个急转直下的街道，我的人生却开始急转直上。在泥融沙暖的昆明与风急天高的北京之间，我选择了后者。

6

多年后的深夜，骑着摩托潜入昆明城。月亮正好，混在路灯里，比路灯还亮。到了文林街，到了滇缅大道，到了洪家营，一点都没变。理发店还在，篮球场还在，我租的房子也还在。千变万化的时代，很少有一个城市，会这样一成不变地等一个外乡人。一条巷一条路地走，走着走着，便流下泪来。第二天上午继续走，下午才离开。刚刚离开，又发现遗漏了很多地方，比如说团结镇，比如说云山，比如说卡夫卡书屋，以至于，又想去细细地走一遍。

二 腾冲

1

去过腾冲多次，念念不忘的有三样。分别是高黎贡山、国殇墓园和怒江。我是在江苴下车的，看到原野尽头，山是淡蓝的，到山顶处，因为荒芜，变成了铁灰。又高又长，像一堵墙，不知其所起，不知其所终，有种神秘的威严，不用问，就是高黎贡山。背阴的地方，还有点点斑斑的白，那是些倔强的雪。高黎贡山海拔 4000 多米，有 3000 多米的相对高度，所以有震撼的视觉效果。护林员小左见我从湖南来，主动为我做解说员，反正也要上山巡视。这个爱说话的小伙子，穿着一身迷彩服，脚上却套着拖鞋。小左像山神一样，对高黎贡山了如指掌。他说山里有很多稀奇的东西，如野番茄、岩蜂窝、狗熊、水芹菜、野木瓜，特别是一种雪山葱，叶子很大，只在山顶才有，一听到鸡鸣狗叫就不长了。山蚂蟥很多，蚂蟥吸饱血后，有指头那么粗，不能扯，扯了可能会断在身上，用烟蒂一烧，就落。有种小腿粗的蛇，却只有一尺长，当地人叫它棒头蛇，懒且有毒……路是古驿道，没有岔路，暗红的石头上覆盖落叶、青苔甚至马蹄印，沿路有各色的映山红和长短不一的瀑布。随着海拔的升高，我体力渐渐不支，小左简直就是高黎贡山的山神，散步一样，边走边等我，大气都不见喘一口。总算挨到了南斋公房。路险，高寒，有好心的斋公（当地人对道士的尊称），化来钱财，建起房子，放置火种、炊具、柴米油盐，供路人应急。斋公会不时上来照料。一般，用过的人返回或下次经过，都会自觉奉还。另外，给养带得富余或者挣了很多钱的商队马帮，甚至一些归家的游子，也会留下一些，以示赞助。斋公房，本是充满人性温暖的地方。小左说，晚上他是不敢靠近这里的，死人太多，阴气太重。密林里，有很多堡垒和战壕，每逢大雨，会听到有人冲锋喊杀的声音。他介绍了 1944 年夏季的那场“云层里的战斗”。仰攻的远征军，几乎每一步，都是踏着尸体前进的。远征军打死打伤两百多日军，自己也付出了三百多人的代价。他说，打完仗一天后，山脚还有“血旺子”（凝结成块状的血）跟着溪水流下来。我看到一处日军的碉堡，厚厚的混凝土，满是青苔。易守难攻的机枪口还在，视野很开阔，可以望见江苴的坝子，让人马上明白了战争那么激烈的原因。这真的是一片很美的土地，谁见了都会爱的土地。菜花金黄，麦苗葱绿，一片黄接一片绿，被风吹着，像高黎贡山的裙子，一直绵延到对面二三十公里外的群山。远处白墙黑瓦的村庄，疏密有致。一丛丛深蓝的楸树点缀其中，这种树修长挺拔，材料很好，龙江铁索桥就是这种树做的。下山的时候，小左没有等我了，他说其实不要巡山，因为当年指挥打仗的霍揆彰司令也是湖南人，所以对我有好感，特意送我上来的。这位高黎贡山的山神说完，小跑着走下崎岖的驿道，几个弯就不见了。没带保暖衣物，不敢再去山顶，小左说了，山顶有一个大风坡，天气变化奇快，万里晴空下，也会出现风雪和雷电，不足 1 公里，却经常死人。这首高绝悲凉的《高黎贡山谣》，已经让我感受到了山顶的雪意——“冬日欲归来，高黎贡山雪。秋夏欲归来，无那穹赕热。春时欲归来，囊中络赂绝。”

2

苏丽华，丽江人。在腾冲一起写当地文化旅游书的时候，第一次近距离地见到苏丽华，我竟然想到了“观音”两个字，然后才想起了遗世独立高不可攀的玉龙雪山。那是一个温柔得一塌糊涂的大姐，表达不满都是轻言细语的，说过最重的话就是——怎么能这样子。苏丽华的身体里，似乎没有汗水，只有泪水，采访那些老兵，会流泪，翻阅那些史料，会流泪。她说她爱上孙立人了，开始还以为是开玩笑，跟着她去了两次国殇墓园，每次她都会在孙的遗照前站好几分钟，每次都泪流满面。她还专门为孙立人写了一部长篇小说《花宴》。以后的每年，她都会到这个博物馆来，看一看她心目中的恋人。她说爱上一个死去的人的感觉真好，没有人来传你的绯闻，没有人和你争风吃醋。和她一起，走出来 300 米了，她想了想，又折了回去，混迹人群中，只为了再看一眼孙的照片。那是一张黑白照，像版画一样，将他的面部轮廓刻得英气逼人。可能因为泪水多，苏丽华的皮肤也很好。在腾冲翡翠集市的地摊上几百块的翡翠耳坠，被她一戴，水色提高了几个档次，到昆明被别人好几千买走了。

3

神奇的怒江，是我到过多次、唯一不敢下水游泳的江，也是至今没有水电站的江。怒江，源于唐古拉山。折下云南后，绕高黎贡山，流经缅甸，注入印度洋。一路的活水，充满野性，很多漩涡、乱石和险滩，当地人说，人若掉进去，要到印度洋才浮得起来。惠通桥上的木板已经没有了，锈迹斑斑的钢索、钢梁、铁链都还在，桥头的碉堡也还在。站在这里，可以看到怒江汹涌澎湃，浪花四溅，如淡青色的火。

“总以为，那是条愤怒的江，在丙中洛愤怒，

“在马吉渡愤怒，在腾冲愤怒。

“横江的铁索，无人无风，也瑟瑟发抖，

“仿佛人间的不平，都在两岸了，

“仿佛人间的愤怒，都在水里了。

“多年之后，你才懂得，那是怒江一路在高歌。”

——我的诗歌《怒江歌》

三 普洱

1

普洱的绿三角，是指与缅甸“金三角”毗邻的西盟、孟连、澜沧三县。因为三县城鼎足而立，又到处是原始森林而得名。路边塌了一方土坡，露出血红的土壤，根本不用担心，用不了多久，拳头蕨、野生菌、普洱松，还有不知名的藤藤蔓蔓和昆虫，就会过来，修复它、建设它、繁荣它。无处不在的郁郁葱葱的生命力，让你感觉插根拐杖，都会发芽，脚站久了，就会生根。

2

想药，是一种秘制的草药，由三七、当归、草乌、仙茅、枸杞、火蚁加上月圆时的蛇毒和一些不知名的树汁熬制而成。其胶状物晒干后，碾成

粉末，呈灰黑色，可溶于水。一天，宁娜在家里奶孩子，一个赶马人路过，他的马上驮着各种各样的货物。宁娜在哺乳期，嘴馋，买了一瓶牛奶。牛奶瓶紧，拧不开，宁娜叫赶马人帮忙拧，赶马人也拧不开，于是到马上找了一把钳子才弄开。宁娜喝了之后，就开始发生了变化，老是想那个赶马人。白天都还可以忍受，晚上想得不得了。不是那种一般的想，是那种病态的、无法忍受的想，有时候，会彻夜失眠。但是，这种病，只要一见赶马人就会好。终于有一天，宁娜忍受不了病痛的折磨，带着自己的两个孩子，离开了家，找这个赶马人去了。这个赶马人远远不能和她当村主任的丈夫相提并论，不仅穷，人也长得丑，瞎了一只眼不说，还瘸了一条腿。赶马人后来对宁娜说，取钳子的时候，往牛奶瓶里放了想药。这个故事是宁娜亲自说的，她说她自己当时也闻到了一股奇异的药味，只是没在意。宁娜是马丽芳的远房姑姑，现在住在普洱的景谷县。所以，每次马丽芳递给我水时，我都要问一问，里面有没有想药。马丽芳是一个古怪的诗人，会时不时地一个人背着帐篷和相机，在山里转几天，为的是拍那些比她更古怪的虫子。在野外多了，人又瘦又黑，看起来比实际年龄要老十岁。当你觉得她老成的时候，她在会场上说话又没有一点章法，想到哪里说到哪里，想到什么说什么。在我眼里，她就像一个女巫，几十年来固执地写着一种神秘的诗，别人都看不懂，我觉得，那是她的咒语。

3

老达保村是拉祜小山村，离澜沧县城很远，路也很难走。因为传教士，这里使用最广的乐器是吉他。村民集体演唱了一曲吉他伴奏的《快乐拉祜》。这首歌节奏明快，旋律简单优美，很有感染力，以至于让人感觉到空气到处都弥漫着快乐的因子。后来我才知道，这首歌的作者也在表演者当中，是一个胖胖的四十多岁的农民妇女。趁他们表演之际，我挎着一个尼康D90的相机，到处跑。没想到这里竟然还用“搭斗”来脱粒，那是我童年时生产队里用的东西。一个4平方米左右的方木桶，两个人在对角上，把一抱稻子，高高地举起，然后用力地甩在搭斗上。为了防止谷粒飞出，有的搭斗上，还竖着布幔，远远看去，像金色海洋中的一条船。田埂上，马丽芳竟然空手捉到了一只红蜻蜓，让我惊奇不已。开始以为是运气好，她放了再试，蜻蜓被施了巫术一样，依然手到擒来。她说要等它的翅膀竖起来，表明它没有防备了，再靠近。我依言试了几次，均无功而返，自我解嘲，说蜻蜓是益虫，不忍下手。她说昆虫其实没有益虫和害虫之分，人们憎恶的毛虫、大青虫，在她看来，都是平等众生中的一员，都是美丽的，哪怕在化蝶之前。后来，发现她说的是一种很重要的现代审美意识。尊重生命，万物有灵，站在上帝的视角观察众生，而不是仅仅以人类的视角划分美丑，就慢慢地学会了理解和欣赏古典美学所讨厌的事物，如芝麻虫、千足虫、毒蛇、鳄鱼、鬣狗、河马、蜥蜴、蝎子等等，这也让我后来的写作豁然开朗。

4

梦里失去了孩子，惊出一身冷汗
把澜沧江，听成了北京东三环的车流
打开窗户，满天星斗

仿佛星星，走下了星空
打手电筒的人，急匆匆地走下山顶

希望他找的不是医生，而是情人

希望我和我的儿子，都有一个美好的前程

——我的诗歌《宿澜沧江》

5

与老达保村的人相反，苦聪人是苦的。据说，他们是古氐羌部落的锅锉蛮民族群，生活在金沙江一带，为生活所迫，迁到哀牢山和无量山之间。因其语言是拉祜语，而归为拉祜族的支系。他们用多种材料做衣服：有树皮衣，完全由树皮做成，像笨重的盔甲一样；有蜘蛛丝做成的衣裳，据说要收集几千张蛛丝网，才能做成一件。饶是如此，他们在几十年前，依然衣不蔽体，经常一家人一条裤子，谁出去谁穿。现在有了公路、瓦房、电视，那种淡淡的忧郁，依然随处可见。草垛上，那个十多岁的男孩，表情是忧郁的；屋檐下，那个抽烟的老人，神情是忧郁的；不管舞姿怎么夸张，那些弹三弦的男人，是忧郁的。杀戏，这个名字让我想到了好莱坞的恐怖片。到现场一看，吃了一惊。他们的装扮简单得如同儿戏，帽子是纸糊的，铠甲是抹布，干净一点的是枕巾，有的干脆系一条围裙。他们大大方方地露出里面的T恤衫、牛仔裤、解放鞋等，内心里似乎没有穿帮的概念。其中一个国字脸的，峨冠博带，长袍是色彩斑斓的床单，看上去分明是浪荡的西门庆，然而，他扮的却是吕布。一声长长的号角和一阵热烈的锣鼓，把时间倒回东汉末年。一番自我介绍之后，那场让人津津乐道的打斗开始了，三英战吕布。没有丈八长矛，没有青龙偃月刀，没有双股剑，四人清一色的木制大刀，很不好区分刘关张三兄弟。他们有固定的招数，看起来像在舞蹈。只是刘备突然忘记了程式，被吕布一刀砍在胸口，他和吕布、旁边的关羽和张飞，以及座上墙上树上的观众，都不约而同地笑了。这是我第一次看到这些苦聪人完全摆脱了忧伤……演完了，按惯例，他们把服装都烧了。打打杀杀的历史，不可一世的英雄豪杰，在火堆中变成了灰烬。赤壁的火光还原于瓦背上的炊烟，他们还原为农民，各自回家吃饭。

6

桉树像时装模特，高而瘦，路边一山一山的，都是。这种树，长得很快，五年就可以成材，造纸，炼桉油。这种树消耗的水分和养分特多，土壤五十年之内，不能改种别的。而且，因为它的长速快，会影响地面的生物多样性。马丽芳说，桉树林里，几乎找不到别的乔木和昆虫。桉树的近义词是橡胶树，因为经济效益高，这种树也在这个地区迅速地扩种着。老远看着一片连绵不绝的墨绿，其实树下草都很少，更别说其他树木了。所以橡胶林和桉树林又被人称作绿色沙漠。桉树的反义词就是茶树。登上景迈山，一片古茶树林，每一棵都有上千年的历史。我们怀着崇敬的眼光仔细打量着这些绿色的古董时，都感觉不可思议——它们只有一人多高，和各种古树混杂在一起，一点也不出众。两千年前，布朗族的首领帕哎冷，这样对后代说：“我不留金，不留银，只为你们留一些茶树，你们一定要保护好。”老实本分的布朗人一直守着这些茶树过日子。如今，这种古树茶叶，每斤要卖上千元。

7

普洱的白族诗人李冬春，和我同龄，天赋过人。十四岁，我还在尿床的时候，他已经发表小说了。第一次遇到他，是在酒桌上。还没说上什么话，他就醉了。他的耿直和才华，让我喜欢。我喝酒不厉害，经常偷奸耍滑，不知为什么，他也喜欢我。每次见到李冬春，都要喝酒，几乎每次，都是他酩酊大醉，而我还非常清醒。后半夜，手机响了。不用看，微信时代，只有李冬春才这么不管不顾，劣质的普通话，掺杂着劣质的酒精味——“过来，带你去佤邦，”他说，“普洱算什么森林宜居城市，越来越不好待了，这里的人都在趋炎附势。”我说趋炎附势是人之常情，要学会宽容。他偏偏看不惯，说要去佤邦发展。我真找他去了，没去成佤邦，他姐和别人打官司，他要找律师。于是喝酒，鸡脚稗酒，烧喉，翻胃，又打头，根本不用劝，自己抢着喝，半斤酒下肚，发了半吨牢骚出来，只有不省人事之后，他才与世界和解。没去成佤邦，总是觉得欠我什么，深夜来电更勤了，酒精味依然很强，金石声弱了。听得出，这个自以为高洁的诗人，渐渐成了那座国家级卫生城市里的污点。他真成了污点，在出租屋里死了好几天，最先知道的是一堆苍蝇，然后才是捂着口鼻的房东。因为没有成家，他也成了家族的污点，火化后，没有举行葬礼。朋友们帮着出的一本二百一十八页的诗集，既是他的遗产，也是他的棺材，还是他的坟地、墓碑和子嗣……再也不会有人深夜打电话来了，白天过于喧嚣的人间，深夜又过于安静——想念他了，这个与我同龄的男人，如今比我，小了一岁。

四 大理

1

大理的黄昏，盛大而持久，七点多了，夕阳还很高。不知不觉，骑出了洱海，骑出了洱源县，没有目标，只想远远地离开人群。抵达了一片无名山谷，天才开始暗下来。找了足够多的干柴，撸了足够多的松针，还支好了帐篷，天才黑定。点燃松枝，火舌一吐，夜和冷马上退让。吃了馒头和烤虾后，钻进帐篷。垫在地上的松针很柔软。害怕起来，怕人多于怕鬼，总把草叶间的风声误认为脚步。有寒气从地表渗进帐篷和睡袋，侵入腰际，凌晨四点多，冻醒了。钻出来，月亮明晃晃的，像把斧头被一个看不见的人拿着，出了松林。群山缄默，流云无声，荒野如雪，松林如铁。一只虫，一盏灯都没有，似乎只有我一个人在这铁与雪的人世上活着。想起了五年前，没名气，也没酒量，一杯劣质的松子酒，就能把自己点燃。我用这首《洱海之夜》，开始了闯荡诗歌江湖的旅程。那时候，还很喜欢金庸。“今夜，我姓段名誉，饱读诗书，精通琴棋，没有心机。南诏岛上，满目洱海，多少苍山？月光盐酸一样强烈，渗进了骨头、岩石和每一句对白。今夜，我已深入江湖，灰云横斜，渔灯明灭，浪花开谢，有暗流、漩涡和潮起潮落。英雄在此，螃蟹与竖子不得横行。今夜，正义像风一样无处不在，所有善恶，会在鸡叫之前得到报应……”我对公平和正义的偏执，很大程度上来源于武侠小说，于是有了京城的仗剑任侠和头破血流，“篝火旺盛，夜渐熔化，无人注意，有思念像飞蛾一样扑进火里，化为灰烬。我踩凌波微步，经脉完全打开，用脚步书写赞美诗。献给大地和生命，不悔一字”。

2

我可能是第一个租电瓶车做长途旅行的。路，斜指苍天。滚滚的乌云，象征着险恶的江湖。音乐放到最大声是《天龙八部》里的《难念的经》。电瓶车的速度35迈，刚好相当于古时的一匹快马。这世界真是武侠小说里的江湖就好了，是非分明，爱憎分明，再险恶都不怕，因为你知道报应不爽，人就可以活得简单许多。中了埋伏一样，雨夹着雪粒，突然如乱箭齐发。我不肯停下来穿雨衣。手套湿了，棉衣湿透了，内衣也湿了。手先是冷得痛，后来是僵了，问路的时候，舌头都转不了弯。虽然降低了车速，但我依然不肯停下来穿雨衣。我需要一场雨，就像一块被锻打的铁，需要淬火。兰坪到了。像侠客叫店小二喂马一样，叫服务员给电瓶车充电。两个热菜，一杯辣酒，一个热水澡，躲进电热毯，管他雷鸣电闪，管他洪水滔天，一倒下就睡着了……第二天，旅店老板强烈反对我去澜沧江，说山高路险，容易塌方，汽车都不愿走，何况一辆电瓶车。出门，望见雪邦山积雪的山顶，我心一横，走！山狰狞，路阴险。连续40多公里的上坡，直抵山顶的雪。遇一场冰雹，数处塌方。又是40多公里的下坡，直抵山脚的澜沧江。暗红如血的水、万象奔腾的群山、高及苍天的教堂一样庄严的村庄、没有栏杆的吊桥都让我肃然起敬。但因为修水电站，澜沧江像条断头的蛇一样，在脚底扭曲、挣扎，却又叫不出声来。太阳更倾斜了，通过阴影，给了群山以层次感，隆起的草坡，仿佛是块块饱绽的肌肉。只有这么强壮的山，才能托得起这么一条滞重的水。与一条伟大的河流并行，内心也渐渐起了波澜。江弯，路也弯，路顺应江，我顺应路，车速加到50多迈——“今夜，我是大理王子。权倾西南，富甲滇土，泽被一方。我不杀生，不修宫殿，不拆民房。爱种茶花与竹。我信佛，信缘，信鬼神，怜惜每一片落叶和扇贝。酒杯里的时间，是我唯一的敌人。”

3

一周之后，从澜沧江回到大理，从段誉回到刘年。把武功还给金庸，把电瓶车还给租车店老板，他拍着我的肩膀：“你总算回来了，你是第一个骑电瓶车走这么远的。车上有定位，你到哪里我都知道，车都不要紧，怕你出事……”背着背包，乘车去漾濞县参加一个诗歌活动。人群中，我守时守纪，认真说话和点头，一丝不苟地微笑和敬酒。只是在不胜酒力的时候，才想起六脉神剑；只是在梦中惊醒的后半夜，才想起王语嫣。

五　羊拉

1

应该唱首赞歌，向蹲守了万年的岩石致敬
向月亮致敬，这么荒凉，也不怕浪费了月光

唱老鹰之歌
如同秋蝉，声嘶力竭地唱《老鹰之歌》
溜索微颤如弦，大江澎湃如股

第三遍还没唱完，有石头跳下来，投江自尽
——我的诗歌《在澜沧江大峡谷》

2

暗红的澜沧江，将山切豆腐一样切开。这是石头的国度。各种各样石头，构成了一个沉默的、充满重量的、坚硬的、与世无争的、荒凉的世界，就连石崖那些白云，也有极强的立体感，下部厚重低沉，上部银亮刺眼，似乎是浇了水之后正在绽开的石灰石。路边出现了几个玛尼堆，接着看到两根溜索，两根拇指粗的钢丝绳。一低、一高，一来、一去，系在一块巨大的磐石上。对面并没有看到村庄或者房子，只是一条狭窄的小路，蜿蜒而上，直入石头世界的背后，十多里后，便到了扎西尼玛的老家。

没想到这样艰难的土地上，竟然能长出那么多的欢乐。因为是中秋，所有的村民都来到了村公所。男人靠墙坐着，女人和孩子坐在中间，都穿着传统的藏服。桌子上摆满了饮料、水果，没有主持人。扎西尼玛告诉我，这种圆桌会议每年都会不定期地举行。他们互相调侃、互相揭短，像说相声一样，有的人话音一落，便引来哄堂大笑。一个女人，被人推了上来。她身板高大，这让我想起了老家的二婶，也是这般粗糙，是个做农活的好手，能背一捆如山的柴。女人上来之后，手脚不知道往哪里放，台下的人一起哄。她不好意思地笑了，露出两颗参差不齐的门牙。终于站定，清了清嗓子，一开口，声音青葱、嫩黄，像刚剥了壳的山竹笋，只是有些紧张。第二段完全放开了，高音处，声音会穿过屋顶，像羽毛一样，荡在半空中久久落不下来。听不懂她在唱什么，但脑海里马上会浮现出蓝天白云、枯草山冈、捡柴、爱情、阳雀和格桑花。一唱完，她转身就跑下台去，在众姐妹间，坐了半阵，都还不敢抬头见人。接下来唱的是一个男人，他是自己出来的，身材挺拔，下巴微尖，线条柔和，虽然有四五十岁了，却也英气逼人，他边唱边跳，大方从容，下台的时候，还给所有的观众敬了一个礼，博得了满堂喝彩。接着，一个身材和脸型都有江南风韵的小姑娘被推上来，比前一个女人更加怕羞，还试图跑回去，最终被几个姐妹架上来，不得已，还是唱了，声音赶不上前面那个女人，却自有一种青涩的天真。这样唱唱闹闹，在场的成年人差不多都轮了一转。半夜过后，弦子声响起来，人们纷纷站起来，围成圈，开始跳弦子舞（弦子，形似二胡，比二胡小，做工比二胡粗糙，声音也没有二胡圆润悠长，但节奏感很强，自有粗粝的、泥沙俱下的冲击力，如澜沧江）。这里的弦子歌舞没有经过任何官方的装饰与修改，是原汁原味的流传了千百年的藏乐。高个儿男人在前面拉着弦子，所有的人在后面跟着，顺时针绕着圈子，挥袖踏靴，边舞边歌。他们自觉地分成男声和女声两个声部，声音和动作一样，大方舒展。一曲完了，每个人都可以起头，大家会一起来配合，或参差和声，或整饬齐唱，俨然一个配合多年的乐团。节奏和旋律，把粗犷的男人、柔软的女人、生活、历史、月夜以及舒展的藏袍，自然而然地融合在一起，没有一样东西是生硬的，没有一个人是多余的，包括在旁边打节拍的我。弦子词一句也听不懂，节奏旋律告诉我，这是男人和女人在对话。主题大概是生活如此艰辛，我们不要埋怨，我们拥有爱情和信任，我们的内心里住着神，我们相信明天和来生。在他们面前，有时候会为自己身体里装着那么多那么沉重的悲伤而感到羞愧。

有一支弦子歌是这样唱的：

我喜欢白色上再加一点白，就像白岩石上歇落一朵白云。

我喜欢绿色上再加一点绿，就像核桃树上歇落一只鹦鹉。

我喜欢红色上再加一点红，就像红木窗口露出一张笑脸。

3

死于科技与经济的神和神话，在这里，依然顽强地活着。人们认为，很多山里都住着山神，你可以和他对话，可以向他祈祷。这些神是具有人性的，也有欲望，有的是男人，有的是女人。据说，江对岸的寨子后面有个女山神，很好色，每次在大家跳弦子舞的时候，会化成漂亮的女人参加。这时候，若有小伙子按捺不住，就会被她勾去山里，莫名地失踪几天，回来不省人事，但身体非常虚弱。所以，村子里但凡英俊的男性，会早早地出去，以避免灾祸的降临。山神也不是很坏的，只要人们尊重他们，对他们好，他们也会知恩图报。在这些地方，法律约束不了的事情、村主任做不到的事情，山神能管理得井井有条。其实，也只有心存敬畏的人们，才能在这里生活，一点点贪婪、一点点乱砍滥伐滥捕，就会让这些脆弱的美丽不复存在。村子后面，一面巨大的山崖上，两条一米多宽的白色石英岩带，并行而上。扎西尼玛说，很久以前，一条巨蟒在这里危害百姓。山神挺身而出，他事先锻造了一把削铁如泥的藏刀，插在石崖缝里，用草叶掩住。然后，以自己为诱饵，惹怒巨蟒后狂奔。巨蟒穷追不舍，在翻过山崖时，被刀活生生地剖成两半……他说得认真，我听得也认真。我想他们相信万物有灵，而我写诗，不就是把万物的灵魂请出来嘛。多年之后才知道，这种想法，大幅度地影响了我的诗歌写作。

4

睡在第二层的阳台上，我看到了今生最亮的月亮。没有一只蚊子。除了棉被之外，还盖了层厚而重的牦牛毛毯，虽然有些奶腥味，但我很快适应了。天空是黑色的，但不是那种死板一块的黑，是生动丰富的黑。有的是黑蓝，有的是黑灰，有的黑中泛着银光。云朵也是生动而复杂的，由深灰，过渡到浅灰，过渡到白，过渡到银白，只是那些到了天边远离了月亮的云，才失去生机，变成毫无立体感的一块灰色。星星在云朵间游动，像一只只银亮的小蝌蚪。月亮在中天偏西一点，圆得无可挑剔，让我想到早上那碗刚挤出来的鲜奶，微甜，微暖，只是少了点腥味。月光很亮，有些刺眼，我怀疑能够看字大一些的书。盯着月亮看久了，眼睛受不了，一侧身，可以望到江对面遥远的青藏高原，群山都被镀上了一层银色的月光，很陌生，像外太空的东西，有着金属般的质地。那天晚上，扎西尼玛给了我一个藏名：云丹达娃，意思是散发着智慧光芒的月亮。他们说我干净，像月亮一样。

5

我回来了，云丹达娃没有。

六 乌蒙山

1

每一条路都有它的风景和故事，每选择一条，就会错过一些。我选择了最艰险的那条。天赐的蓝天、乌云、红土和黄土就已经够美了。农民们再配以深青的燕麦、浅青的蚕豆、金黄的小麦、紫色的野豌豆、白房子或者褐红的土房子，以及鲜红的旗帜一样的头巾，简直就是一个色彩的天堂。事实上，这种红土很贫瘠，铁高，酸高，种什么产量都很低。他们年收入只相当于我的月收入。在昆明借的一辆女式摩托车，盘旋在轿子雪山到汤丹的路上，渐渐地，找到了鹰的感觉。灰黑的炒砂路，依山蛇行。右边，便是悬崖。修隧洞的工程师，就是被风吹下去摔死的。峡谷过去，是色彩斑斓的耕地，群山像一群猛虎，蹲在对面，虎视眈眈。选择去看乌蒙山，因为我觉得它是个病人。“采石场是还在扩大的创伤，灰绿的铜矿洞，是流脓的疮。暗红的金沙江，是她在大出血”——七年前，我在汤丹镇第一次看到乌蒙山，便被镇住了。铅灰的土山，迎面而起。在视线的终点，山顶与蓝天交界的地方，却有一个村庄。没有树，羊肠小道像伤痕一样在山上历历可见。上面的人，怎么生活？哪里来的水？怎么种地？怎么赶集？后来，我一个人背着帐篷，在乱坟岗上过夜，在金沙江里游泳，在天坑看麻风村，在大山包的荒原上奔跑，在山民家吃辣酒、吃牛粪烧的洋芋、吃难以下咽的苦荞饭……这片土地带来的挣扎感和沧桑感，给我带来的安慰，如同病友给病友的。我也是个病人，有不可救药的顽固，有讳疾忌医的怯懦，有病入膏肓的痴迷，还有命不久矣的紧迫。找了一个视野好的悬崖，坐下来。荒山，肿瘤一样，一个接着一个。这里有三千年产铜的历史，史籍载“蟹壳产铜，其色发暗，以汤沃之，其色始丹”，因此得名汤丹。汤丹铜在清代，产量一度占了全国的半壁江山。古时采矿，人只能像蛀虫一样，带着筐和油灯爬进去，装满矿石退出来，没有任何安全措施。死在里面还好，有一座巨大的坟墓，如果死在外面，会和矿渣一起扔下悬崖。现在安全措施好了，不过事故还时有发生。他们说矿工，是在阳间苦钱，到阴间用。就是这样一座高耸入云、仰视都不能见顶的大山，现在竟然已经被掏空。坐在悬崖上看，风大了也不走，下雨了也不走，只要你看得足够久，什么放不下的事、放不下的人，都会放下。

2

不管云来云去，云少云多，云白云黑

天，始终平静

坐在风中，端详众生

梅里雪山一样

我拒绝融化，拒绝征服，拒绝开满山的花

等你想起来，我已掉头而去，金沙江一样

二十七座水电站都锁不住

—— 我的诗歌《出云南记》

青藏印象七则

一　拉萨

因为寺庙太高，所以银行、商场大楼、建材市场、夜总会、纪念碑、电线杆，都显得很矮。因为寺庙太高，瓦顶上的阳光，黄金一样，沉重而冰凉。

二　程小景

程小景不回上海了。在拉萨河边，开了家书店。她坐在收银台后面，半小时，才翻了一页书。每年九月，她会去叶城，去冈底斯山。岩羊一样奔跑、攀爬，岩羊一样，站在高处流泪。回来，依然坐在书店里，像佛经一样，一年比一年旧，像梵文的佛经一样，等一个东土来的男人。

三　桑珠镇

男人推着摩托车，上坡，后座有两个蛇皮袋。他去省城看念大学的女儿。因为用力，他与路面形成的夹角，锐利如一把钢锥。我们帮他推上坡，他很感谢。但我们自己还要赶路，只得离他而去。还好，五六公里后，我看到了风雨中的桑珠村，村的门口，就有一家摩托车修理店，格桑花一样开着。

四 高处

黄青稞和青青稞，同时生长；菜花和雪花，同时开放；汉人、欧洲人、印度人、喇嘛，同时转山；黑如泼漆的藏獒和银光刺眼的云朵，同时静止在山岭上。因为身在高处，扎西尼玛、贺中、程小景、扎西顿珠、阿吉、此称、央今拉姆、尼玛潘多还有我，都像青稞一样自带光芒，我们在一起，不用翻译，我们用青稞酒说话。

五 帕羊镇

回过头，记住了小镇的名字和样子。那么安静、弱小，那么无可奈，那么像一个爱我的女人。她们的内心，都有一个空空的站台。

六 荒芜

“一川碎石大如斗，随风满地石乱走”，这里是岑参描写的荒原。无鸟兽，无草木，无水，无粮，无对白。走到最后，陌生的男人，会成为生死之交；陌生的男女，会想到天荒地老。衣袋里，给你捡的那块石头，已经摸出了皮肤的光泽。

七 野人

人间的树叶刚刚转黄，我的世界已经冰天雪地。到处是野驴、野牦牛、野黄羊、野兔、野鸭，我也是野的，刚刚挣脱缰绳。世人吃饭的时候，我在吃雪。

转山

一

做过很多错事，有的，已经得到报应；有的，依然难以启齿。

我还负过很多人。

二

九月，外界树叶刚刚转黄的时候，阿里已是冰天雪地。

“有恩的死里逃生，无情的分明报应。欠命的命已还，欠泪的泪已尽。冤冤相报实非轻，分离合聚皆前定。欲知命短问前生，老来富贵也真侥幸。看破的遁入空门，痴迷的枉送了性命。好一似食尽鸟投林，落了片白茫茫大地真干净！”我默默背诵，《红楼梦》诗词中，最喜欢这一首，我觉得它写出了生命的本质。

两只白臀的藏黄羊，肩并着肩，越走越远，像个词一样，被风雪轻轻地擦去。

大地干净如一张空白的纸。

三

梦想是行者的包裹，越来越少。

有的，被时间劫去了，有的因为不堪重负，自己扔掉了。转转冈仁波齐，是我仅存的几个梦想之一。在塔尔钦整理行装，面对即将到来的梦想，内心有几分慌乱。两天走 50 公里，在拉萨都有重度高原反应的我，没有一点把握。出镇，往左就是转山的入口，看不到沥青、电线杆、车辆、交警、红绿灯和收费站，有的只是乱石、坑洼、黄草、小溪，以及略带坡度的弯道和苍茫阴沉的天空。

这是一条让人怦然心动的路。

四

冈仁波齐是冈底斯山的主峰，海拔 6714 米。

几个宗教都认为这里是世界的中心，特别是佛教的人。他们认为这里是佛祖释迦牟尼的道场，转山一圈，可洗一生罪孽；转十圈，可在五百轮回中免下地狱；转百圈，可成佛。有些有神论者甚至认为，此山分三面，略呈金字塔状，和埃及金字塔、玛雅人的祭台一样，在远古时期，可能是一种神的建筑，曾经有过神秘的力量。更有人推测，很久以前，这座山可能是一座巨型的核能发电站。正因为它曾拥有过巨大的自然力量，所以，才会拥有现在这种影响世界的精神力量。

诗人扎西是个佛教徒，四十二岁。他说，不信佛，也可以转山，只要你愿意相信点什么。

什么都不愿信，也可以转，只要愿意。

五

在天葬台，闻到了死亡的味道。

大量经幡围住的十几亩大的暗红色巨石上，到处是凌乱的衣服，刻有经文的石片，以及成卷的头发。一只体型巨大的乌鸦，一声不叫，就飞走了，像一只鹰。乌鸦飞过的地方，我看到了一头死牦牛的尸体，很小，已经腐烂，还看到了一大块人腿骨，以及一个风动的经轮。死亡就在脚下，我没有一点害怕。曾经有个想法，某一天得了绝症，也不连累谁，背个背包，转身就走，到冈仁波齐，等天收我的骨肉。这里无疑是绝佳的地点，只是少了一层雪，那种昨夜刚下的、柔软如棉被的新雪。

站在台上眺望，草色暗黄，天空阴沉，大地无涯，转山者三三两两，如细沙。

有纸钱一样，轻而薄的东西，从眼前飘过。

开始下雪了。

六

像缺氧的鱼一样，我必须大口大口地用嘴呼吸。

灌木都没有，山崖岩石裸露，高耸入云，下面乱石坡中才开始有草，有很多类似荨麻的矮株植物。据说这种植物春天可以吃，但现在碰都不能碰。我走的节奏很快，经验告诉我，走长途时，节奏太慢反而会让我的小腿失去弹性。

远远地抛下了扎西，我享受一个人在路上的感觉。

七

目前为止，我还没有看到真正的冈仁波齐。

只在这首《神香》里反复听着她的样子：“林廓的人啊，人山人海，可我的人儿啊怎么不见了？怎么不见了？玛旁雍错啊，波光粼粼，是不是那丢失的人，为我点起的圣灯？林廓的人啊，人来人往，可我的人儿啊怎么不见了？怎么不见了？冈仁波齐啊云雾茫茫，是不是那丢失的人，为我燃起的神香……”惊心的是歌里面的鼓，不管歌声如何忧伤如何怀念，它只是不管不顾地往前走，那么无情，那么决绝，像雪地上一串不断延长的冰冷的深深的脚印。

一个人在路上，因为不用看别人脸色，不用说话，会想很多，会深深地进入自己的内心世界，尤其在这样的路上，内心和外部的环境，和这音乐，完全融为了一体。这时候，会把全部的山山水水当成自己的内心世界，让思绪到处飘飞。这时候，人会变得脆弱而又敏感。很多丢失的人，一一在路上想起。有广东的，有湖南的，有云南的，有北京的；有同学，有玩伴，有同事；有刻骨铭心的，有后悔不迭的，也有一晃而过的。他们不讲顺序，不讲道理，乱纷纷地在我的脑海中进进出出，有的久久徘徊，驱之不去。有时，抬起头，哄然一下，又都散了，只留下我一个人在风雪坎坷中继续前行。那些丢失的人中，有的，还会找到还会见面；有的，是无论如何也找不回来了。丢失人和丢失东西，痛感是明显不同的。丢失的人之间，痛感又是如此不同。有的是切割般的痛，有的是撕裂般的，有的只是隐隐作痛。

有一天，我可能会把所有的人，包括爱我的人和我爱的人一起丢掉。

像贾宝玉一样，转过身来，只留给世间一个深深的揖。

八

一路都是传说和神话。

格萨尔王马鞍石旁边，立着木牌，上面有字：这块石头，被认为是藏民族史诗英雄格萨尔大王的马鞍所化。周围胜迹众多，西侧的三座山峰为“长寿三尊峰”，由南往北分别是白度母峰、无量寿峰、顶髻尊胜佛母峰。每年雨季，雪水若白练挂壁，中一岩穴，形似佛龛，有一幽瀑，被称为格萨尔大王妻子的浴瀑……临走，无意间又扫了一眼木牌，吃了一惊。牌上有冈仁波齐神山的立体图——这不是一个人吗？雪山顶，略带锥形，是其银亮的头盔，雪线左右勾出铠甲的轮廓。他盘腿而坐，脸是黑岩壁，下巴有力，不怒而威，很像传说中的萨格尔王。

有传说和神话守护的地方，挖掘机和钻探机都很难进来。

九

这一生，如果是部电影，预感，可能是悲剧的多一些。

无法改变剧本，我只能尽力地扮好自己的角色。编剧、导演和剪辑，都是上天。

十

雪，下得更紧了。

进入了一个弯，前后都没有人，峡谷陡山，线条奇崛苍劲，远处高处，又是大片大片渺渺茫茫的留白，俨然一个高人的水墨，画的是“千山鸟飞绝，万径人踪灭”的意境。出了汗，我敞开风衣，把登山杖扛在肩上，这时候，风会掠起我的头发和衣摆。想起命运的捉弄和生活的跌宕，感觉越走越像林冲。那个一忍再忍的男人，是那本书中，我唯一喜欢的人物。我们都很懦弱，都能忍受寂寞。

如果那个守草料场的工作给我，我也会做下去的，只要命运不再苦苦相逼。

十一

天会晴的。有些人转山一周，看不到神山的影子。

心诚的人，能看到她的全部。——扎西说得很认真。

十二

前面两个黑点，越来越大。这一男一女，看装束是汉人。

是夫妻最好，是偷偷跑出来的情人也好，大老远地来转山，两个人肯定都相信爱情。

他们回去后，肯定更加相信爱情。

十三

真的晴了——下午五点钟，到哲日普寺的时候，太阳从风雪里钻了出来。

哲日普寺意为牦牛隐迹于此的山洞。传说，十三世纪时，主巴噶举派的郭仓巴，在狮面空行母变成的牦牛的指引下，来到这里，不见了牦牛，但见到了神山，于是建庙以示感恩和敬畏。在这里，我看到了真正的冈仁波齐。在两山夹峙中，看起来比左右两石山要矮，但其威严气质是挡不住的，让人想到一面象征着无上权力的令牌。

扎西面对着神山磕了几十个长头。

“学着扎西，向冈仁波齐叩了一个长头，他在旁边拍照。照片里，当双手举过头顶的时候，我高于蓝天。匍匐在地，伸展合十的时候，我低于花岗岩和狼毒草。”晚上，我在笔记本上记下了这样的句子。

十四

在一个铁棚子里过夜。无电，无话，无热水。

有满天的壮硕而辉煌的星星，在半夜起来后的铁屋顶。

十五

被狗叫醒了。脸没洗，牙没刷，吃了一盒方便面，出了门。

路蜿蜒上坡，每一步都感觉吃力。看到了被朝阳染得金光闪闪的神山，跑过去，因为支三脚架，拍照片的时候，金光又没了。我并不在意，人生本就充满遗憾。完美，给我的感觉，反而是不祥的，是要即将失去别的地方来平衡的。从这个角度看冈仁波齐更加真实，她比两侧的石山要高出很多，在蓝天下、阳光下，像一瓣莲花的尖，圣洁，美丽，不可侵犯。

口有点渴，溪水被冻住了，草上有冰霜，草间有雪，抠一把吃了一口。

这里的雪粒，粗而硬，要嚼黄豆一样嚼一阵才化。

十六

卓玛拉山口是此行最难的路段。

山很陡，有五六十度。我头疼脚重，略上了几步，就走不动了。另外，也想向大自然示弱，我不是什么强者，我真不想征服什么，决定雇一匹马。那是一匹白马，有很好看的鬃毛。马蹄踏在石头上，很重，也很好听，走十来步，就要停一下，腿能感到它剧烈的心跳。看马很累，走了 100 多米，我就下来了。

山口的雪地上，到处是纵横交错的经幡，色彩丰富而绚丽，像一幅抽象派的画，充分地表达着对生命的热爱。一会儿，风从雪山上下来，那些经幡开始跳舞，开始诵经，开始像跳动的火焰的样子。我和扎西找了一些草叶和苔藓，点燃，有白烟从雪地上缓缓升起，等火燃大，又把它压熄，烟渐渐变青。这时候，风停了，烟升到十几米高处，才开始消散。扎西说这就是神香，可以通神，可以为亲人祈福。

我跪下来，双手合十。在此，恨过的人，会得到我的宽恕。不恨的人，我为他们祈祷。我负过的人，请允许我忏悔。

十七

在雪水间，捡了一块黄色的石头，心形的，温润如玉。

扎西叫我别带走，神山虽然满山的石头，但没有一块是多余的。

十八

走不动了，一步一步挨。

一个印度的老大娘超过了我，她被一个藏族姑娘扶着越走越远。一个讲英语的可能也是印度的胖大叔超过了我，他在前面问到了路。一家人，赶着一群牦牛，也超过了我。每一头牛都驮着很重的东西。我估计，他们带上了所有的家当。一个一米八九个头的欧洲小伙子，扛着登山杖，迈着很有弹性的脚步，像在打高尔夫球一样，优哉游哉的，也超过了我。一个裙子里有铃铛的藏族小姑娘，像一条叮咚的泉水，哗啦啦，就流下山去了。我唯一超过的是一个磕长头的朝圣者。那个藏族女人，一身黑袍，面无表情，三步一伏，用身体丈量着大地。

时间和速度，在她的身上，变得毫无意义。

甚至，意义本身，也变得毫无意义。

十九

山谷里，一阵雪，一阵晴，反复不止。

雪，是绿豆大的雪粒。

一个女孩子走过我身边的时候，向我打招呼，问我是不是一个人，从哪里来，我一一如实回答，并紧走几步跟上了她。她叫措姆，兄妹四人一起来的。她黑而丰满，像一颗土豆，十九岁，今年刚考取大学，不到三百分，学护士，转完山就去上学。她不喜欢这一行，也没办法，为了谋生。她喜欢画画，可是学校又没有这个专业。我告诉她我所喜欢的凡·高和高更的事迹。我希望她自学画画，还以自己走的弯路告诉她，做自己喜欢的工作的重要性。那时，我把她当成了自己的妹妹。让人高兴的是，她似乎听进去了。一路上，我们还谈了她的家乡狮泉河和她牧羊的母亲。为此，这段路走得很快。勉强跟着他们，越跟越吃力。

有一粒雪，打进了耳孔，半天才弄出来。

二十

又走成了一个人。

腿脚麻木，头脑一片空白。

我转山的时候，山也转。

二十一

扎西鼓励我，说还有最后 10 公里，天黑之前可以到。

我笑一笑，按我这种速度，可能半夜才能到。我叫他先走了。

继续坐，看牦牛，看小溪，看草，看庙宇，看那些从我面前经过的人。自己暗暗积累决心，不能麻烦别人等，哪怕走倒下去了，也要尽自己最大的努力，我能控制的能做好的，就是“尽力”二字，成不成，我管不了，那是上天的事。一生中，经常被别人误解和鄙视，也没有多少机会辩解，只能埋头做，用行动来辩解。我会经常做一些让别人甚至自己都吃惊的事，因为尽力。决心足够的时候，奇迹还真的发生了。起身，咬牙，迈开大步，我决定尽自己最大最后的力气，快走一段，走到哪儿算哪儿。谁知一走，竟然感觉并不如想象中的困难，越走肌肉越紧张，越充满力量，如在平地，如平时赶上班一样的步伐，超过了扎西，还有力量；超过了那个带银铃的女孩，还没倒；超过了那群牦牛，还可以不停；超过了措姆兄妹，超过了欧洲小伙子，还有余力；超过了前面所有可以看到的人。我再次想到了林冲，仿佛要绝尘而去，我还看到了远处一湖蔚蓝的水，还唱了一段《神香》，怕浪费太多的氧气，我唱得很轻。这支歌应该是这次转山的主题音乐。

事后，扎西告诉我，我得到了神的帮助。

二十二

站在终点，回望来时的路。

尽头的那些远远的山，幽暗，蓝黑，朦胧，欲雨，欲雪。

喜悦，并没有悲伤多。

真分不清，一个梦想的实现和一个梦想的死去，有什么区别。

乌云盖过来，有黑云压城之势。

仅存的阳光下，塔尔钦显得很辉煌壮丽。

那天，我第一次看到人海，如此空旷。

第一次，觉得成功、战胜自己、胜利是如此虚无。

难怪，这片土地上，有这么多寺庙。

二十三

喇嘛们做早课，做晚祷，隔三岔五地辩经

枯死多年的榆蜡树，因此长出了木耳

钟鸣安抚群山

落日赶在夜幕降临之前，给大地披上紫红的袈裟

——我的诗歌《青藏高原》

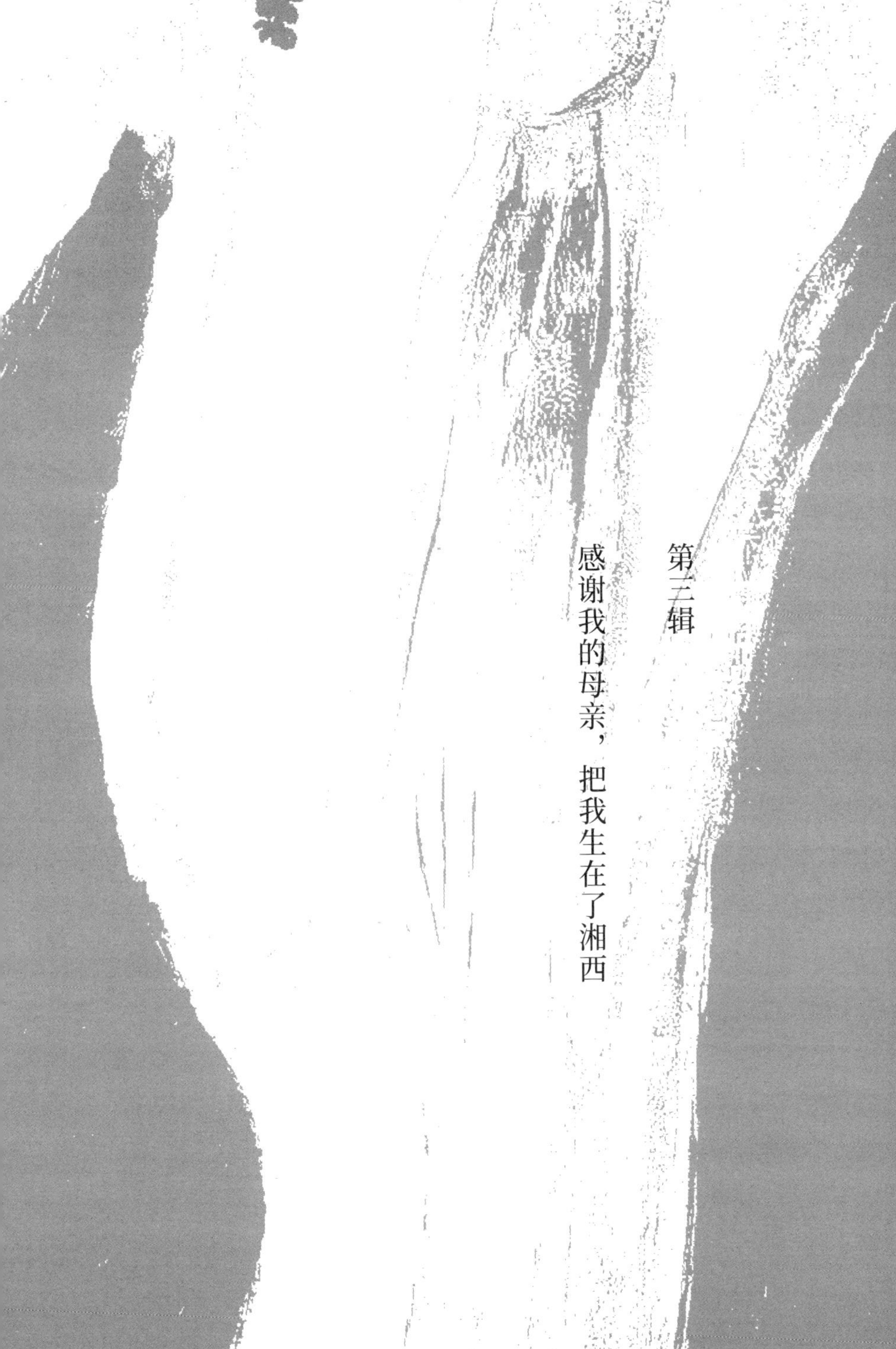

第三辑

感谢我的母亲，把我生在了湘西

命

一

以铁打铁，以石磨石。以水洗水，以命依命。

她是低眉菩萨，我是怒目金刚。

——我的诗歌《命》

二

小学的暑假，看到一本书，是说历代诗歌的，没有了封面。

“——这书没有用，能不能让我扎飞机？”我问爷爷道。

爷爷说：“这是本好书啊。”然后，开始给我讲好在哪里。翻到了南宋，翻到了《钗头凤》。他讲陆游和唐婉的故事，然后一句句为我读：“红酥手，黄縢酒，满城春色宫墙柳……”读完了又为我背：“世情薄，人情恶。雨送黄昏花易落……”记得那是在一棵柚子树下，他是用方言读的，背到唐婉的句子时，他已经泣不成声。

我趁机跑开，找堂弟们打羽毛球去了。

那时候，根本没想到，被我嫌恶的诗歌，有一天会主宰我的生命。

三

孤僻和自卑，蛇一样地缠上了我的青春。

曾经像害怕杀头一样害怕剪头，只因为不敢面对镜子里的自己。

初中的暑假，已经没有了玩伴，门口，搬来了一个表舅。他是个数学老师，退休后立志成为作家，他的小说最后也没出版，倒成全了那个愣头愣脑的少年。在他那里，我看了很多世界名著，看了唐诗宋词元曲，加上姐姐的那本《红楼梦》，我完全沉浸在汉语世界里不能自拔。那时候，也想到了当作家，却不知道怎么去走。

为了给家人省钱，为了证明自己的能力，考中专的时候，选择了分数线较高的机械专业。

四

没去过地狱，若叫我设计地狱，会按照水泥厂的厂房，依样画葫芦。

噪声大，粉尘多；碉堡一样，高耸坚固，阴暗肮脏；每个人牛头马面一样，冷酷，暴躁。

女怕嫁错郎，男怕入错行。毕业后，我被分配到广东的一个乡镇水泥厂工作。机械与诗歌完全是反义词，学得很吃力，做得更吃力。工作三年，技术还很差，又不会说广东话，所以，没有人正眼看我，任何人都可以叫我做最重最脏最危险的活，比如说抡大锤砸钢板、搬氧气瓶、钻进狭小而高温的提升机里修铁斗。下班后，两层口罩取下来，鼻孔都是黑的。以至于，我每天早上都带着恐惧的心情去上班。尽管每次下班都疲惫不堪，我还是抽点时间在铁架床上写点日记，有时候嫌日记长，就写点小诗，慢慢地发现，写诗有意想不到的快感。这些文字，让我在那些暗无天日的工厂里，保持着出人头地的梦想。现在想来，自己有文凭，所以工资拿得比别人高，干活又不及别人，别人瞧不惯，也是可以理解的，但那时就觉得世界在与我作对。

当时，一天抽三包烟。坐下来抽支烟，主任不会骂，因为大家都这么做。但不抽烟，坐下来，就是偷懒。工作强度太大，体力不支的时候，我不得不多抽烟以求多休息。那时候，只抽一块七一包的“金驼”烟。有一天，在厂里巡检机械，累了，我就躲在烧成车间的楼上，把头盔取下，垫在屁股下面，坐下来，点了一支烟。那里人迹罕至，地上是吱吱嘎嘎的螺旋输送机。这种机器转得慢，而且不容易坏。听说有个值夜班的职工失踪了，后来分析，是一脚踩进了这种机器，被一点一点绞进去，输送到了成球盘，变成了一粒粒羊屎大的煤球，然后送进了几千度高温的立窑里。这里地势高，可以看到工厂外面忙碌的公路和悠闲的云，以及更远处微微起伏的山，我计算着下班的时间，昏昏欲睡。这时，冷不防伸过来一只白皙的手，塞给我一包双喜烟，转身就跑了。双喜烟在广东很常见，烟壳上，是一个大大的红“囍”字，人们结婚时在窗子上贴的那种。回过头去，虽然戴着黄色的塑料头盔，穿着厚而宽大的蓝灰色劳动布工作服，但我还是从她矮胖的身形中，认出了她。双喜烟虽然也只是五块钱一包，但那是暗无天日的环境里，第一次，有人在尊重我。换句话说，那时候，我的尊严，也就值五块钱。

等她下了楼梯，我已经泪流满面。

五

有一种病症，叫斯德哥尔摩综合征。

人和自己恐惧的人相处太久，会因为一些小恩小惠，将恐惧转化成为感激，最终会屈服于对方的暴虐，将感激变成崇拜。当苦难来到一个人的面前，你战胜它的时候，它会成为你的财富；你无法战胜它的时候，它会摧毁你的梦想。我觉得自己奴性越来越强，越来越缺乏自信，再做下去，就会被彻底地压垮。

一生总得做几件傻事，要不然，老了之后拿什么来回忆？

心一横，辞了职，连工作关系和档案都不要了。

六

送我双喜烟的胖女孩，成了我第一个女朋友。

上个月从昆明回北京，在东航的飞机上，听着古筝版的《似是故人来》。

“同是过路，同做过梦，本应是一对。人在少年梦中不觉，醒后要归去。三餐一宿，也共一双，到底会是谁？但凡未得到，但凡是过去，总是最登对。台下你望，台上我做，你想做的戏。前事故人忘忧的你，可曾记得起？欢喜伤悲老病生死，说不上传奇。恨台上卿卿，或台下我我，不是我跟你。俗尘渺渺，天意茫茫，将你共我分开。断肠字点点，风雨声涟涟，似是故人来。何日再在，何地再聚，说今夜真暖。无分有缘，回忆不断，生命却苦短，一种相思，两段苦恋，半生说没完。在年月深渊，望明月远远，想象你忧怨。俗尘渺渺，天意茫茫，将你共我分开。断肠字点点，风雨声涟涟，似是故人来。留下你或留下我，在世间上终老。离别以前，未知相对，当日那么好。执子之手，却又分手，爱得有还无。十年后双双，万年后对对，只恨看不到。”这首词我都背得，我在歌厅给她唱过，在之后的岁月里，无数次听过，我认为这首歌的词曲唱是乐坛三个高手，在巅峰时候的一次天才的合作。后来，我为她写了很多诗，但都不如这首歌词好。每次这首旋律响起，我都会想起和她在一起的喜怒哀乐，会想起山穷水尽的深夜里，那个年轻人拼命而徒劳的追赶……

现在，那种深深的伤痛，变成了淡淡的哀伤。联系方式早丢了，也不知道她现在怎么样了。如果，某一天在大街上相遇，即使认出来了，也不会拥抱。

会淡淡地笑，淡淡地问。

七

命里只有八合米，走遍天下不满升。

——本地民谚

八

香港回归的那年，我两手空空地回到了老家。

从各种各样的小商贩，到四百块一月的小木工，到身份证都没有的三无人员，有事则做，无事则在家里和老太太老爷爷们打五角钱一炮的麻将。这时候，经媒人介绍，妻子来到了我身边，有了孩子。因为孩子语言交流有障碍，有三年，我在家里教儿子说话。朋友们都笑我是吃软饭的，我也嘿嘿地陪他们笑。只有婆婆（注：奶奶的方言）和大姨父，不知为什么，曾当着很多人的面，说我会有大出息的。我自己都不相信，认为他们只是安慰我而已。等孩子上学后，又出来打拼。人在残酷的环境下，为了生存，会养成一些不好的品性，如圆滑、说谎、狭隘、偏激等等。因为还在断断续续地写作，心中的那点诗性，让我保留了最后的梦想和做人的底线。

为他人着想，多做贡献，不怕牺牲，老师一直这样教我。我花了半生时间，去做一个好学生、好朋友、好儿子、好丈夫、好父亲、好职员、好亲戚、好百姓。为了为父母省钱，我考了中专；为了多挣钱，我选择了机械专业；为了多挣钱，我南下广东；为了让父母宽心，我提前结婚生子；为了妻子孩子面子，我一路不停地奔波劳碌，委曲求全。后来，终于有了许多朋友，有了好的口碑，有了新的房子，有了存款。一个深夜，打完麻将后，躺在床上，突然感到莫名的悲哀，其实，那天我的手气还不错。我问自己：到底最喜欢的是什么？半晌，才从内心最深处抠出两个字：诗歌。那时候我不信命，也不认命，开始用心地写起诗歌来。在小县城，写诗就像做强盗一样，是不能公开的。同学们在一起的时候，大家可以聊钓鱼、聊麻将、聊女人，但你若昨天写了一首好诗，别人会笑你变态、神经病。每天晚上，我都说我要看电视，等孩子妻子都睡了，我开始写诗。有时妻子出来上卫生间，又把纸和笔藏起来，装着看电视的样子。有一天，她终于发现了，严厉地批评我："难怪你白天做事没有精神，你成天弄这些不务正业的东西。"我告诉她，我只是没有机会从事文字工作，否则，我可以做得很好。说到后面，我忍不住哭了，她也哭了。她说，以后不再干涉我的写作，要我自己注意休息。

九

有些事，记不起了。有些事，记不清了。有些事，记错了。

有些事，本来记得，但还不敢写出来。等内心再强大一些吧。

十

2009年春，菜花开了。蜜蜂忙的时候，我闲下来了，去学车，打算买个车跑黑出租。驾校在偏远的塔卧镇。白天在泥泞的土路上学车，晚上在肮脏拥挤的旅馆里住宿。几天后，去吉首考试，没考过，怏怏地回到家里。

深夜，一个很好的朋友，一个开口可以借三万五万块钱的朋友，突然打电话叫我下楼吃酒。几杯过后，他语重心长地告诉我："别写诗歌了，一起多想点办法挣点钱才是正道。他们都讲你不务正业，作为兄弟都替你难受，我知道你的为人，不像他们说的那样。"当时，我笑了，又邀他干了几杯啤酒。那时候，内心其实比啤酒还要凉。回来时已经是夜里两点钟了，先到儿子的房间，他身体弱，经常感冒，所以要时时小心是否踢被子。他睡得很沉，完全不知道外面有雷雨。我毫无睡意，一边打开电脑，一边想，有机会离开这个小城就好，没机会离开，离开这个让人绝望的世俗人间也好。于是，写了一首很沉重的诗，给儿子。第二天，发现没写完，又写了一首。第三天，还有话说，又补写了一首。后来，我把它合成了一首诗，就是现在的《写给儿子刘云帆》。绝望和悲痛，被汉字带到了纸上，带到了电脑上、论坛上，被几个远方的理解的朋友分担了，人又恢复了希望和勇气。

诗歌，拯救了我。

这是如今我待诗歌如宗教的原因之一。

十一

几十年来，这里就只有我一个人。

一个人买卖，一个人劝酒，一个人摇头，一个人看戏。

一个人冷笑，一个人叹息，一个人挤公交，一个人排队挂号。

一个人在人潮人海中找人。

——我的诗歌《永顺城》

十二

全力以赴之后，就听天由命。

人生就像一场无人出千的麻将，你不会一直自摸，也不可能一直点炮。

2009 年 6 月，张家界的石继丽在网上偶然看到了我的诗，推荐给张心平。张心平当时是湘西州作协的领导，马上推荐我参加一个笔会。那是我第一次到北京。笔会上，《边疆文学》的主编潘灵喜欢找我的室友喝茶，偶然间看到了我的打印稿，一首《湘西》打动了他，逢人便背前面的四句:“好想做回土匪，独霸这方山水。赋税不准进来，云雾不准出去。”他说，若想从事文字工作，就去昆明找他，而我一生都在等待和寻找这样的机会。

11 月 22 日，下火车的时候，才凌晨 5 点多，昆明下着微雪。

我在街头站了两个小时后，天开始亮了。

神奇的云南，把雪停了，为我亮出了一尘不染的阳光和蓝天。

十三

二十年的挣扎与磨难，其实就学会了两个字：珍惜。

在云南，第一次有了自己的办公桌，有了自己的电脑。我开始玩命地工作，几乎包揽了这本商业杂志的撰写任务，有时候，一天要写一万字的商业稿。完成了杂志的任务之后回家，还写散文和诗歌。我像海绵吸水一样，贪婪地吸着每一滴时间，前半生浪费的，我都想弥补回来。

再说，再怎么苦，不会比水泥厂苦。

商业杂志停办后，潘灵把我转入《边疆文学》正刊做编辑。我一如既往地拼命，从初审到排版、校对，到进厂印刷，事无巨细都归我做，但工资却只有两千。因为编制的问题，遭受了很多不理解，有两次，开大会的时候，被人拒之门外："你一个临时工有什么资格来开会，叫你们领导来。"还有一次，要编辑部派一个人去大理笔会，大家有事，没有人去，于是领导报上了我的名字。我很想去，但有人说，刘年，一个农民工能写出什么好东西来？还是别浪费名额了。我已经不在意了，我不再是那个活在别人口头上的那个阿福，而是为自己内心而活的刘年。因为不再活在别人的眼光中和嘴巴上，你会轻视面子、轻视物质、重视内心，渐渐地，会独立思考一切别人习以为常的事物，会更真诚、简单，因为这样，会给自己带来轻松，会更关心别人、帮助别人，因为这样可以给自己带来快乐。为自己而活，会更加在乎自己内心的感受，会更重视感情和美，会更坚决地爱，或者恨，这会让自己幸福。

再说，再怎么屈辱，也比在水泥厂要受人尊重。

十四

有个会看手相的女人，告诉我：

手柔软而修长者，一生都是靠手艺挣钱的命。

十五

渐渐地，越来越离群索居，越来越沉默寡言，越来越孤独。

渐渐地，我习惯了孤独，我爱上了孤独。

离时代越来越远，离内心就会越来越近。有诗歌的日子里，我前所未有地充实。自己决定着下班后吃什么菜、做什么饭、什么时候睡觉，自己决定着周末去哪里、走多远、带不带帐篷，自己决定着什么时候写诗歌、写什么样的诗歌、怎么写、写多长……这也许就是人们经常提到的自由吧。诗歌是自由的妹妹，所以人们把新诗叫自由体诗歌。自由，美丽浪漫；诗歌，温柔体贴。当你两者都拥有的时候，你就是这个世界的王。出租屋虽然只有十来平方米，但想象力，是没有边疆和海关的。

那时候，我已经相信自己，可以改变命运和别人的看法。我拒绝了做翡翠生意赚钱的机会，我拒绝了给老总写传记挣十万块钱的机会，我在荒凉的诗歌道路上，一意孤行，越走越远。那一年年关，我去了阿坝，当然是自己爱好行走，其实更多的是自费采风，想一路写出好作品。诗友王单单告诉我，要想在诗江湖上闯出名堂，手上至少要有五六十首自己满意的作品。

因为是除夕，饭馆都关门了，我为了一顿年夜饭，在冰天雪地中，找遍了全城。

当看到夜空里次第升起的烟花，我被自己感动得流下泪来。

十六

一个敲鼓唱经的喇嘛和一个沉默的诗人相遇了，

大殿上，酥油灯的光芒逐渐强烈，栅栏逐渐消失。

懂了吗？喇嘛歌颂着的就是诗人诅咒过的人间。

懂了吗？那些诗歌串起来，挂在风中，就是经幡。

没有人注意，留在殿里的是一个身着袈裟的诗人，

走上大巴的，是一个带着相机和微笑的苦行僧。

——我的诗歌《游大昭寺》

十七

云南是一个神神鬼鬼的地方，到处都有庙宇，到处都有信徒。

在那里，我相信了报应。

我觉得因为对诗歌的虔诚和付出，使得上天开始一点一点地回报我。2012 年，开始在《诗刊》《人民文学》发表诗歌。参加了新浪潮诗会、“青春诗会”，出了诗集《远》。随后获人民文学年度诗歌奖、华文青年诗人奖、红高粱诗歌奖等等。喜欢雷平阳的一句评价：“刘年是我认识的当代诗人中最具骑士精神的诗人。其诗歌有三个出发地：故乡、路上和现状，在云南时他绕着这三座雪山写，去了北京他还是绕着这三座雪山不停地写。

或卑微如草芥，或灵魂出窍摇身变为大黑天神，或孤独地在出租房里瘦如闪电，支撑他骑士精神的仍然是一个自我流放者、一个文学民工和一个重情重义的赤子的混合体。他的诗歌贴心、动人，温暖而又苍凉，适合在子夜的广场上一个人静静地读，用于个人的祭奠或自救。”

我不是天才，我不得不反复地修改诗歌。

很多年之后，回过头去看，诗歌也在修改我和我的命运。

2013 年，我背着我的靛蓝色的、走过了千山万水的大背包，来到了北京。

十八

精卫填海，夸父逐日，愚公移山，我在写诗。
火中取栗，水中捞月，我还在写诗。

不去管福与祸、得与失，只去管，爱与痴。
千夫指，我为之；不能为，也为之。

我想把一生写成一首长诗，一天加一句，一月加一节。
想像昆仑山一样，保留自己的荒凉、乱石和雪。
——我的诗歌《壮丽辞》

十九

这个国际大都市，是艺术家的舞台，是艺术的坟墓。

很多艺术家，在这里名扬四海，绝少有艺术家，还能在这里保持高水准的创作。可我还想搏一搏。我把北京当成一个金碧辉煌的庙宇，把自己当成一个苦行僧，一心沉浸内心世界里，除了写诗，就是看诗。在这里，我几乎没有了周末和社交。两年了，还没去过长城、故宫和颐和园，其实，出租屋左转，就是“万国美女云集处，三里洋场不夜天”的三里屯。

略知内情的朋友，以为我很辛苦，可我自己却觉得置身于一场秘而不宣的狂欢之中。谈过恋爱的人都知道，爱是一种快乐，热爱则是一种大快乐，哪怕这种爱，只是一厢情愿的单相思。和诗歌相处得久了，发现自己再次陷入了初中那段刻骨铭心的初恋中。诗歌，由一个普通的文体，渐渐地有了体温，渐渐地有了光芒，甚至有了梦中情人般的圣洁和高贵。

因为爱诗歌，所以，做编辑的时候，我会像沙里淘金一样，花很多可以不花的精力，去找那些我所认为的优秀的诗人和诗作，我想把我在诗歌上受到的恩惠，还给那些虔诚的写诗者。作为底层出身的写作者，深知做一个优秀诗人的不易，在这个物欲横流的时代，他们默默地坚持和坚守，几乎是一个个孤军奋战的弹尽粮绝的战士。为此，我宁愿得罪那些拿诗歌当作跳板、敲门砖、游戏机或者买卖的人，哪怕他们手中的权势可以摆布我的命运于股掌之间。因为太爱诗歌了，所以，作为一个诗人的时候，我经常会焦虑、紧张，越想写好，越会用力过猛，越不能举重若轻，甚至于聊天的时候只要一谈及诗歌，我就会失去幽默感，一脸严肃，言辞薄如刀片……他们说，我是中了诗歌的毒，我想也是。诗歌与发财二选一，如果不写诗，可以身家巨亿、在二环以内有豪宅，我会毫不犹豫地选择诗歌；诗歌与厅级以上干部，二选一，我会选择诗歌，也不犹豫。

二十

以前不鼓励儿子写诗歌。开始，你会觉得诗歌是一条道路，她可以改变人生，带不来钱财，但至少可以带来名声。慢慢地你会发现，她是一个道场，诗人，是需要殉道精神的。现在开始希望他像我一样写诗歌，像凡·高一样去画画，越投入越好，越痴迷越好，因为越到后面越发现，那些虔诚的苦修者，那些外人看起来清贫、艰辛的艺术家，往往是这个世界最幸福的、最不容易死去的那一批人。

二十一

愿为她耗尽生命，而一无所获。

鲜艳辞——我的儿子刘云帆

一

“刘云帆总是一个人拿着手机，一言不发。从来没有伙伴打电话来。总是一个人面对嘲讽，不敢向我说；总是一个人骑单车去雨中，去梯子岩水库或者别处，又一个人回来，自己炒饭、洗衣，然后又一个人拿着手机，一言不发。——没有姐姐，会少却三分之二以上的依赖、眷念和遥望。”我的这首诗《姐姐》写的是刘云帆的孤独。因为当时口头表达欠缺，不能讲述很复杂的故事，不能表达很复杂的感情，他的孤独不仅远比常人庞大，甚至比我的孤独都大。没有人愿意成为他的朋友。有姐姐就好了。

我有两个姐姐，就像拥有两个港湾、两个银行、两个月亮。

二

《写给儿子刘云帆》这首诗，是我的成名作。

很少有人知道，这是一封遗书。

那时候，我还在小县城挣扎。没有户口，身份证又过期了，没有工作，没有人理解和尊重，考驾照又没过，写诗被朋友骂为不务正业，梦想的实现显得非常渺茫。每件事，似乎都是小事，但加在一起，却让我感到了绝望。

2009 年 7 月 31 日一个雷雨交加的深夜，写完了这《写给儿子刘云帆》的第一节："突然想到了身后的事，写几句话给儿子。其实，火葬最干净，只是我们这里没有。不要开追悼会，这里，没有一个人懂得我的一生。不要请道士，他们唱得实在不好听。放三天吧。我等一个人，很远。三天过后没来，就算了。有的人，永远都是错过。棺材里，不用装那么多衣服。土里，应该感觉不到人间的炎凉了。"第二个晚上，感觉没有写完，又写了第二节——"忘记说碑的事了。弄一个最简单的和尚碑。抬碑的人辛苦，可以多给些工钱。碑上，刻个墓志铭。刻什么呢，我想一想。就刻个痛字吧，这一生，我一直忍着没有说出来。凿的时候，叫石匠师傅轻一点。"第三个晚上又补了一节——"清明时候，事情不多，就来坐一坐。不用烧纸钱，不用挂青，我没有能力保佑你。说说家事，说说那盆兰花开了没有，最近看了什么书，交了女朋友没有。不要提往事，我没有忘记。你看石碑上的那个字，刻得那么深。不要提国事，我早已料到，你看看，石碑上的那个字，刻得那么深。"写诗就有这点好，它会让白纸黑字帮你承受或者转移疼痛。写完了，心就平静了下来，我又对生活鼓足了勇气，然后，命运开始转折。在某种程度上，诗歌拯救了我，这也是我视诗歌如信仰的重要原因。

现在才敢说出来，儿子刘云帆也是让我看不到希望的原因之一。生下来，虎头虎脑，特别听话，除了经常感冒发烧之外，别的地方都让人喜欢不尽。两岁半了，还只会叫妈妈，爸都不会叫，要什么只是用手指指。这时才急了，开始以为是舌系带的问题，剪了两次，还是一样。到州医院检查，说是听力有严重问题，最坏的打算是个哑巴，回来夫妻两人相对流泪。

可是，每次在背后叫，他都知道回头，又到长沙湘雅医院去检查了两次，听力没问题，是大脑的语言中枢发育迟缓，没有好的治疗手段和药物，只能靠大人训练了。我和妻子决定：一、省吃俭用，留下尽量多的钱，尽量让他能独立生活；二、只要这一个孩子，这样我们会有足够的精力和财力支持他。（好心的亲友私下劝我们再要一个孩子，以后可以帮他，我们坚持不要，转嫁责任，对他不公平，对弟弟妹妹也不公平，而且我始终认为，只有父母才能完全地扛起这个责任。）我放弃了工作，专心在家里教他讲话，期望他能够正常上学。不准他用手势表达，训练是有效果的。喊爸爸的那天，我欣喜若狂。以后，每多发一个声音，在我看来都是世上最动听的音乐。我发现，他讲不好话的原因有两条：一是舌头和嘴唇配合不默契；二是肺活量小，气息弱。前者多教多练；后者，我教他游泳、潜水、吹气球、吹口琴，一开始憋两三秒，后来，能憋半分钟了。果然，慢慢地会讲短语了。看到他能够勉强上学了，才放手。

三

这是什么花？萤火虫花。哪里有萤火虫花
想象的，觉得应该有，于是就画了
他说应该有就有，没有也有了
鲜艳的蛇一样游动的，吐着微光的萤火虫花
在五十厘米乘六十厘米的范围里，他就是造物主
他说房子应该有感情，于是房子便流出了眼泪
——我的诗歌《题刘云帆的画》之一《萤火虫花》

四

有时怀疑他是不是我亲生的。我擅长的作文，他写不好；学篮球，我擅长的爆发力，他也很弱；学音乐，第二天，音乐老师便主动叫他别来了；学画画，完全不顾透视和比例，画得人不像人鬼不像鬼，老师倒没说什么，同学们总是嘲笑他，几个周末后，也没去了。他上小学后，我去云南打拼。妻子放弃了工作，在家照顾他。在外漂泊的日子，我最害怕接她的电话，经常说刘云帆在学校里受欺负。妻子呢，最害怕接老师的电话。我眼不见心不烦，有写作可以安慰，却苦了她，不仅要面对闺密们的奚落，还要实实在在地去学校面对师生的白眼。有次，一向温和的她，竟然动了手，打了欺负刘云帆的同学。

五

没想到，他竟然能小学毕业。在初中，成绩也没有垫底，总有一个男孩尾随其后。没想到，他竟然能初中毕业。没想到，他竟然能在职业高中毕业。和老董学音乐，三个月一事无成。托熟人找了一个打杂的工作，一千多一个月，面试之后，被婉言谢绝。于是，我教他考驾照，他竟然考上了。然后学骑摩托，跑长沙，跑北海，经历风雨和坎坷，磨炼他的意志。尤其那次跑北海，对于我来说，每天一上路，就是酷刑——在我前面，我担心；在我后面，也担心。看得见他，我担心；看不见他，也担心。骑行半个月回到家，我刑满释放一样，长舒了一口气。实在找不到工作，他就摆地摊卖烧洋芋烧苞谷，有时也跑跑摩的。但这些不长久，经常被抓。就让他做体力活，希望今后能凭借诚实和勤劳养活自己。跟岳母种过菜，做过装模木匠和园丁，手脚慢，性子躁，没有自信也就没有自尊，总也做不好。有一天，在工地上，竟然踩到了三颗钉子，带他上工地的姐夫只好辞了他。一度，感觉整个世界都在嫌弃刘云帆，包括他的父亲和他的母亲。

六

黑云吞食了白云，暴雨吞食了群山
颜料交合，岩石长出了红蘑菇
画得过于粗暴和肮脏，影响食欲
决定将那幅《欲望》从墙上取下来
放在角落也不行。越粗暴，越肮脏
越让人不得不看
穿衣服一样，我用一件旧衣服，把它遮住
——我的诗歌《题刘云帆的画》之二《欲望》

七

五年前的正月十五，我带他放孔明灯。

红艳艳的孔明灯，冉冉升起，化为空中的一颗星星。

他很开心，我问他许的什么愿望。

他毫不隐瞒，说他希望能找到一个女朋友。

他就是这样。我年轻时，闷在心底，打死也不敢说的事情，他轻轻松松地就说出来了，说得天经地义、正大光明。作为诗人，我知道他是对的，但作为父亲，却认为他是错的。作为父亲，我宁愿他多些城府，少些天赋。

“另外两个愿望呢？”我再问。

“都一样，”他道，“希望找个女朋友。”

“我真担心，没人看得起我，真担心一辈子都找不到。”

“你还这么小，不要急。”我安慰他。

但我自己都觉得，这种安慰没有多少力量。

八

“说直接点，别怕话难听。刘云帆既然是这个样子，早点找个媳妇。把孙子当儿子养，以后你们老了会有个着落，他自己也有个着落。”有个好心的大哥语重心长地告诉我。在职业高中毕业后，有人给他介绍了女朋友，被对方一一否决。有人开始给他介绍带残疾的女朋友，也依然被否决。

当然最丢脸的一次，是在电影院，因为给女孩子递瓜子的时候，声音大，吵了别人看电影，女孩子一生气提前出来，离他而去。我问他女孩子长得怎么样，他说很好看。我问他是不是真心喜欢她，他说是的。于是，我给他出主意：“既然知道她家门面的地址，你可以上门去道歉，表明心迹，也许可以挽回她的心意，失败了也不要紧，自己尽力了，也不会后悔。”

他真去了，一会儿，就一脸沮丧地回来了。

——“她骂我癫子、愚宝儿、神经病，把我赶出来了。”

九

什么颜料都用得快，就是黑没怎么动

有时间，帮他用一用那些黑

画足够多的煤，抵御即将到来的冬

画足够多的乌鸦，远方那么多坏消息，需要传达

要画足够黑的夜，以掩盖那些黑

要画足够黑的夜，以掩藏那些灯

——我的诗歌《题刘云帆的画》之三《黑》

十

为了帮他对抗孤独，我教他写诗。未必能学成，但我知道艺术和宗教一样，能救赎人生。最近写了首《煮鱼记》：“先放点油 / 再倒草鱼炒 / 再用清水煮 / 煮开了，再用小火煮 / 然后煮熟就吃了 / 鱼好吃 / 他们说，吃鱼会补脑补智商 / 适合我吃。”有什么写什么，一贯的啰唆、一贯的平铺直叙。他写出来，没当一回事，扔到朋友圈，就去打篮球了。我竟然读出了悲凉。

为了帮他对抗孤独，我建议他去考保安证。工作了，有了同事，不仅能挣钱，还能交到朋友。没想到他真去看书，还考上了。边听课，边等待保安公司叫他去上班。

为了帮他对抗孤独，给他买了宠物乌龟和鹦鹉。没多久，乌龟死了。那天，鹦鹉又死了。他很悲伤，我叫他画下来，留作纪念。他很快就画好了，用的是彩色铅笔。我拿来一看，粗陋不堪，鸟不像鸟，人不像人。他自己很满意，还拿手机拍下来了。没想到，这会拯救他。纸，后来找不到了，手机上的图片成了改变他命运的救命稻草。

十一

诗歌拯救了我，画画拯救了刘云帆。

去年，遇见了刘徽。这个邵阳人，三十六岁，在老吉大教书。不仅画画，诗也不错。看起来瘦弱文静，对艺术却有勇士般的决绝，也有孤军奋战的无助，所以会来我家找酒。

四肢发达，头脑简单，不近人情，不谙世事，吐字不清，于旁人来说，刘云帆是傻子、憨头，是嘲笑和欺辱的题材。但刘徽说，这种未被世俗污染的性格，恰恰是绘画最需要的。世界级的大师，往往终生追求的就是这种天真。那天，他见到刘云帆画的《鹦鹉》，大呼天才，他说，画像是匠人做的事，画出创意则很难，刘云帆没有栅栏的头脑，连他都羡慕。当什么保安，学画来。

刘云帆乐呵呵地当场答应了。

二十三年来，这是第一次，有人这么看重他。

十二

三条鱼是一家三口，他说，你是含泪的那条
在他面前没流过泪啊，那次，难道他看到了
五岁，教他讲话，读“众鸟高飞尽，孤云独去闲
相看两不厌，只有敬亭山”
我读一百三十六遍，他跟着读一百三十六遍
这是我一生都难以忘记的数字
背不得，读不准，还读不通

看他努力的样子，假装上厕所，擦好泪，回来

我读第一百三十七遍，他又跟着读第一百三十七遍

——我的诗歌《题刘云帆的画》之四《三条鱼》

十三

直接创作！遇到问题解决问题！技术理论会给他的头脑套上枷锁——跟其绘画一样，刘徽的教学理念也别具一格。刘云帆带回的第一张画，是一堆凌乱狂舞的线条，无厘头，我不喜欢，但他的母亲喜欢，至今还是她微信的头像。第二张，便是史蒂文森的“坛子”般的《田野》，有了诗意和哲学味道。第三张便是《大地》，画出了力量。第四张、第五张，边画边进步，刘徽有心理准备，却依然觉得不可思议。用笔笨拙，但创意大胆，而且，对色彩的感觉很准，概括能力强，总能化繁为简，直抵事物的本质，使稚嫩有了返璞归真的深刻和素面朝天的惊艳。刘徽说，尤其刘云帆的用色，很像大卫·霍克尼，只不过后者的技术更娴熟，画面更精致。而笨拙也有笨拙的好，笨拙的画面，不甜，不媚。所以，他的有些画初看，不过如此，似乎哪里都是缺陷。挂上墙，则越看越有味，初看的缺陷，也变成了非此不可的特点。“他的画和任何现代主义大师的画作挂在一起，都挂得住。”——刘徽的话总是激情而夸张，但这恰恰能给刘云帆最需要的信心。

十四

写作累了，我会在客厅坐一坐。

墙上挂满了他的画。

怕进阳光和风雨，我把窗帘都拉上了。其实，不用开窗了，一幅画，就是一扇窗子，可以看到你从未经历过甚至从未想过的世界。《鸢尾花》一幅，是我从100公里外的桑植山里带回来的三株鸢尾花给他画的。十几片叶子、十几朵花，但他只画了两片、两朵。我觉得他是偷懒，画得太简单了，前景本就是绿的，背景竟然也违反常识地继续用绿，强忍着没有批评他。但挂上墙了之后，那种叶子的绿和背景的绿，相互映衬，像那种名贵的翡翠——腾冲绮罗玉，越看越神秘，越看越动人。两朵小花，一朵开，一朵含，像两个负气的人，背对背，可爱可怜，至今还是我微信的头像。叫他复制一幅，我惊讶地发现，如此简单的画，他竟然复制不了。复制的，差了很多神韵。

《红岩岭》是他第一次外出写生的作品，当时烈日高照，万里无云，气温达三十二度。在澧水边的石滩上，没有任何遮挡，我觉得只要画完就好，让他意识到追求艺术，是需要牺牲精神的。干过那么多体力活，吃苦对他来说很在行。我是眼睁睁看着一张白布，是如何被他赋予张力、重量和温度的。画水，几笔深蓝过后，竟然破天荒地用了柠檬黄。刘徽说，这幅画有了。果然，粗壮有力的线条，稳定饱满的布局，画出了遗世独立的磅礴，是我最喜欢的作品之一。红岩岭虽然名为红，其实那是暗红的砂岩，长着青苔，因此红中带着黑。但在画中，饱和度被他肆无忌惮地夸张了，变成了鲜红，完全失真，但远在老家的妻子，一眼就看出了是仅去过一次的红岩岭。

《生命》一幅，小花在如子宫如羊水般的混沌里，像个战战兢兢的孩子，似乎在向玻璃器皿鞠躬道歉，或者向子宫致敬，分明是刘云帆自己的写照。葡萄本来是盘子里的食物，刘云帆让它长出了翅膀，飞到了天上。《向日葵》和凡·高的热情如火不同，他画的是纤弱、孤独和悲伤。《穿越时空》，时空尽头，飘浮着一块绿色的陨石，仿佛是生命最初或者最后的希望。《大地》色彩悦目，但充满挣扎感，那束白色的花，很想冲破玻璃瓶的束缚，重回大地，但无奈玻璃却那么厚。《花儿与玻璃》却有相反的意思，花儿如火，充满了强大的生命力，而玻璃缸软塌塌的，似乎随时会融化掉，形成了鲜明的对比。《玫瑰》一幅，花与玻璃，打破了界限，交融成了一把琴，有了共同的韵律，有了狱警和囚犯一起跳舞的温馨。《暴雨》中，饱壮的雨滴，有炸弹一样的质感，那是我骑摩托在青藏高原遇上的雨。《田野》中，旷野里，一篮子石头，让我想起了史蒂文森的《坛子轶事》：

“……于是荒野向坛子涌起，匍匐在四周，再不荒莽。坛子圆圆地置在地上，高高屹立，巍峨庄严……它无法产生鸟或树丛，不像田纳西别的事物。”《晚樱》画的是楼下的樱花，不胜其烦，一点小雨，就断了。这种樱花不结果，让我想到了那种为了美不顾一切的人。捡回来，养在瓶子里，想让她多美几天。因祸得福，被刘云帆移到了纸上，并换了他喜欢的瓶子和旋转色块的背景。她拼了命开出来的美，可以一直美下去了。《映山红》那幅，中间为什么添一团白？像破洞一样、掉漆一样，我已经是第三次劝他，如果换成黄色可能更好看。他说不能换，就应该是白色。再追问，不善于表达的他，也说不出所以然来。

他说不能换就不能换。

在 50 厘米乘 40 厘米的方框里，就让他做一回自己的国王吧。

十五

面对他，就忍不住啰唆起来：世事复杂，人心险恶

低调，沉默，苦干，听话，就不会错

很多话很多事，没有错，也不能说不能做
很多话很多事，他们错了，也要照着说照着做
汉语是有力量的。下午，他的画，色彩便暗了下来
汉语的力量是有限的，第二天，他的画又恢复了鲜艳
——我的诗歌《题刘云帆的画》之五《鲜艳辞》

十六

美，教人求真；美，也教人向善。相比于一年前，刘云帆完全换了一个人。戒了烟、酒和槟榔。除了画画之外，他做得最多的事就是听课。什么课都听。我的课，他可以听三遍，也不知听进去没，反正每次都带着笔记本。其余的时间，成了我的秘书，给我收寄快递、填表打印、和学校打交道，甚至还洗衣做饭。有一次填表，他忘记了密码，总也登录不了。我生气了，理智告诉我是不对的，但还是忍不住。声音大了，音调变了，感觉到自己变成了红眼的怪兽。他默默地听，默默弄好了。我后悔、道歉、解释、安慰，他一句没事，就轻描淡写地过去了。后来这样的事，还出现了几次。我时常怀疑自己，是不是更年期到了，也时常告诫自己，不要把这个世界上唯一能忍受我的坏脾气的人，当成出气筒。如今，他讲话已经越来越清楚，越来越复杂了；篮球越打越好，我已经防不住他了；摩托车也越骑越稳……我已不再焦虑他的未来，和我当年一样，他只不过比别人晚熟一些罢了。

十七

为了给他信心，我在公众号发诗歌的时候，会以他的画做插图。没想

到，一千元一幅，一年不到就卖了五十五幅，这也让他爱上了绘画。目前，他的画还在出新。小画《芍药》《乌桕树》在往细处深处走，另两幅大画120厘米乘以40厘米的《悬崖歌》，甚至100厘米乘以120厘米的《湘西》也能镇住，这让我彻底地放心了。特别画到大西北的时候，他尽情地释放粗野的线条、简单的造型、不羁的色彩。其中尤其以《喜马拉雅的歌谣》系列和《牵骆驼的人》系列我最为喜欢。《喜马拉雅的歌谣》十幅都是50厘米乘以70厘米的横画框，主要以喜马拉雅山脉为背景，但内容互不联系，有阳光下晾晒的被子，有冰天雪地中娇艳的荷花、冰天雪地中的修行人、绿月亮下洁白的藏羚羊、背牛粪回家的女人、害怕但勇猛护子的牦牛、初秋的村庄、烤火的人、望着雪山的牦牛、月亮升起来时的人和狗、漫天鲜艳如宝石般的星空。或温暖，或圣洁，或坚毅，或孤独，或简单，或敬畏，或宁静，或孤勇，或神秘，或神奇，或魔幻，或兼而有之，每一幅都能读出不同的感觉和主题。

那十幅《牵骆驼的人》则是互有呼应的。每幅都是50厘米乘以70厘米的横画框，每幅都有一个牵骆驼的人在画面上走。第一幅画面，有沙漠，有耕地，有屋，有金黄的树，有蓝色的湖水，有船，过于绚丽的色彩，让人略有点不安。牵骆驼的人，并不为美丽的湖泊和小屋所动，沿着陡峭的山梁走着。第二幅，虽然有艳丽的村庄，有火焰一样的杨树，但主色调阴暗了，孤独感明显地增加了，牵骆驼的人避开人世，决绝地走向了风雪苍茫的后山。第三幅，画面妖艳、诡异而苍凉。牵骆驼的人进入了瑰丽的荒漠，越走越远，越走越渺小，虽然还有树，但已经没有人烟了。第四幅，进入了沙漠，金黄为主色调的沙漠，线条舒缓，色块圆润，画面优美，人和骆驼，也趾高气扬。第五幅还是金黄的沙漠，但线条的节奏不再舒缓，色块也陡峭、突兀了许多，人和骆驼走在悬崖边，明显地蔫了。第六幅，画面更加恶劣，以海市蜃楼般的深红为主色调，辅以凝重的深黑，加上强硬粗直的几何线条，表现出沙漠酷热无情的黄昏。与此噩梦般的环境相对应，这幅画的人和骆驼，都已经完全累变了形，仿佛随时会倒下去一样。这是唯一一幅骆驼走在人前面的画。第七幅，画风一转，全是蓝白为主，满画面的冰雪，线条和色彩都很匀称，人和骆驼在冰雪峡谷中走着，虽然天寒地冻，但画面明丽、细腻、平衡，让人神怡，虽然有彻骨的孤独，但总觉得路的尽头，有小镇，有旅馆，有热水，有火炉。第八幅，还是冰雪，还是蓝白为主，但这一幅有了大片大片的雪花，雪山跌宕险峻，人和骆驼在暴雪中走很艰难，空中有一只鹰或是秃鹫，似乎嗅到了一丝绝望的气息。第九幅，画风一转，线条舒展，色彩宁静、深沉、柔和，尤其一片厚唇般肉感的红月亮，将模糊不清的牵骆驼的人，置身于一个抒情诗般的沙漠之夜里，如果此时配乐的话，应该选钢琴独奏，选肖邦华丽而忧郁的夜曲。当你以为牵骆驼的人即将抵达目的地，见到要见的爱人，结束这次苦旅的时候，第十幅，画风再转，天空占了画面的百分之八十以上，不只有万丈乌云或者沙尘，滚滚有末日气象，更恐怖的，如一只怪物利爪般的扭曲的闪电，穿透云层，抓向大地，仿佛不会放过任何一样活物。闪电的余光像追光灯一样，照亮了一小片金黄的沙漠。沙漠上，古怪的仙人掌旁边，牵骆驼的人正和他的骆驼缓缓地走向铺天盖地的风暴，这种不管不顾、这种成竹在胸或者视死如归的从容，让人感觉到一股直击内心的生命的力量。突然就想到，原来，前面的九幅其实都只是为这一幅做的铺垫。

十八

一牵，骆驼就走了，骆驼一走，大地也跟着走了

大地一走，万物尾随而来
山跟不上了，水跟不上了，我们在走
路跟不上了，我们在走
雪跟不上了，沙尘暴跟不上了，我们在走
太阳跟不上了，我们还在走
我不是牵骆驼的人，我是那匹骆驼
被理想牵着，走在人世的荒漠。你们看到的驼峰
是我疼痛难忍的肿瘤
——我的诗歌《题刘云帆的画》之六《牵骆驼的人》

半边街——我在王村的日子

一

“王村人，确又确，一个秤有两个砣。

“王村雷，王村闪，王村雨到河西落。

“王村人，攒又攒，一天只吃两顿饭……”

凉鞋落地，清脆短促，仿佛石板都有弹性。

只有一个人。

小瑶经常把橡皮筋套在两张椅子上。

一个人念。

一个人跳。

二

睁开眼，看看四周，有重生的惊喜。板壁，用报纸糊过，有的已经泛黄。头版头条的字，因为过于强大、粗壮，所以能看清楚。现在觉得荒谬的事情，那些年信以为真。岳父进来了。这个曾经的族长、放排汉、木匠、粉店老板，如今七十七岁了，有点老年痴呆症。他嘴里喃喃自语：“进来做什么的，又忘记了。”转了几下，没想起来，出去了。我记起了昨晚的梦，天上地下地逃，惊恐万分地逃。追捕者说我杀了人，一点逻辑都没有，但在梦里就是信以为真。妻子进来了。如瓷的手掌中，捧着如漆的红樱桃。“没人摘，可惜了，落了很多，没落的，雀儿又啄，雀没啄完的，虫又吃，只剩一点点了。”

三

运气好的石头，刻上了字，竖在入口处，变成了牌坊。字是一首土家山歌。“半边牌楼半边街，半农半商半柜台。半山半水半牧渔，半截裤子半边鞋。”运气不好的石头，则被割成了豆腐状铺在半边街上，代替不规则的老石板。古色古香的味道全没了，当时我颇有些生气，说他们不懂审美。来王村旅游的人渐渐增多，最近，新石板也被脚底打磨出了光泽，虽然没有更换前的青石板那么自然灵动，但有了怀旧的青色。

四

两代人的不同，是显而易见的。

岳母扛着锄头在前面走，后面跟着只有她腋窝高的小瑶。

曾经 1.65 米的岳母，是个大美女，现在背弓了，腿盘了，只 1.5 米左右了。和所有的老女人一样，岳母话多。看到了葛藤，说当年生产队挖野葛做粑粑，她挖不到，但力气大能背。爷爷会挖，但背不动，两个人合作，能挣到生产队最高的工分……蕨菜的根，可以用来磨粉，做蕨粑粑……芭茅，牛最喜欢吃。当年，去割芭茅，胸前挂着她不足一岁的女儿，到西水边割的时候，就把女儿放在河边的船里，她特别能睡，所以船里安全得很（这我知道，到现在，她也特别能睡）。芭茅的根，是甜的，捶烂后可以煲汤，榆树皮也可以煲汤，柳树皮有毒，是不能吃的，水芹菜可以吃，但没有自己种的芹菜香……岳母对哪些植物可以吃，都很了解。饿怕了，几乎所有的回忆，都与吃有关。她说刚结婚那几年，很难吃饱，父亲成分好，任大队干部，只要听说娘家有好吃的，会一手牵一个孩子，走十五里回去吃，然后又回半边街。那时，只要能吃饱，也顾不上面子了。和所有的女孩子一样，小瑶对老人的话无动于衷，她只对好看的金银花感兴趣。岳母告诉她，那不叫金银花，看起来很像，其实叫狗骨头，颜色也是一黄一白，但没有金银花香，卖不成钱，没有用，所以才叫狗骨头。

小瑶折了两枝狗骨头，编成花冠，戴在头上。

金花银花参差披拂，挺好看的。

只是小小年纪，眼神里，不知哪来的忧郁，挥之不去。

五

半边街长约 300 米，另外半边是稻田，因此而得名。

后来稻田修了市场，现在市场变成了停车场。半边街的另一半，也起了不少房子，只有牌坊处不足 100 米的地方空着。

妻子因为排行最小，小时候最受宠爱，也最顽劣，会像男孩子一样，从两米多高的半边街上，往收割完的稻田里跳。不为捡稻子，不为捉泥鳅，就只是为了跳，跳到田里，爬到街上，又跳到田里，再爬到街上，又跳到田里，乐此不疲。可能因为她属老鼠吧，非常擅长偷吃的，主要偷爷爷的，婆婆会向母亲告状，她不愿偷。偷红糖，偷花生，偷炒米，无论爷爷藏在哪里都能找到。她的门牙有点小缺，就是吃多了葵花籽磨损的。爷爷的酒也偷，有一次，过于贪婪，偷吃了一大口苞谷烧，直接在犯罪现场醉倒了。

爷爷爱喝很浓很烫的茶。

搪瓷缸煨在火边，翻开后，他端起来，吹也不吹，就往嘴里啜。

“一点不会烫伤！”她说。

她说不会烫伤就不会烫伤。她说什么我都信。

六

故乡人不懂异乡人的心动，如同寂寞者不懂孤独者的心静。

坐在阶沿上，看来往的异乡人，流水一样经过我。

多摆几个椅子，我知道，人在异乡的时候，很容易疲倦。

经常有异乡人一坐，就睡着了。

岳父自己打的椅子，式样和别人的一样，但很牢靠。

他们和我在异乡的时候一样，容易感动。

七

邻家老头的二胡声，拉下了半边街的夜幕。二十年了，老人的琴艺没有任何进步，依然是那几支曲子，依然没有一首能拉得很出彩。吃完晚饭，还是会拿出来拉一会儿。听多了也就习惯了，如今，还会被他的自我陶醉所感染。由此也想到自己的写作，自我陶醉的努力，也感染了妻子。她最近也看起里尔克来，还说里尔克没有我写得好。

我一般睡那个老爷床。一百多年历史的木头，虽然有破损，但还是看得出当年的精细做工。床越古老，越黏人，宁愿在床上看书玩手机，也不愿离开床。太安静了，反而睡不着，有虫声，一样的节奏和声调，叫着叫着，就变成了耳鸣，浑然不觉了。快十二点的时候，打更的人来了。“咣——各家各户，小心火烛——咣——”锣是破的，更夫的嗓子也是破的。不过最近放的是录音，一听就听得出来。这时，高跟鞋敲在石板上，马蹄铁一样脆，是胡秀英回来了，她在芙蓉大酒店工作。比高跟鞋更脆的，是胡秀英的娘的拐杖，每晚接女儿下班，她中风了，拄着一根铝合金的拐杖。

最迟的，是胡光宏夫妇。他们一般要夜里两点钟才回来，有时三点。能清楚地听到他的摩托碾过时石板的松动与碰撞。两口子，一个在半边街的这头，一个在半边街的那头，小时候玩过家家时，还假扮夫妻。没有王子和公主那样曲折动人的情节，但有童话故事一样的圆满结局。长大了，他一提媒，对方母亲就答应了，这么近，有什么事喊都喊得应。如今，两口子有了一儿一女，在大街上卖夜市小吃，生活过得很滋润。胡光宏喜欢钓鱼，每天上午十点起来，要去酉水钓两个小时鱼，才开始准备夜市。他带我去野水塘钓过鱼，那是我钓得最多的一次，钩扔下去不用多久就会有鱼聚拢，彼此不用多少试探，一提就出来，清一色的鲫鱼，有银圆那么大，银光闪闪。后来，鱼全给了我，他总是这样，只享受过程。下锅之前，鲫鱼要挤肚子。游来游去的生灵，嘴上的伤还没有好，又被我捞起来，挤脓疮一样挤破。它们会张嘴，会弹，却发不出任何声音。

挤着挤着，肝区也像被人挤压一样，一阵阵钝痛。

从此，我再也没钓过鱼了。

八

喜欢去王村有五大理由：其一，岳父岳母和妻子都对我很好。其二，是酉水，这条野性的河流，因为凤滩水电站而软了下来，和我的人生有几分相似。经常在王村的渡口，一坐就半天，看水，看船，看满江的落日或者烟雨。水色会随天色而改变，大晴天很好看，水是充满魔力的松石蓝，局部还会涂上一层金色。阴天最难看，生了锈一样，呈暗褐色。但阴天若加一点烟雨，就最好看了，水便有了宣纸的白，远山、近船和中间的吊脚楼会形成模糊而富有层次的水墨。其三，王村的旧，旧木屋、旧石板陡街，单听一路节奏不同的高跟鞋敲石板的声音，就能让人静下来，下起雨来，更让人喜欢不尽。现在还有人一天只吃两顿饭，还有打更的，每年春节，还凑钱接阳戏，一演就是半个月。其四，是王村的瀑布。水量大的时候，气势不减黄河的壶口。瀑布下面，有路穿过。走进瀑布中，头顶雷霆万钧，像被咆哮的狮子含在口里，摧心夺魄。从瀑布里面往外望酉水，你会想到花果山水帘洞。其五，喜欢王村的鱼，因为水好，鱼的肉质也好，现在胡光宏天天钓鱼，不准他外卖，全留给我们。以前在外面打拼的日子，得不到鲜鱼，几乎就靠王村的熏鱼维持着下厨的动力。

九

成天坐在水边，像一个古渡对着另一个古渡

像一个病人对着另一个病人

我有病入膏肓的痴狂

我有命不久矣的恐慌

服药一样，吃故乡的油宵粑粑

绝症让我如此矫情，看到每一个日落，都想感恩

——我的诗歌《王村渡》

十

今年开始，尝试在王村的后山种菜。只种苦瓜和凉薯。一苦一甜，都是自己爱吃的。我仲夏出门，从内蒙古、新疆、西藏转了 12000 公里回来，已是秋天，再去后山，想看看自己的收获——一座巍峨的新坟，赫然地盘踞在那里。一个姓陈的老头死了，道士先生用罗盘看风水，一个镇的山坡，恰恰种苦瓜和凉薯那不足 10 平方米的地方，风水最好，于是六千块钱买去，把苦瓜藤和凉薯藤挖掉了。“四顾何茫茫，东风摇百草。所遇无故物，焉得不速老。盛衰各有时，立身苦不早。人生非金石，岂能长寿考？”——年轻的时候，读《古诗十九首》，索然无味，此时此景，默默念来，觉得身体一阵阵发凉。

十一

妻子和儿子会留恋这里，住到自己厌烦为止。因为牵挂写作，我每次只住一两天就会心慌，就会离开。过春节，则会多住几天。以半边街为中心，去码头，去后山，也会骑摩托去列夕、长官、小溪、古丈、栖凤湖、凤滩、保靖。半边街的另一头，有个戏台，每年王村人会凑钱，请大庸的阳戏班子过来，从正月初三唱到正月十五。阳戏的调子很动人，每个唱段前面是真嗓唱，结尾处有个假嗓的高音，婉转如钩，勾人魂魄，以至于有时候下

点小雨，台下的观众也不会散。我喜欢戏台上那种什么都很确定的世界，美丑分明，正邪分明，报应分明；喜欢杨三春的水袖舞，舞长袖如舞长刀，具有伤人的力量；喜欢戏台上杨三春的羞涩和对永恒的信赖……这都是现实中越来越稀缺的事物。有时我会转到舞台后面，看大义凛然的穆桂英，坐在门槛上，戴着凤冠，用爆米花逗一个拿荧光气球的小姑娘；看一脸油彩的杨二姐，端着一碗米豆腐，辣得直咂舌头。这种荒诞的穿越感，让你再次想起了那副对联“莫道袖手旁观客，俱是逢场作戏人”。

十二

小家伙摔倒了，哭得非常伤心，赖在石板上不肯起来。

屁股越磨越脏，那块石板则越磨越亮。

向雯跺了几脚，骂道：挨千刀的岩头，敢绊我宝宝，看我不踢死你。

一边牵儿子：走，回家取挖锄去，给它挖了。

虎头虎脑的小家伙，竟然止住了哭声，被拖走了。

十三

半边街二十来户人家，没有大富大贵的，也没有大奸大恶的，没有吸毒的，没有豪赌的，甚至连去外地打工的也只有一个上门女婿。大家都乐意守这个旅游开发越来越红火的镇子，做点手艺，或者逢场做点小本生意糊口。日子过得平静如水，最大的新闻，要追溯到七八年前，街尾的那家男人自杀，他的遗书说明了原委。情人急着要名分，而他又不愿放弃他的家，于是喝了农药。据说遗书里全是对不起，对不起妻子，对不起孩子，对不起父母，对不起情人。其次就是当初最顽皮的小三子，爬高压线杆触电都没死的人，修了本街最高大的酒楼。那也是十多年前的新闻了，剩下的就是些鸡毛蒜皮的小事，以至于女人们在一起洗菜，聊的都是别的街上的人和事，自家街上的，实在没有什么可聊的。

整个街道，真正以务农为生的，只有我家了。岳父倒还是被周围的人带着走了。岳母是真的酷爱种地，如同我酷爱写作，七十二岁了，依然是每天都要种地，哪天不上山不下田，全身都不自在，实在卖不完卖不出就送给别人，第二天还是要去种。种的大蒜，如果早卖，会贵两三倍，她宁愿种在地里，说还没长成，仿佛卖早了会伤天害理一样。每次离开，岳母总是要我带这带那，这次是两袋蜜橘绑在摩托车的后座上。她的勤劳，给人间贡献了这么多这么重的甜，而我贡献的大多是苦痛和难受。四十五岁了，很多事情，越来越看轻了，但对时间，则是越来越贪婪。打工的时候，我希望上天给我的时间是三十五岁；三十五岁之后，希望活到四十五岁；最近几年想活到六十岁；这两天看着岳母种地，生出了写到七十二岁的奢望。

十四

喜欢在芭茅如海的河西镇，看游人如织的王村镇
这里很多废弃的事物，让荒凉的人心安
水泥厂废弃了七年，球磨机本来噪声最大
装着几十吨钢球，此时安静如一头灰鲸
如果全世界的马达，都停止运转了
人世会不会安静下来，人们会不会用倾诉代替咆哮

黑板也废弃了，像块狗皮膏药，贴在墙上

下次带支粉笔，写个寻人启事，让它活过来

水面禁渔，废弃的船，拖上了岸

倒扣成了一架木鼓，下大雨的时候，很响

悬崖废弃得更久，自从二十年前

英姑为了逃婚跳下来，受了伤后，再也没有人跳过了

——我的诗歌《废弃辞》

十五

如果把平淡的半边街，当成时间的小河，就触目惊心了。

去年，小瑶的爷爷得了老年痴呆症。半年前，还在开杂货店做生意，半年后，便瘫倒在床上，谁都不认识了。遗忘，就是一次精神上的死亡。老伴和儿子服侍了半年之后，其肉体也因各种并发症死亡了。那真是一种可怕的病，最后半年，丧失了人生中最重要的两样事物，尊严和情义，但谁都无能为力。

今年，他的哥哥，也是他的病友——我的岳父，身体状况大不如前。再也没人请他做总管了，最近已经不太愿意下床了。倒是岳母暂时还很接受不了他的语无伦次，屡屡和他争吵。几十年来，她习惯了把他当成指手画脚的王，她习惯了把他的话当成圣旨。最近，连大小便也不能自理了，岳母便放弃了土地里的事情，专门服侍他。洗身，接尿，接屎，擦屁股。有时，会拉一床，那她会有大半天忙活。他还会骂她，把他的屁股擦痛了。她经常埋怨，但从未有过放弃的说法，甚至想法似乎都没有。“道在蝼蚁，道在稊稗，道在瓦甓，道在屎溺”，爱，何尝不是如此？对她好一点，她

爱养身，爱锻炼，经常检查身体，而我恰恰相反，我从岳父身上看到了自己的晚年，我相信她也不会遗弃我的。

今年，光着屁股在石板上打滚的虎头虎脑的小男孩，在码头上的酒吧找了一份工作，月薪一千八百元。

今年，跳橡皮筋的小瑶出嫁了，小伙子是个老师。

十六

坐在阶沿上定神。

和昨天同样的位置，同一把椅子，一样的雨天，同样的街道。

游客是截然不同的，无论是数量、性别、年纪、口音。

再重的人、再尖的高跟鞋，都无法在青石板上留下痕迹。

死亡，对于每个人都是天大的事。

但对大自然来说，如同高跟鞋踩过青石板一样，无动于衷。

十七

一小半晴天，一多半阴晦和风雨。

一小半日子还没来，一多半日子已过去。

一小半可以记起，一多半是梦幻、泡影和空虚。

一多半樱桃鸟吃了，一小半樱桃在篮底。

一多半大悲伤，一小半小欢喜。

一多半过客从外地来，一小半过客，就住在这里。

——我的诗歌《半边街小调》

凉灯暖

一

冬天好，蚊子、毒蛇、雷雨、浮华、假象，以及一些没有必要的色彩，该收的收、该藏的藏。该露的，也露了出来。人形的石头、蛇形的小路、肉质的土壤、铁质的树枝以及打工回来的那对年轻人的恋情。肚子太明显，这几天在筹备婚礼。

二

叶子落尽的树像一只只大手。运气好的，拥有一个鸟窝，运气最好的拥有四个鸟窝。大多数的树里，什么都没有，张着手掌向着天空乞求着。只有板栗树的乞求管用了，来了只胖乎乎的鸟停在那里像颗板栗球。

苍黄的草又厚又密，可以将人世隔开。躺在草里和天空面面相觑，看到她慢慢转红。凉灯，苗语是鹰落脚的地方，这么辽阔、这么深远、这么慈悲的天空没看到一只鹰，让我感觉到浅浅的悲哀。

余晖斜射过来，瓦背渗出青烟。深浅不一的黄土砖像一块块熟透的面包，抽出来就可吃。从土房子里钻出来的烧火的人，脸红扑扑的，也很好吃的样子。在农村养成的习惯，什么出现了，第一反应，是能不能吃，第二反应，是好不好吃，包括那条狂吠的冒着热气的狗。

三

寒夜好。人们除了火坑，没有了别的去处。在火边，粑粑会软下来，人，也会。练苗拳的龙哥有了诗人的忧伤，别人种的是油菜，他种的是油菜花，别人是为了榨油，他是为了装饰他的家庭饭店。五亩的菜花因为白头霜一朵花都没开，习惯了靠天吃饭的他，很快就认命了——油菜秧可以当菜吃，吃不完的，还可以喂猪。让他最忧心的，是村里越来越快的改变。他总想把凉灯的古老和宁静，原封不动地传给后人，他说："只要大家不为金钱所动，开发商和铲车就进不来。"我说："凡是水泥路抵达的地方，就有新和旧的冲突，我们迷恋的旧不可能阻止他们想要的新，就像悬崖和深谷阻止不了水泥路一样。"痴人说傻话的时候，不要酒和腊肉，要炒米和红糖，用开水冲泡。服一碗，可抵御深山的苦寒，连服三碗，可化解腹中的苦水。

喜欢搬柴，第一次去，瓦背后那棵空空的板栗树，结了三四颗星子；第二次去搬，板栗树上结了一轮脸盘大的月亮；第三次去，月亮变得更加白嫩更加丰满了。索性走到看不见灯光的地方，看了一阵月夜，才回来搬。这么深的月光，如果换成雪，山，就可以完全封住了。搬柴的人，总是忘记关门，眼泪多眼窝浅的人，要避开烟浓的方位。

四

拿针的女子和拿枪的男人一样让人心动。跳跃的火光里，让人有时想到姐姐，有时想到母亲。有这样的双手和这样的针线，这个世界上似乎没有什么缺陷、撕裂或者伤口无法弥补的。花猫跳到膝盖上，老树有了鸟窝，悬崖有了庙宇，掌心能感觉到谁在里面轻轻地撞钟。搬柴的人，又忘记了关门，眼泪多眼窝浅的人，怎么还没避开烟浓的方位？

五

要我穿针。针，竟然拿倒了，这让我感到深深的悲哀。

那曾经是我，最擅长的事。

我能在停电的时候，借着火光穿针，借着月光穿针。

因此挣到过母亲很多很多的夸奖，甚至亲吻。

老司城记

一

我有手机和手表，但显然，时间不在我的手上。

时间在 20 公里外的老司城里。

二

繁华、王权、英雄、美人、鸡蛋、史书、父亲、水车，一一败于时间。

只有老司城的岩匠们赢了。他们砌的石街、石桥、石墓还在。他们从石头里取出的石马、石狮和石菩萨都还在。他们从石头里取出的字，还在。“子孙永享”的石坊，虽然有烟熏火燎的痕迹，但四个浮雕的汉字，丰腴端重，清晰可见。

永，永顺的永，永远顺从的永，永恒的永。

世界上，真有永恒的事物吗？我现在都还在问自己。

三

“三峡楼台淹日月，五溪衣服共云山。”

杜甫这组《咏怀古迹》诗中的五溪，就是指的湘西一带。在老司城外，万马归朝的观景台上，看云海日出，看山民在云雾中放牛砍柴的情景，你就知道老杜用字之不可动摇。

秦统一后，对这片不毛之地，采取了“以夷治夷，各王其地”的做法。到唐末，这一带的首领是吴著冲，选都易守难攻的老司城，明显出于军事上的考量，唯一的水路灵溪河，水薄滩多，只有小船可以进出，陆路则崇山峻岭，更加难行。吴著冲老年方得一女，视为掌上明珠。女儿大后，吴著冲择良辰吉日，公开招婿。有个外地戏班主动来捧场助兴，这种大事，当然越热闹越好，吴著冲隆重接待。可以想象，当时吴氏父女看戏时的情景。最前面的贵宾区，大小酋长罗列，丫鬟奴婢如云，台上，锣鼓笙箫齐鸣，面前，瓜果糕点满目，他们兴致盎然地讨论着演员和剧情，尤其是情窦初开的女儿，可能如痴如醉。他们不知道，他们治下的溪州，其实是一个更大的戏台。他们就是这个大戏台上的演员。他们也不知道，台上，举手投足英武风流、剑眉秀目顾盼生情的当家小生彭士愁，是戏班的台柱子，更是另一出历史大戏的总导演。

看戏的笑做戏的，上台就有下台时。

做戏的笑看戏的，今人空自忧古人。

四

我出生在羊峰城外的马洞，传说是土司王养马的地方。

小时，父亲带我去县城，要走六十里山路。

一副箩筐，一头挑我，一头挑月猪儿。

到老司城刚好走一半，所以，每次都会在祖师殿休息。

当时，祖师殿还住着一位和尚，能要到一顿斋饭。

那时响水洞还有小水车，磨松泥，做敬菩萨的香。

最怕的是灵溪河岸那条古柏深深的石板路，父亲挑不起了会转肩，我的那一头，有时会伸出五六丈高悬崖，在碧绿的水面晃荡，我会害怕，会紧紧抓住竹箩筐的棕绳，但不会尖叫。我信任父亲。那个汗流浃背、强壮如牛的男人，是我心目中的王。

事实上，棕绳还是断了，不过是在老司城的街上，人猪都没摔伤。

父亲说，那是过祖师殿都敬了香的缘故。

五

彭士愁祖籍江西，其父在湘西的门户辰州担任刺史，想征服湘西，一直有心无力。

不入虎穴，焉得虎子。

年轻的彭士愁不信邪，组织了一个戏班，溯沅水而上，深入湘西，边演边走。

一个世家公子，不惜花大量时间精力去学戏，证明了他能吃苦、能忍耐；能一路获得不错的口碑和人缘，证明他有演戏的天赋；不惜抛弃安逸的生活以身犯险，证明了他很有胆色。在丛林社会里、权力舞台上，能吃苦、能忍耐、又勇敢、又精通演戏的人，想不成功都很难。卖力地演了几天戏之后，彭士愁觉得时机成熟，在宴会上，向早已春心暗许的吴女、早已心花怒放的吴王，委婉地表达了自己想竞争吴王女婿的意愿。

吴著冲，土家语是打猎的头人，枪法、箭法都相当了得。

一生猎过太多的虎豹，于是想当然地用和动物打交道的经验，来和人打交道。

六

废墟，是繁华的本质，是生命的本质，也是时间的本质。

能够获得清醒和平常心，是我反复来老司城的一个重要原因。

来得多了，会更懂得珍惜，会安静下来，会相信报应。

会觉得权杖，未必有船上的竹篙安全、管用。

七

“我的爹啊，你的眼睛都哭肿了。

“早晓得这一天嘛，生我时，为什么不把我往塘里沉了哩?

“早晓得这一天嘛，生我时，为什么不把我往岩坎脚下甩了哩?

“沉在塘里，还能起个水泡哩。

“甩在岩坎下，还能长蓬猪草哩。”

——这是古老的湘西哭嫁歌。父亲越爱的女儿、越爱父亲的女儿，哭得越厉害。曾经送过我二姐去塔卧的姐夫家，她不会哭嫁，凄凄楚楚地抽泣，就让我父亲的眼泪掉下来了。

据说吴著冲六十岁才得这么一个宝贝女儿，聪明漂亮，可以想象，她的哭嫁歌，如何让人肝肠寸断。她和她的父亲可能都没有想到，她很快就要哭第二场了。每一个女孩子的父亲，都将是失败者，一生注定会败于另一个男人之手，失败的代价，就是将生命中最爱的女子，拱手相让。而吴著冲，无疑是最惨的失败者之一。

彭士愁新婚不久，里应外合，杀了岳父吴著冲。

乘胜追击，平服了五溪诸蛮，接管湘西。

时年，二十三岁。

八

去广东闯荡，一败涂地，回到老家，两手空空。

找不到事做，经常骑着单车来老司城。

一个人来，又一个人走，有时洗个澡，有时就在石头上坐一坐。

那年，头发很长，烟抽得很猛。

那年，觉得整个世界都瞧不起自己。

那年，我也二十三岁。

九

租过一条船，去了老司城下游哈妮宫。

哈妮宫，相传是吴著冲手下大将科洞毛人的女儿哈妮的住所。这里是猛洞河漂流的起点，景点游人多，我不喜欢。我喜欢的是老司城到哈妮宫这一段人迹罕至的水路。

水绿如染，水平如镜。

两岸是古木参天的森林，当年父亲挑着我走的小路，已经被草封死。

响水洞还在，水车也没了。母亲说有一年，响水洞连出了一个星期的虾米，当地人用虾笆接着卖，发了一笔小财，没多久，他们村子里就失了火。母亲还说，五十多年前，有猎人在这里，用一个月的时间，打了二十多只老虎，我的母亲记忆力非常好，肚子里没有学问，但总是有无穷无尽的故事。现在老虎早没了，但还有鸳鸯。我看到了八对野鸳鸯。它们惊飞后，飞在天上都是成对的。那天，买了一只鸳鸯，雄的，羽毛红翠相间，和画里画的、鞋垫里纳的，完全一样。当地人下的套，雌的死了，雄的还活着，想卖个好价钱，有个人想买着炒菜吃。我出于怜悯，想买回去养着。

这世间还真有爱情，至少动物世界里还有。

备窝，添食，续水，都没有办法，雄鸳鸯一夜就死得硬邦邦。

舍不得丢，炒着吃了。

和鸭子一个味，但骨头要多一些。

十

铜比纸重，比纸有力，所以，人们才用铜做箭头、做子弹。

所以，他们才把字，刻在铜上。

看那一笔一画，虽然不深，但带着金属的坚硬和冷光。

五十一岁的时候，彭士愁率众与楚王马希范血战经年，起因有争议，胜负也有争议，唯一没有争议的是那根铜柱。铜柱高 4 米，重 2500 公斤；为八面柱体，中空，用铁钱填实。铜柱上镌刻着双方盟约。盟约确定，楚对溪州属地免征赋税，不抽兵差；楚军民不能随意进入溪州；溪州各部落酋长如有罪过，只能由彭士愁惩罚，楚不能干涉。从此，在中原大地经历后梁、后唐、后晋、后汉、后周和宋、元、明、清九个朝代变更的社会剧烈动荡时，彭氏统治则平稳承袭二十八代，八百一十八年。

铜柱现在还在王村博物馆。

以前放在外面的时候，被当地人割了一块，指望炼出金来。

后来发现，只是青铜。

十一

十年前，凌晨三点。

踩单车出门，刚好遇到一个朋友下夜班。

问我去哪里，我说去高峰坡看日出，他认为我癫了。到高峰坡，在万马归朝，看朝阳。等你到了，太阳才慢慢出来，慢慢升高，光并不强烈，像一盏灯笼，悬于众山之上，然后，你会发现，自己渐渐地明亮渐渐地发出光芒，渐渐地辉煌耀眼。你就觉得，这云海日出，就是为你设的，这天下，也就是你的。直到一位放牛的村民路过为止，他的每一头牛，都是金光四射的。

十二

“子孙永享”，是一座 4 米高的石坊。

顶有镂空的葫芦火焰装饰，取其福禄红火之意。

这是明朝廷为表彰二十六代土司彭翼南抗倭功绩，批准建立的。《明史》载，嘉靖三十四年，彭翼南统兵三千人，彭明辅领土兵两千人，跋涉两千余里赶到抗倭战场，南北夹击，斩首一千九百余级，焚溺死者甚众。这一年，彭翼南年仅十九岁。嘉靖三十五年，彭翼南再次奉命东征，全歼倭寇。战后，朝廷嘉奖彭翼南“盖东南战功第一”，赐三品服，授昭毅将军。这是彭氏土司最辉煌的时候。彭翼南三十一岁早逝，吏部尚书徐阶亲写墓志铭，称其“敏而勤，富而义，贵而礼，严而和，入而孝，出而忠”。“楚省城垣，因山增筑，形式不圆而方，古所称方城是也。城中风气朴茂。被服饮食，皆适丰约之中。余遍游市肆，诸凡荡心丧志，奇技淫巧之事绝少。即此可占民俗之淳。……楚中错处市廛者甚多，经济贸易，与市民无异。通衢诸绸帛店，俱系宗室，间有三吴人携负至彼开铺者，亦必借王府名色。各衙门取用绸帛，俱有值月，伺候并不爽误，宗室与市民一体。”这是明朝包汝楫《南中纪闻》中的老司城。“忆昔彭氏割据，名曰土司。凭山作障，即水为池；石堆白马，岩隐青狮。焕雀屏于玳瑁，饰鸳瓦于琉璃。云烘紫殿，雾锁丹墀。袅袅陈宫之景，遥遥楚馆之思。况以观音阁敞，关圣宫成，殿列祖师之号，观撑玉极之名。燠台日暖，凉洞风清。钟鼓兮鞺鞳，石鼓兮铿锵。肃苍官于左右，森青士兮纵横。巍巍乎五溪之巨镇，郁郁乎万里之边城！”——这是清朝文字里的老司城，人们称之为楚南雄镇。最近的考古也证实，文学中的老司城，并没有太多夸张。城里，发现新街、左街、河街、鱼肚街、马蝗口、九屯街、东门街旧址七条，最长的街道长达 779 米，最宽的街道 5.4 米。现在还有完整的城墙，300 多米长，7–8 米高，都是石灰加糯米然后混合桐油砌成，像水泥墙一样牢固。

人们总是相信青铜和石头是有道理的，它们能证明人事兴衰、沧海桑田。

但是，再坚硬的事物，都不能保证什么。

十三

做戏的人儿，眼前富贵、眼前荣华，哪里有真?

看戏的人儿，这些聚散、这些生死，何曾有假?

十四

万片石铭恩德厚，千秋永颂山河新。

德政碑立于司城衙署遗址左侧。青石碑高约 2.7 米，宽约 1.2 米，腹背刻字，上有石帽盖顶，旁嵌石柱，下有莲花石座。此碑是清康熙五十二年（1713），永顺土官为宣慰使土司彭泓海而建。碑头篆书“甘棠遗志”四字，以歌其功颂其德。

可我母亲说的完全相反。那时在马洞，天黑了，就在火坑边听老一辈人讲老司城的故事，他们都说土司王是无道的，土司王有女子结婚三天的初夜权。有叫田二根（音）的剃头匠，答应乡里，刺杀土司王。那天给土司王剃头的时候，手有点颤抖。土司王精明，推出去审问，果然招了。土司王派人沿河追杀田氏家族。灵溪有一群姓田的放排汉，被查问。姓田的人机灵，当时正在拖排靠岸，就说自己姓拖，蒙混过关。我跟母亲说：“你这故事像假的。”她急了：“都说田无二姓，你去问，那边姓拖的人，都认田家的祖先。还有，我们村的那几户姓彭的，都是怕土司王找麻烦，半路改姓的，他们的辈分和正统的彭家完全不同。”

问她是哪一任土司要杀姓田的，她又答不上来。

问她田二根的“根”字怎么写，也答不上来。

她七十三了，没上过几天学。

十五

有一次下大雨，全身都湿了。

在一座木屋的屋檐下，蜷缩着身子，听了半天的雨。

“少年听雨如念诗，有点押韵，有点抒情 / 仄仄平平仄仄平 // 中年听雨如念经 / 不生不灭，不减不增，不垢不净 // 晚年听雨在床上 / 一点一滴，一点一滴，滴入血管无声息”，这首《仿蒋捷听雨》就是当时的感觉。后来，才知道，四周的每一座山巅，都有土司王的烽火台。木屋对面山谷的苞谷地，是土司王的监狱。

开满青葙子和红蓼的河湾，是杀人的刑场。

十六

为偏安一隅，彭氏土司苦心经营。对内，恩威并施；对外，谨小慎微。

“三藩之乱”时，彭氏土司觉得吴三桂势大，又是汉人，接受了吴的封号。发现大势不对，又降清攻吴，终怕秋后算账，将司治迁至离航运要道酉水更远的颗砂。

那里叫新司城，于是这里就有了老司城之名。

“卧榻之侧，岂容他人安睡！”当初南唐后主李煜，对北宋，忍气吞声，一让再让，纳贡称臣，以求自保，宋太祖这样一句千古名言，道破所谓的封建政治秉承的其实是一套弱肉强食的丛林法则。享有一定自治权的土司，不会有俯首帖耳的流官让朝廷放心。随着清政府的强大，改土归流已势在必行。《清实录》记载了雍正对土司制度的不满：“尺地莫非王土，率土莫非王臣。番苗种类固多，皆系朕之赤子，或有强悍不平，各土司只宜赴该管上司陈告，岂得任意戕杀，以背朕好生保赤之念。”他提出：“是以朕命各省督抚等，悉心筹划，可否令其改土归流，各遵王化？……尚有土地人民之可利，因之开拓疆宇，增益版图，而为此举也。今幸承平日久，国家声教远敷，而任事大臣，又能宣布朕意，剿抚兼施，所在土司，俱已望风归向，并未重烦兵力，而愿为内属者，数省皆然。自此，土司所属之夷民，即我内地之编氓，土司所辖之头目，即我内地之黎献。民胞物与，一视同仁……”桑植土司向国栋被叛乱者唐宗圣所害，逃到永顺避难，朝廷反站在叛乱者一边，将向土司发配。唇亡齿寒，溪州第三十五任土司彭肇槐深感压力，再加上朝廷又陈重兵于老司城后背的羊峰城，其意明矣。于是上书雍正，请求改土归流。

1728年雍正准奏，革其土司之职，授参将，赏银万两，安插江西祖籍。

于是，彭氏土司的统治，至此终结。

十七

去得多了，你会喜欢上灵溪的水。

正如其名，或滩，或潭，或湾，或瀑布，或泉，灵动多变。大小刚好合适。再大一点，水会凶险；再小一点，托不起船。水质也好，有次，实在渴，就直接捧起喝了。水里，螃蟹多，鱼虾也多。有段时间鱼越来越少，还好现在禁渔了。动物界，也是丛林法则，弱肉强食。大鱼吃小鱼，小鱼吃虾米，虾米吃虫子，但它们和人类不同，它们强者的贪婪是有限度的，吃饱了就不吃了，很少去存。而且，它们诚实，就如水的清澈。

上善若水，水利万物而不争。以其不争，故天下莫能与之争。

八百多年了，坚固的城池成了废墟，那么柔软的水，还在流。

三十多年了，强壮如牛的父亲，我心目中的王，早就不在人世了，这柔软的水还在流。

经常带儿子来这里游泳。我能撑船，能潜水一分半钟，还敢捉螃蟹。

渐渐地，我又成了他心目中的王。

十八

永远顺从，是弱者在封建权力斗争中唯一可能保全自己的策略。

有些人认为彭肇槐其实没有必要主动放弃土司统治，这是他们没有意识到强者的残酷，若彭肇槐没顺到雍正皇帝的改土归流的大政方针，不仅溪州大地会生灵涂炭，彭氏家族也会遭灭顶之灾。

有证据证明彭肇槐还上奏过清廷，说老母年已七十，想留下守墓，恳请留一个弟弟为其养老送终。雍正朱笔亲批：“万万不可，恐生事端。”

不得已，彭肇槐三年后再来老司城，接母弟回江西。渡过灵溪河，回望老司城的时候，他突然滚下马来，双膝下跪，一言不发，却泪流满面。“雁声惊岁晚，雅集啸儒林。一夕餐英醉，风流自古今。老僧行脚健，胜境喜追寻。却已空凡骨，何庸再洗心。药笼窄天地，筚路启山林。流水自清浊，迷途悟昨今。”彭肇槐离开老司城后，微服简装，在永顺盘桓流连，这是他在不二门观音岩写的一首诗。那里有一股泉水，名叫洗心池，“却已空凡骨，何庸再洗心”一句，是表明了自己看透放下的心迹，这很明显。

题为《心雁声》则很奇怪，有人解为是“心生厌”的倒装和谐音。

也有人解为“心生怨”，“埋怨”的怨。

十九

滩上的鸳鸯走了，码头的杂货老板走了，驮烟草的骡子客走了，放排的排客走了，欠了房租的妓女走了，街角排八字算命的瞎子走了，开碾坊的老把式走了，驼背的锁匠走了，赶场炸油宵儿的大嫂走了，守庙的老和尚走了，为什么，你还不走？老司城的摆渡人，还枯坐在枫香树下，像那座荒芜的寂寞的城，等待着自己的王。

二十

现在，老司城已经向联合国申请世界文化遗产，并获得成功。

这是一件好事，意味着，它不会因过度开发而面目全非。

它将作为一个有效的证据，证明很多年前，有个叫彭士愁的男人，把历史当成戏台，演出了大悲大喜的一幕；一个叫彭翼南的男人，带着一群不要命的湘西子弟，荡平倭寇，衣锦还乡；一个叫彭肇槐的男人，心灰意冷，恓惶而去。当然，也会证明，有个叫刘传正的汉子，挑着担子，在这里歇过气，吃过斋饭。箩筐的一头，是只刚哼哼唧唧的月猪儿，另一头是个哼哼唱唱的小男孩。

这个高科技高速公路高铁高回报率的时代，需要这座古老的城池做证据。

要不然，还真有点怀疑变换的短暂的人生，只是一个虚幻的梦境。

或者，是一个逼真的戏台。

二十一

盗墓换米的庄稼人走了，
穿长衫的教师爷走了，
玩猴儿把戏的河南人走了，
断腿的军爷走了，
修城墙的塔卧岩匠走了，
歇脚讨中饭的羊峰人走了，
住棚子的鸭客走了，
拉袜垫的搏击坪姑娘走了，
骑单车来等人的城里姑娘走了。
为什么，你还要来?
老司城的过渡人，
枯坐在乱石之上，
像被罢黜的王，
守着自己的荒芜的寂寞的城，
不肯向世俗和时间投降。

武陵山歌

一

南辕北辙，舍近求远，出门本应该往东的，我傻乎乎地选择了西，平时骑摩托两小时可以到张家界的，我绕了足足两天。我愿意把时间像水一样泼洒在这条曲折的山路上，边骑车边看山，边听歌边想事，我把一辆豪爵 250 的摩托骑出了堂吉诃德瘦马的勇敢和缓慢，我把 4 米宽的水泥路走成了一条琐碎但缤纷的时光隧道。

二

懂得了人生的难与短之后更容易看出万物的好与美。压抑的阴天你能看出悲观主义者所喜欢的冷色调、包容和厚重来；寒冷单调的冬天，你能看出其水墨画般的坦诚、简洁和萧疏来。耳机里《我的心没有回程》的号角声是在西歧乡流浪溪响起来的。流行歌曲被“流行”二字耽误了，其实好的流行歌曲是可以对抗时间的。我听的是肖潇的版本，这个名不见经传的女歌手，也能唱出谷村新司那个老男人的苍凉。中专的记忆扑面而来。那时成绩平平没有什么存在感，班上只有五个女生，没勇气去追，课余时间就在学校外面一个人走。走田野，走村庄，有时走到湘江，有时走到昭山，有一次，竟然走到了株洲。走的时候没有人说话，只是轻轻地唱歌，这首歌唱得最多，至今还记得李子恒填的歌词，“何处落脚，何时狂奔”“不让情冷，不给心哭”“路，越走越远，越懂一生一世只等一个人；梦，越久越真，我的心没有回程”。他对人生的理解，每一句都暗合我心。行走，几乎成了我人生的主题，这首歌几乎成了我行走的主题歌，各种版本反复地听了三十来年。时间易逝的悲凉和人生如寄的无奈随着歌词飘洒得一路都是。因为经历了过年的团聚和元宵的狂欢，正月十六很多路人的脸上都和我一样带着空虚、疲惫以及对未来隐隐的担心。流浪溪的石头是红色的，长了水藻的水又是绿色的，因此显得过于妖艳，不要紧，歌声将所有的山水涂上了一层庄严的暮色。

三

刚进行了保养，摩托车状态良好，手感丝滑。翻过山冈就可以看到脚盆一样的靛房镇了，此镇因以前有人开过染房而得名。往右走二十分钟就是洗车河，再走二十分钟是洗车河镇。停车，去找吃的。也许因为陈旧吧，这个古镇出产的霉豆腐很有名。走下台阶，卖油香粑粑的还在，卖米豆腐的也还在，而且都是原来的人，在日新月异的时代，这种不变的事物让人心安，让人感觉他们是在原地等你。但我不会买。读小学时街上允许摆摊，从乡下随父亲进城的母亲没有工作，就在街上卖油香粑粑和米豆腐，我有空也帮着卖，不仅在摊位上卖，还经常提着一篮子油香粑粑，到街上卖，到录像厅卖，到电影院售票厅卖，到百货大楼卖，到游戏室卖，到桌球房卖，实在卖不完的，就只能自己吃，吃伤了，几十年了还没恢复过来。径直走上了风雨桥，两边都有摊位。右边第三根柱子上，卖马打滚的老男人还在，马打滚也还在。从小就喜欢吃这种糯米甜食，妻子提醒了多次要少吃糖，我就是不听。人生那么多苦涩，好不容易有点甜蜜的爱好，不想改了。坐在桥栏上边看边吃，鱼、船、牛、云这四样事物，看久了就会彻底地安静下来。柔软、黏人、暧昧的口感很好，感觉在吃另一条舌头，吃了六个，三块钱，又打包了四个。走到桥那头，将那条老街来回走了一遍，没买别的东西，就只是看看。棺材店还在，馒头店还在，裁缝店还在，“李吉盛号”商铺还在。还在，就好。

四

每段山每段河每个寨子都不同，仔细看看，每条路每个弯都不同，再仔细看看，像人一样，同一种类的树，也各有各的样子，各有各的性格，走生路就是这点好，总想着看山后面、弯后面的事物，不停地有期待，不停地有惊喜。山高、林密、水清，没有一辆车。我越走越慢，觉得快一点都是浪费。歌曲来到《春风满小城》，词过于典雅和浅显，旋律也很甜。多年都不听了，最近捡起来听，竟然听出很多细节。当年还在读小学，做完作业后在坡子街幺姨家的二楼听这首歌。电唱机放好胶碟，把唱针放下去，胶碟缓缓地旋转，歌声缓缓地响起。我和表妹表姐们在歌声里捉迷藏，谁输谁赢，谁藏在哪里，原本早已忘记的事情，歌声一一展现出来。表姐阿杏唱过阳戏，声音很甜，唱这个歌和邓丽君唱的一模一样。她喜欢一个人，不被允许，吃老鼠药自杀了，因为没有后代，她的坟上碑都没有。当然，想得最多的还是她的闺密，我的大姐。为了避免回忆往深处走，我把音乐调到了《北国之春》。这首远藤实花半个小时写出来的歌，可能是我听得最久的一首了。这首歌的男主角就是父亲。父亲歌唱得好，声音洪亮，一个寨子都听得见。这个公牛一样强壮的男人，有用不完的精力。下放到生产队里，上工唱放工也唱。后来转到县城在建筑工地抬岩石挖土方，上工唱收工也唱。直到晚年在环卫所拖垃圾就很少唱了。那时我心目中的英雄已经变成了一个失败者。大姐给我的是锐痛，父亲给的是钝痛。多年之后，等我理解到父亲的失败其实是因为儿子的强大需要吸取他的能量时，已经太晚了。钝痛一开始不明显，会随岁月的流逝越来越痛。山深林密，水流潺潺，如果有点残雪，有几树木兰花，那就是《北国之春》描述的现场了。山谷里只有一家人，炊烟不算动物，只有狗和鹅在外面。屋背后有一排简陋的羊舍，再后面就是灰白的亭亭玉立的类似于白桦的杂木林了。此时，若父亲活着多好，坐在摩托车的后座多好，他肯定会大声地跟着唱，他能唱出千昌夫的雄浑和悲壮。

五

即使没有雪，冬天里的枯树、黄草、木屋、炊烟、黄牛、鸟窝、干涸的河床都很耐看。因为太慢，到红岩溪天就黑了，只有一家宾馆，开空调八十元。空调开了热不起来，看电影，看球赛，听讲座，睡着后两次冻醒，也不爱麻烦别人，就硬扛。第三次冻醒，已是六点半，起床出发。依然是阴天，气温三到十度。音乐来到《童年》，这是我认为的罗大佑最成功的作品。《你的样子》开场石破天惊，可惜虎头蛇尾。《追梦人》和《滚滚红尘》生活气息不够。《童年》这首歌最完美，词与曲都很简单，但时间与生命的主题永远不会过时。歌声带出来的记忆有两个场面。一个场面是在县城的附属小学。很多版本把暗恋和吃零食的那段歌词删了，我却认为是全歌的精华。如歌里所唱，我小学就朦朦胧胧地有了暗恋的感觉，很盼望着上学，只因为可以见到喜欢的女生。那时男生和女生说话都是一种禁忌，所以对方并不知道。我成绩很好，暗恋的对象成绩则很差，辍学后和小混混混在一起，犯了事坐了牢，后来再也不见了，也没去打听她的消息，但她的笑容至今还很清晰。歌词到“阳光下，蜻蜓飞过来，一片片绿油油的稻田”的时候，会带出另一个上学之前的场景，在老家羊峰乡胡家村。我和陈三玩，会在竹竿上绑个竹圈，然后，去檐下屋角找新鲜的蜘蛛网绞在圈里，这个网圈就可以粘蜻蜓喂鸡喂鸭。陈三有时候会把蜻蜓的翅膀掐断拧掉头和尾巴生吃。他津津有味地嚼着，说很好吃，叫我也吃。我试了几次，都没敢往嘴里送。后来他得了羊痫风，不知道是否与此有关，总是莫名地口吐白沫不省人事。有一次倒在水田里淹死了……回忆和歌声将灰暗的武陵山涂上了一层落日般的琥珀色，沿途那些普通的背柴的人、捡瓦的人、扛树的人、挖藕的人、赶羊的人、穿乡卖货的人、拄着拐棍颤颤巍巍有病的人、红头发的张狂的人、对着你的摩托车招手的人都能在这条跌宕扭曲的路上构成各自独特的风景。一个女人推着婴儿车过来，我像看到坦克一样，老远地就点刹车减速。车上含着棒棒糖的孩子，让我再次想起了自己的小时候，一个棒棒糖，放在兜里可以开心一天，含在嘴里又可以开心小半天，那可是真正的开心、没有杂质的开心，严格意义上讲应该就是幸福。成年后，我们一生苦苦追寻的幸福，在童年，两分钱就能买到。

六

山谷中有个很大的村庄，下去看看有没有吃的，没想到是盐井乡，我来过两次，都是从另一条路过来的，所以没有认出来。街道很窄，竟然一个卖米粉的店子都找不到。继续上路，音乐来到《难念的经》，这首歌是用来回忆云南的。记忆随着歌声飘到大理，来到了金庸的武侠世界。湘西很多地方和大理相似，神神鬼鬼，淳朴多情，只不过湘西的天，没那么蓝，湘西男人的野性更足一些。云南的四年是我生命中阳光最充足的四年，虽然当时也卑微，但因为在追逐梦想而成了一个拥有了自由的侠客。曾经痴迷过金庸，十四部小说全部看完，尤其《天龙八部》更是反复地看，我对黑白善恶的执着，一半来自西部电影，一半来自他的小说。段誉其实是一个会武功的贾宝玉，所以很容易让我代入，一度还把小说中的王语嫣当成了梦中情人。在洱海边，我把这种感觉写成诗歌《洱海之夜》，正式进入诗歌江湖。去年，为了找当初的感觉，又把《天龙八部》找来看。太多的巧合、太少的烟火味、太浓的民族主义和儒教思想，都让人看不下去。"……怪大地众生太美丽，悔旧日太执信约誓，为悲欢哀怨妒着迷……舍不得璀璨俗世"和书上的文字不同，这首歌脱出了儒释道的枷锁，以生命和爱情为本，用华丽的铺陈、密集变换的意象，将当初浓浓的侠客情怀江湖梦，又展现在黄山流水烟树村落间。蜿蜒而上，这时武陵山脉显示了她的陡峭和凶险，弯道多，要专心地骑车，不停地鸣笛，还要听对面的喇叭，所以不敢听歌。下坡的时候，竟然遇到一个美女，虽然七十多岁了，虽然背着背篓，但腰身很挺拔，一米六七左右，头发梳得整齐，你能想象到她年轻时的动人。本可以去都市做模特的她、本可以参与传奇的她在穷乡僻壤里割牛草，不知是幸还是不幸。我停住车，问她万民岗怎么走。她脸上一笑，像一阵大风吹动了湖水。她很啰唆，怎么上怎么下怎么左怎么右说得很详细。

七

万民岗冷冷清清只有一家饭店，没的选择，炒猪肝，二十元。一小锅菜，吃不完，也不知道老板怎么挣钱。走二道水，累了，在海角溪休息，芦苇深而密，外人莫见。就着水声很容易睡着，石头有些寒意，但穿不透我厚厚的衣服。梦见了父亲，具体细节记不起了。醒来，眼前是一堆军绿色的鸟，彼此都吓了一跳，它们钻进了山林，我想了想去了十万坪。三叔家在十万坪的半山坡上，像极了一个舞台。他叫刘传义，人如其名，讲义气，在镇上开了个餐馆，人缘好生意也好，也是家族中经济条件最好的。又因为爷爷在，所以他的家，也成了家族的核心，几乎每个假期，一帮兄弟姐妹都要以看爷爷为名，在这里住一段时间。在这里哭过、闹过，收过苞谷、剥过苞谷，在水池里游过泳，去山洞里挑过水。现在已经曲终人散，房屋也拆了，只剩下两层荒草地、三座大坟茔。那棵柚子树还在，还在结果。又大又酸的果子，当年争不到手，现在没人管也没人摘，自己掉在地上烂了。没带香纸，就默默地拜了几拜。走回头路，去看看杉木村的堂妹。当年瘦弱清纯的她，已成了三个孩子的母亲，身材像婶婶一样饱壮，性格像三叔一样明朗。她开着榨油坊，还兼做火腿和豆腐，生意很红火。我买了十斤菜油和十块干豆腐，菜油收钱了，豆腐怎么都不收钱，还给我一些香肠一些蔬菜一定要我带走。她的笑竟然让我想起了大姐。

八

作为澧水南源的杉木河，芦苇多，柳树多，石头红。顺流而下经上洞街、廖家村、两河口、桑植，去张家界，反复地听两首歌《漂洋过海来看你》《似是故人来》。《漂洋过海来看你》中，李宗盛的词一贯自然诚恳，细节精准，保持着生活气息和现代性。“陌生的城市啊，熟悉的角落里”这首歌最动人的这句，总会让人想起张爱玲、袁咏仪、三毛这些年轻时喜欢过的女子，总会让人想起生命中那些有过交集有过好感的女子，总会让人想起北京那座我打拼了四年依然觉得陌生的城市以及三里屯我那20平方米的杂乱无章的出租屋。在北京和朋友争论，李宗盛和罗大佑，谁的成就更高。李宗盛写爱情入木三分，但罗大佑胜在题材多样，更加宽广和厚重。艺术只写爱情，高度会有限。《似是故人来》主要是广东三年的回忆。各种版本都听了。今天这个版本是韩国乐队唱的，歌词依然罕见地精准，不动声色水到渠成但又对比强烈——“同一个梦，同一条路，一起走到黑。无知岁月，有命难违，殊途不同归。心中那个，枕边那位，最后又是谁。有缘分相爱，没名分相处，偏偏最般配。”这时候，回忆是一件让人上瘾的事，能将曾经的美好，一遍，过一遍，再过一遍……一周后，从张家界回永顺，我骑着摩托，原路返回。读一首长诗一样，将那山路，一字不漏地又读了一遍，又花了两天。

九

幸好有那么多回忆，像野花一样，覆盖无尽的荒凉

走着走着，大西北就变成了大观园

想到那么多故人无法联系，那么多故人已经忘记

又有点后悔，早知人生这么短，认识那么多好人做什么

——这是我写的《故人歌》

烟花——我在北京的日子

一

百花中，比较喜欢雪花和烟花。

感觉它们有些像命。

二

冠盖满京华，斯人独憔悴。——最近老喜欢念老杜这句诗。北京对于我来说，是个大一点的庙宇或者客栈。一年半了，没去过长城、故宫、颐和园，但我去过郊外的黄叶村里的曹雪芹故居，那里没有雪，只有冰。应该有一场雪，那种没膝的白茫茫的大雪，用来独行，或者证明大地的干净。

三

男人说话，不修饰，也不掩饰。好编辑和好诗人，是水火不容的。要么做一个好编辑，要么做一个好诗人。在我的视野里，没有人，既是一个好的编辑，又是一个好的诗人，以前没有，现在没有，以后可能也不会有。“你现在处在十字路口，是时候做选择了。”酒过三巡，对面的大哥，语重心长。他做了几十年的编辑，他看过的字，比我看过的沙少不了多少。我当然选择做一个好诗人，我毫不犹豫地答：“诗歌，几乎是我的宗教。做一个好的编辑，会给我带来一些光环和便利，只是这些对于一个志在写好诗的人来说，意义不大。问题是，做一个好的编辑，几乎是与百分之九十的诗人为敌，像我这种视诗如命者，长此以往，不知最后，能剩几个朋友。”“那就低调收敛地做编辑工作，平庸一点，圆滑一点，这里不是私企，工作做好了，不仅耗费你时间和精力，而且会让你树大招风，遭人嫉恨，甚至让你在京城混不下去都有可能。”他说的，和我想的差不多。我点了点头。接下来的两天班，我都在写诗。写诗是很快乐的，两千汉字，就像两千士兵，全是我的部下。排队列阵，攻城略地，胜败无常，但过程有趣，很容易就下班了。

然而，第三天，我改变了主意。

有些事，做不做得到，是天的事。做不做，是我的事。

四

只要一个人相信自己就够了。

何况，我还有那么多诗歌，每一首，都是呈堂证词。

五

总觉得时间不够，渐渐地，连篮球也不打了，到后来，连散步也少了。

办公室和出租屋两点一线。早上上班，食堂有早餐、有座位，有我喜欢的豆浆、牛奶、米粉、面条，可我每次只是拿一个鸡蛋饼就走，为的是节约五分钟时间。回家也是一样，先把米往电饭煲里面一放，插上电，然后，往锅里放水，打火，把王村干鱼往水里一丢就行了，不用放盐，不用放油，当然，也不用担心鱼会游走。倒在床上找一本书，边翻边等水开。五分钟后，菜会比饭先熟。孤独，当你习惯了之后，你会发现她很美丽。她是自由的姐姐，孤独的时候，你是自由的。当你自由的时候，15 平方米的出租屋，便会成为你的万里江山。王村的干鱼，产自酉水，所以，都很干净。煮熟后，放点辣椒再泡饭，酸辣中带着点微微的腥臭，百吃不厌。很少有人知道，酉水是湘西的主动脉，比漓江更辽阔、更壮美。她像一条珍珠项链，串着很多小镇和村庄，最美的那个镇子，叫王村。王村码头一直往上走，有一条半边街，那里住着我善良的岳父和岳母，再往上走，他们有成片成片的土地。

六

过些年，我会回到王村的后山
种一厢辣椒、一厢浆果、一厢韭菜
喜欢土地的诚实、锄头的简单、四季的守信
累了，就去石崖上坐一坐
那里可以看到深青的酉水

我会迎风流泪
有时候，是因为吃了生椒

有时候，是因为看久了落日

有一次，是因为看到你，提着拉杆箱

下了船，在码头上问路

——这是这两天我写下的诗歌《王村》

七

等水开的时候，看罗曼·罗兰写的《贝多芬传》。

那个一意孤行的老男人，耳朵全聋了，却执意要指挥演奏《菲岱里奥》，于是场面一团糟，直到好心的朋友看不过去了，写字条提醒他不要再继续了。他一口气跑回家里，一整天，面色铁青，一言不发。两年后，还是这个一意孤行的老男人，亲自指挥《第九交响曲》，一曲终了，人们破天荒地给他五次掌声谢幕。这个笨拙的可怜的聋子，依然听不到，直到一位女歌手，拉着他转过身来……在网上，很容易找到那首《第九交响曲》放出来。于是，出租屋里、旧桌子、酒瓶、电视机、茶罐都慢慢地出现了光芒，微红的，温暖的，像梅里雪山上掠过来的。我想起了扎西尼玛，想到了金沙江、弦子舞、高歌的藏女和背水的藏女。

有时间，应该写一首长一点的诗，来赞美人世的美和人类的好。

八

父亲也是个可怜的聋子。这个老实巴交的岩匠，这个被命运蹂躏的知青，一生中，除了岩石和姐姐，他没打过谁，甚至连吵，也只跟母亲吵。葬礼的时候，几乎每个人在我面前，都夸他好。然而，就是这样一个好人，在后来砌坟立碑过程中，被他的徒弟们坐地起价。我这才发现，他们说的好，是那么一文不值。从那以后，我决定，不再中庸，不再妥协，不再委曲求全，不再做一个人人都说好的好人。最近，有朋友告诉我：“要小心点，有人在背后攻击你。”我微微一笑，不想争辩，也不想改变。最近的最近，又有朋友告诉我：“有人想置你于死地，手段你可能想都想不到。”我微微一笑，不想争辩，也不想改变。前段时间，跟妻子说了，王村后山的那块地，能不能不要卖，留给我。我会回去，厌倦疲惫的时候，或者走投无路的时候，或者身败名裂的时候。

九

火药是种药，避瘟、疗伤。吃了火药的我，开口就有硝烟。

不敢在人多处久坐，不敢在寒夜里向火 。

吃了火药的我，经常独自去水边看水。

我会燃烧，如果谁关掉子夜的星空，如果谁递来隔水的目光 。

——这是我这段时间写的一首《烟花辞》

十

很多年来，我一直把火药、铁粉，都往肚子里吞。

四十已经出头，是时候，点燃自己了。

远

一

累了，我会去阳台上站一站。

这个城市时常有风，从目光所不能及的远方来。

有时候会很大，会呼呼地响。

很像我的小名：福福儿。

二

遥远纷纷死于互联网、手机和高速公路。

刚毕业那阵子。找一个同学，要去城西，那时候还没有的士，没有电话，需冒着冬天刺骨的风，走一个小时的路。也没有门铃，得使劲地拍门，有时候不在，就问邻居。有几次，我是在河边的菜园里找到他的。见到我，抱一抱胡萝卜，又砍一棵不包心的白菜回来，在火坑旁，架一口锅，切几块腊肉和干豆腐。然后，喝一些劣质的酒，说一些温暖的话。可能是炭火大起来的缘故吧，话会慢慢地沸腾起来。如果太晚了，就一起睡。床上依然会有很多话，温度依然会很高，直到后半夜，才会冷却下来。那个同学现在其实还在我的 QQ 上，随时可以联系，传送文件，甚至视频。开始还问候一下，渐渐地，就淡了，远了。记得没错的话，最近一次说话，是去年六月份，他给我还钱。不知道他官职前面的副字，去掉了没有。

远，越来越近了。

没有了足够远的远，就没有了伤心欲绝的离别。

也没有了刻骨铭心的相思。

三

得知可以参加第二十九届青春诗会，想认真地开心一回。

想找人喝点啤酒，谈自己的付出与汗水，谈自己对诗歌的接近于信仰的坚持，谈自己在大漠中感到的生命的荒凉和内心的丰茂。最终，手机没有掏出来，因为不知道打给谁。如果朋友代表故乡的话，感觉我一个人在反方向的路上，越走越固执，越走越远。

打开窗子，故乡的夜，如无边无际的大漠。

四

上午补办了护照。想去的国家，填的是印度。

在地理上，那是我心目中的最远的地方。我会沿着恒河，慢慢地走，看水中沐浴的女人和落日，看水上漂浮的死尸。印度的女人很性感，脸小，眼大，身材饱满。最喜欢的，是她们的面纱。我相信，在一条以永恒为名的河边，能找到一些关于永远的证据。

很少提永远，总觉得这两个字很危险，就像两粒铜色的子弹。

五

厌倦的时候，经常背着包到车站，看地名，看票价。

碰上合心的，不管哪个方向，上了车就走。

有一次，看上了一个叫一平浪的地名。票价、里程也合适。坐了几个小时车，到达的却是一个产煤的小镇。有一条弯弯曲曲的小河，水是那种拿毛笔一蘸就可以写书法的黑。这算是远行最倒霉的一次。可就是这一次，我在路边偷打了六颗柿子。熟透的那种，掉在地上，就会摔破，捡起来剥开就可以吃，有一点点涩，但更多的是甜。那时是黄昏，阳光很好，照在柿子肉上，是一种鲜艳的橙色。每一颗柿子，都像一颗夕阳，我自己只吃了三个，其中一个给了路过的一个老太婆，另外两个，给了她的那个垂涎三尺的孙子。

迷彩的帆布背包就在墙角。

帐篷、睡袋、电筒、刀、火机，一直在里面装着。

背上，就可以出门。

六

在远方，内心会完全腾空，像一把古典吉他。心弦会很敏感，会轻易被一些陌生的风景和笑容，甚至一阵穿过红柳林的风拨动。那是一种只有自己才能听见的持久的美妙的颤音。在芒康，那个风、雨和雪交织的深夜，一个人骑单车在荒野，抵达了绝望，冰冷的铁锈般暗黑的绝望。那是我迄今到的最远的地方。

七

多年以后，在某处水边，我会做一个木屋。

那时候，我离森林和杂草很近，离时代，会很远。

八

参加工作的第一个月工资是八百元。在当时，是很高的。给父母寄了一点，给婆婆寄了一点。剩下的钱，买了一辆单车。载重型的，永久牌。那年我没有回去。一放假，就骑着我的永久，从高明，过西樵，走佛山，穿广州，最后到了珠海。目的只有一个，看海。岭南的天气，几乎每天都至少有一场雨。所以一路上，我经常被淋成落汤鸡。还好，那时身体好，而且，广东的雨，也不像这里的冰凉。海，让我很失望。一片无边无际的浑浊，和那个时代一样。我的永久，是在珠海的一个写字楼下丢失的。只五分钟，就再也找不到了。

九

从枯木中取出自己的火，从坚冰里煮出自己的水

小半天隔着冰面，与一只火狐相望

小半天，用来羡慕那匹马，驮两麻袋面粉

被一个好看的女人牵着，翻过了白雪皑皑的山冈

——我的诗歌《远》

十

曾经以为死神很遥远。三十五岁过后，我觉得那家伙其实就在周围。躲在某次车祸、疾病或者意外的后面，一脸横肉和狞笑，满眼饥渴。有一次，父亲说，他最大的梦想是去周围的县市转一转。我说这个太容易了，等买了车之后，我们一家就去转。下一次回来，我才知道自己失去了一次多么宝贵的机会。世界上最远的距离，在生与死之间。书出来之后，我带了一本去父亲的坟前。一页一页地撕下来，烧掉。薄薄的一本。一页一页地撕着，很快，就撕完了半生。

十一

这是婆婆给我讲的一个故事。

一个人立志走到天边，过了许多河流许多山，铁拐杖都磨损了许多根。走了三十年，走成了一个老人。有一天，他在路边向人家讨水喝，主人问明来意，端出水来告诉他，这里离天边还有三年呢。他一听，顿时绝望，倒下死去。他不知道，主人说的是三天，他不知道他的耳朵已经背了。婆婆讲这个故事，是为了告诉我坚持的重要性。当时不太喜欢这个故事，觉得这个人蠢。到天边做什么？那么多正经事不去做，死得活该。

现在发现，自己正在成为故事中的那个愚蠢的聋子。

十二

只有永远，看起来依然那么遥远。

我说过爱你，却不敢在前面加上“永远”二字。

回家

一

有的地方和有的人一样，注定成为你生命中，不可或缺的一部分，你跑都跑不掉。大庸市改成张家界市那一年，来大庸水泥厂找过工作，对方答应了我却食言了；二十一年前又找过，这次是托熟人找做文员的工作，被拒绝了；二十年前，在这里卖过木柴；十二年前，我在张家界公众论坛担任了文学版的版主，诗歌道路，从此开始；八年前，为了诗歌出走云南，临走还在张家界与永顺交界处的青山饭店，接受了张家界朋友的饯别宴；没想到，兜兜转转又回来了。大庸改成张家界二十六年了，最近几年，我才改过口。内心中，张家界依然属于湘西，口音一样，风俗一样，山水相连，路也是相连的，352 国道转 306 省道转 230 省道，到永顺城 86 公里，走了不下三百个来回了吧。想起一个故事，两个孩子捉了两只狼崽，爬到两棵树上。其中一个孩子，掐住狼崽，母狼跑到树下，狂叫狂跳；另一个孩子，掐住另一只，母狼又跑到另一棵树下，狂叫狂跳。如此反复，母狼最终累死在两棵树间。张家界是一棵树，树上梦想在叫；永顺城是另一棵树，亲情在叫；我是一只奔波两地的狼，但是，不感觉很累，因为有摩托车。

二

一个人迷恋上了孤独，对写作来讲是好事，对家庭来讲则未必。全民隔离的日子，学校不能进出了。一个人待了个把月，大多数时间写作，闲暇的时间用于看书、听课、看电影、看球赛、打球，成了一个纯粹的诗人，简单而愉悦。在孤独的状态下，会特别敏感，我知道梅花和杏花香味的区别，我知道柚子树上，最后一棵柚子是风雨夜掉的，我知道清明鸟是哪一天回的，我还知道，无事溪的对岸杂草中有只白鹭，麻黄的背羽，站在草丛中看不见，一飞起来，就像一片巨大的雪。写作效率高了起来，以前一周一首的诗，现在不到两天就可以写一首。还可以练篮球，因此减掉了十公斤的体重。不过每次下楼打球，路过停在杏园屋檐下的摩托车时，都会让人心生微澜。一个万里无云的日子，还骑上去，挂上空挡，转动油门，如同东非稀树草原上的狮子吼，动人心魄……日子一天天地复制和粘贴，直到昨夜两点，错过了睡意，有些焦虑，这是失眠的前兆，这才想念她和母亲——一生中，亏欠最多的两个女人。

三

戴面罩，戴头盔，穿棉衣，穿雨衣，拉紧领口，穿三层秋裤，绑皮革护膝，三层袜子，外穿毛皮鞋，最后戴上厚厚的皮手套。这种装备，可抵抗零度的深寒。摩托车也早已准备好，前段时间为了出远门，已经换了电瓶，刚换了机油、换了音响，油箱也是满的。手机里面的音乐，也换了新的。下楼，跨上坐骑，火一打就着，灯一打就开，挂一挡，松离合，车听话如相依多年的宠物。出门，保安睡着了，按了几声喇叭才醒，说明情况，出门，左拐 24 公里是武陵源，右转是市区。雅马哈 150 飞致摩托车，包上牌一 13800 元。发动机：单缸空冷 4 冲程；排量：149 ml；最大功率：9.5kW。买了两年还差一个月，里程有了 52000 多公里了，也舍得花钱保养更新零件与装备，所以感觉人与车的配合，达到了最佳状态。这辆车最大的好处在于：其一，续航里程长达六七百公里，省去了很多加油的时间，特别是在青藏高原、新疆沙漠和内蒙古草原，很少为油提心吊胆。其二，发动机声音柔顺。其三，车自重不大，倒了，一个人可以扶起来。入手之初，还有点不满意的地方，现在都包容了。起初妻子有些抱怨，坐在后座时，腿蜷得过高，不舒服，现在也习惯了。卖车行的修车师傅一再提醒，是不是换一辆 250 的，超车会更加坚决。暂时还没有打动一个恋旧的骑手。

四

久未出行，出了城，如同出了笼的信天翁，全身连同摩托车都覆盖着羽毛般的轻盈与快乐。六摄氏度的气温，感觉不到冷。四车道，又直又宽，虽有星星点点的雨滴，但路面还是灰白的，没有湿。车到了五挡，车速到了 50 迈，就只听得到风声了。很多人说骑车走夜路不安全，我觉得是对夜的误解。首先，车少；其次，来往的车辆有灯，很好识别，特别是转弯的时候，能提前预判对面是否来车；其三，晚上只能看路，不能看风景，更加专注；其四，没有人，可以把音乐放大一点；其五，对于经常熬夜写作的人来说，夜里的精神更好，很多想法都是在夜里骑行中想到的，夜越深，思考就越深。过澧水，右转是去吉首的 352 国道，这条普通的国道，起点是张家界，终点竟然是云南巧家县，是朋友潘灵的老家。音乐到了《勇敢的心》，管弦乐的磅礴气势仿佛在助推摩托，路变成了两车道，还是很直，60 迈还是可以保证安全的。其实还有别的路，走桑植经塔卧到永顺；走桑植经毛坝到永顺；走陈家河过万民岗的海角溪到永顺；走茅岩河，经罗塔坪，翻塔卧到永顺；我甚至走过经桑植到龙山再到永顺的大绕路——今天，只想走最简捷的。

五

手明显地感觉到了大地的不平，路最烂的地方是南方水泥公司，这里的重车太多。水泥厂灯火辉煌，像一个森严的城堡。不知道是不是以前的大庸水泥厂，我已经不再相信自己的记忆。中专毕业，我学的建材机械，对口的去处就是水泥厂。1994 年，坐火车到了张家界，没有直接回去，而是一个人从火车站，沿着铁轨往南走，走到了大庸水泥厂附近，现在查手机，有 15 公里，应该没那么远，是不是中间搭车了，也记不得了。反正看到水泥厂之后，精疲力尽，又饥又渴，也不急于进去，躲在草丘后面睡了一觉，等到精神饱满了，在溪边洗了脸，整理了衣服，鼓了鼓勇气才进去。找到办公室，对一个办公室主任模样的人，直接说明了来意，把简历让对方看了。没想到，他很爽快地就答应了，说毕业后过来上班就行。毕业后，因为没抵住远方的诱惑，去了广东高明明城水泥厂。澧水在这里转了一个大弯，澧水对岸就是枫香岗。如果是白天，会看到有梭形的渔船放卡收卡，鱼挺多的，一晚能收四五斤。再往里面走，水会急起来，岸边有温泉。世人爱看张家界那世界级的奇山，而我更喜欢张家界澧水的自然、清澈、从容、充满善意，让人想到舒展动人的楚辞长句。

六

雨大了一点，路面有了明显的湿意，车速维持在50迈左右。后坪菜花开的时候，一层层的，还挺好看的。但我最喜欢的是出了镇子，几处悬崖外面，有三处竹山。山不高，线条很柔和，全部是矮小的山竹，绿中带黄，色彩纯净，白天路过，我都要看看。一个女子，一身白裙，在上面奔走，这个优美的画面，脑海里一直虚构了几十年。这段路很阳刚，即使现在，有一女鬼，全身雪白，痴痴地站在路边，我都不会太害怕，说不定会停下车来，和她搭几句话。转过竹山，过桥，就进入永顺地界。有一块巨大的荧光字，“欢迎来到神秘湘西”。个人觉得没有必要把张家界从湘西划出去，所以这段文字，特意要把后坪和青天坪焊在一起。这段国道，像一条大河，每条支流的来龙去脉我都清楚。青天坪有个十字路口，往左可去永茂、朗溪、长官、回龙、小溪、王村，风景都不错，但路难走，弯急路狭，特别是最近修高铁，烂得不成样子了。去年，为了图新鲜，带着妻子就进去了，一路工程车，一路坑洼和灰尘，掌龙头的双臂又痛起来，直到长官镇路才好。我一路骂骂咧咧，她倒没有一句怨言。十字路口，有家粉店，味道不错。过青天坪隧道，弯急，需放慢速度，尤其在下完坡，洞坎河的桥头，有一排刺眼的荧光桩，经常有车掉下去。过桥，憩园度假村里有木椅，冬天累了我会在这里休息。木椅虽不散热，但还是太窄。夏天会再走200米，丁字路口处的公交车站，离大路有五六米，水泥长椅，能睡得很舒服。有一次，我在这里听到了震耳欲聋的蛙鸣。

七

时速在40公里左右的时候，我试过用脊柱开车，大脑想别的事，摩托自会变速变挡变向，规避风险，大脑回过神来，要仔细确认，才知道到了哪里。过红桥检查站，就到了青山饭店。二十多年前，从永顺的杉木河林场运木柴，去张家界造纸厂卖，每天发两三趟车。每次在这里要请司机吃午饭，还得给他们掏小费，挺心疼的，还好，最后算账，一车还赚了五十块钱。就在那一年，经媒人介绍认识了妻子，第一次相亲，她就喜欢上了我，主动牵我手，就在那一年结了婚并有了孩子。很长一段时间，她怕日晒雨淋，不喜欢坐摩托，直到去年，她说想坐摩托车出去了。她总在改变，这是我最喜欢的地方。骑摩托带着她，走遍了附近的山水，茶峒、沅陵、乌宿、浦市、洗溪、惹巴拉、靛房、卡措、泗溪河、高望界、芭茅溪、五道水、桃源的夷望溪、临澧的停弦渡、石门的壶瓶山、湖北的鹤峰和来凤，以及栖凤湖深处一个不知名的村庄。她在背后，我会在意她的心情，很难专注地体会细节，所以值得写的新发现不多。慢慢地，她开始习惯做一些不划算的事，会跑 100 多公里到洗车河买霉豆腐；会花两天时间去泸溪买菜刀；会在寒风中到列夕乡买水豆腐，没买到也不懊恼；去古码头陪我看船；到哈妮宫找坳菌也是，一朵没找到，采一些别人都嫌弃的地木耳也能开心。她自己还学了踏板摩托车，考了驾照。那次沿借母溪去岩头寨，我带着儿子，她在前面。我只加了一下油，十多分钟没赶到。儿子急了，会不会掉到河里去了？我说再追一追看，以最快的速度，有些弯道还开始压弯了（这在以前从没做过）。到枫香坪的时候，才看到她的背影，紫色的摩托，紫色的风衣，紫色的头盔。她说，在好路上还开过 60 迈（那是踏板车的极限）。带她出行的路上，我累了需要立即睡觉，草丛中、树林里、公交站，开始她会在旁边等，后来也学会了睡觉。一个女人在路边和衣而眠，需要很大的勇气，才能把面子放下来。出过一次事，去年暑假走高峰坡的村道，雨天，我占了线，对面突然来了一辆小车，我一边右打方向，一边急刹，一刹死摩托就会倒，两个人都摔了。她爬起来，帮我把车竖好，我骑上去，摩托一打火就叫，她坐上车就走，没有一点责怪。到西米乡的朋友家吃饭后，她回了王村，我走了沙漠公路，走了新藏线，走了羌塘无人区，走了 12000 公里。

八

一条路上，有的路段阳刚，有的阴森。与地势有关，也与树木有关。谷底，潮湿、曲折的弯道，加上松、柏这些常绿的乔木，会形成恐怖的气氛。过青山饭店直走 1 公里，右转上坡，有段茶林就阴气十足，晚上是不敢在这里停车的。两个急弯过后，又是个丁字路口。减速，减到二挡，打右转向灯，看后视镜，确定没有车，开始右转。摩托骑久了，越发遵守交规，哪怕无人无车的时候，也按操作步骤来。摩托危险性高，怎么谨慎都不为过。我甚至会在凌晨三点的宁乡市，在无人的路口，等红灯变绿，恰巧那次，有一辆白轿车，闯了红灯，撞上人行道，把一辆面包车撞瘪了。张家界到永顺，在这里刚好是一半。直走穿隧道，15 公里，是我的老家羊峰乡。右走是 306 省道，是石堤镇。那是湘西州面积最大人口最多的镇之一。走 11 公里，大明村路口，有一段银杏路，就显得很阳刚，差不多两公里的直路，而且旁边没有房子，视野相当好，是全县我唯一会提速到 80 公里的路段。金黄的银杏叶已经落尽，白天，可以看到一棵银杏树上，有一个杯状的鸟窝，如戴着一枚结婚戒指的修长的手。

九

事故多发路段——过了白龙桥招呼站，竖着的黄色大牌子上，六个横蛮的荧光字，触目惊心。然后，连续的茶林和四座坟墓。这段路是我最害怕的路段，弯平，容易侧滑。五挡可以解决问题，我还是用了四挡，确保不熄火。其实，白天走这里，一点恐惧感都没有，但晚上，就是怕。聚精会神的时候，弯有多急，弯后面是什么，都背得。不过还是出了一次险情。一个大雨夜，在前面下坡转弯，突遇一堆泥石，撞上去，必然翻车，绕过去，还有一线生机。一个急刹，转弯，泥石堆是绕过去了，车龙头则急剧摆动起来，10多米没控制住，一边想怎样着地，一边再做最后的努力，拼尽力气，竟然钳住了龙头，稳住了车身，刚好对面又来了一辆白色的小轿车，惊出了一身冷汗。从那以后，雨中的车速，我一般不超过50迈。上了吊井岩大桥，就上了230省道。新修的大桥，节省十多分钟的路程，但吊井岩镇，就再也没去过了。有一天，特意绕下去看了看。偏僻也有偏僻的好处，时间在这里凝固了，小加油站在原地，小学在原地，理发店在原地，就连丁字路口卖肉的小摊，也还在原地，屠夫百无聊赖地守着空空的街道，似乎铁钩上，那几片后腿肉和一卷肥肠，也是多年前的。

十

雨，又大了一些，打在雨衣上像黄豆一样有了爆裂声。面罩湿了，在风中有些冷，但还可以忍受。十八弯，并没有十八个弯，但是弯很急。前个月，有个彭老师，在这里被货车撞死了。她舅舅家在我家对面，暑假总能见到她，后来出嫁了就很少见到了。我的印象中，她还是两条小辫花衬衣年轻漂亮的样子。再往下走是溪州花圃，老板傅强，做得一手好菜，经常提菜过去叫他弄，然后你只需要看花逗狗就行了。他还养着一条黑如深夜的狗，一招就来，一摸就倒。再过去就是五里铺，往右，是水泥桥，穿过玉屏山隧道，就是一座斜上的长桥，坡的尽头，是殡仪馆。桥的尽头，左侧，有一条不起眼的岔路，可以下来，坡陡弯急，下到底，左拐，有一座小桥，就是益家桥。桥头，那栋两层楼的陈旧的小砖房，就是我从小长大的房子。这几天母亲和儿子住在那里，母亲前几年得了老年痴呆症，有段时间特别古怪，老是找二姐吵架，现在又听话了。她没读过书，但有着天才的记忆力，即使有所减退，很多事情年月日也还记得清楚。她还记得老虎把猪拖到山上后吃肉的地点，还记得是谁在哪里遇到了大腿粗的蟒蛇。明天我们会和二姐一大家子一起吃饭，看到二姐你就会敬佩女人的力量，她从几乎让人绝望的困境中走出来，将一个家打理得井井有条。有时感觉，她是时间的化身，你不需要做任何事，只需要相信和等待就行了。母亲以前会给我洗车，我说车脏些好，没有强盗打主意，说了几次就没洗了，还是会帮我抹抹绑腿、头盔和雨衣。

十一

直走，上坡，现在我要去的是城南的家，妻子一个人在那里。把速度降到 40 迈以下，和炒砂路比起来，这段水泥路缺乏弹性、振动大，伤手，只要有一点雨就容易侧滑。离家越近，越要小心，很多悲剧故事，都在快要圆满时发生。前两年，我有两种身份。在张家界，用刘年的身份，面对自己和诗歌。在永顺，用刘代福的身份，面对家庭和生活。在家里，话不多。我说的执着，她说是顽固；我说的爱憎分明，她说是偏激；我说的热爱，她说是执迷不悟。同样，她说的成熟，我说是圆滑；她说的成功，我说是堕落。共同话题就是孩子和亲人，说尽了就没了，然后以沉默、点头、微笑和客套，应付大多数的人和事。随着岁数的增长、写作的修炼，以及几次经历生死的远行，我学会了珍惜。她也开始看书，学哲学、政治，慢慢地看透了得失和浮华，慢慢地理解了我对诗歌的痴迷。如今我回到家反而话更多，把多少天来没说的话都说出来，同样听得出来，她也积攒了很多话。人诗渐渐合一的生活状态，让我越来越眷恋人世。这次回来，可能会在家里多待几天，还可能带她去万福山看看云海。不过，暂时不想带她走千山万水的长途，我需要采风——除了创作，我没有别的办法对抗失去意义的虚无感和失去重心的幻灭感。另外，长途太危险。有一次，感觉她抱着我的时候，全身的重量都压在后背，想到她半天没说话，连忙减速，叫了几声才应。问她是不是在打瞌睡，她也不说谎，还真是睡着了。二十六年前，我骑单车带大姐进永顺城购物，下坡速度太快，有点控制不住。她选择了跳车，艰难地爬起来，说没事，自己不应该跳。我一度怀疑她后来那些错误的选择，是头部摔伤了的缘故——后脑磕在大地上的轻响，至今还很清晰。

十二

凌晨四点，进入永顺大道，靠边停车，关车载音乐。这里地势高，可以看到整个永顺城。和张家界一样，四面环山；和张家界一样，一条让人喜欢不尽的河流穿城而过。县医院的红字招牌后面，是小西门，那片地方以前是我家的，父亲跟着他的父亲以及大妈、小妈，在那里开碾坊、捕鱼、放排，像《边城》里的傩送家一样。再想想母亲年轻时的样子，还挺像翠翠的。现在那里变成了酒店和歌厅，不知道属于谁了。右转，进入湘潭南路，右转再进入 230 省道，左转，进入儒席街，过垃圾站，到城南医院，左转进入小巷，停车，锁车。八楼，窗帘没有关，我家餐厅的灯，百合花一样开着，我知道，桌上有热饭和青椒炒牛肉。

永恒

一

因为彼此之间保持着足够的距离，所以恒星能无限接近永恒。

二

他们说无论多么华丽的爱情，经过油盐酱醋茶酒多年的腐蚀后，都会褪色，慢慢地都会变成朴实的亲情。林黛玉生孩子过后偶尔还写几首诗，等孩子上了初中后肯定会变成林大妈。她会不停地向史湘云抱怨贾宝玉的少爷做派，钱挣不了几个，花起来大手大脚，从来不管孩子的作业。话题很自然地转移到儿子身上，说他在学校如何懦弱、如何受同学欺负、在家又如何倔强、学习成绩直线下降，云云。史湘云说，哪个男孩不是一样？青春期嘛，她家的儿子，不仅早恋，还老是欺负别人，隔三岔五地就被老师叫去赔礼赔钱，更是焦头烂额。贾宝玉闯进来，满脸酒气，说是请了教育局领导吃饭，已经答应给孩子换个重点学校尖子班，等等。他问史湘云，最近写诗没？史湘云说，没，去医院检查了，血脂高，尿酸高，要减肥，天天跳广场舞呢。

三

福建海边，有种深海动物，叫鲎，像海龟一样，长着一种硬壳。四亿年前就有了，被称为深海鸳鸯。一雄一雌，一生一世。繁殖季，它们从深海出来，雌雄一起，趴在沙滩上，交配。一提就走，提走雌的，雄的自己还会跟着来，它们在岸上走得比海龟还慢。以前满滩都是，现在快被吃绝种了。当地人说，煮的时候，雌雄同锅，则大补；单独一只，则有毒。小陈说他吃过独煮的，没什么大碍。后来办公室主任王野告诉他："鲎毒，其实就是情毒，你中了情毒，症状已经很明显了，还不知道。"二十九岁的他，虽然帅气，有北京户口，但依然是处男，依然不敢牵女生的手，依然相信，狐狸精与赶考书生那种前世修的姻缘。王野说，小陈来了之后，都不好讲黄色笑话了。有一次，王野给他介绍女朋友，见第一次面就失败了。女方说，小陈至今没经历过女人，要么是生理上有问题，要么是心理上有问题，她希望自己的男朋友，略有几个女人的经验，那样，才会懂得爱情。小陈说他相信上天给每个人都安排了一份自己的爱情。上辈子，自己可能是个富有爱心的猎人，曾经每天把猎物，放在受伤的狐狸精的洞边。这辈子，那个狐狸精一定会化成美女来报恩。然后两个人，恩恩爱爱，厮守一生……两个同事笑了，像听到黄色笑话一般。小陈的脸上有了明显的红晕，"我会用一生去找、去等"。有一次，他私下里问我："人间到底有没有鲎的那种爱情？"把我问住了。

四

相对于恒星的寿命，人在世上走一生，只是刹那。

相对于宇宙的寿命，恒星的一生，又是刹那。

相对于蜉蝣，我们的一生，又无限接近于永恒。

五

世上，最幸福的事，我们都知道，和最相爱的人在一起。最残忍的刑罚是什么？很难想象，竟然也是和最相爱的人在一起。

男人和婶婶偷情，被叔叔处以这种极刑：两人被拴在一起。精钢的锁链，一米多长，牢固但轻便，戴在手腕上，像银质的手镯。开始，他们欣喜若狂，感恩不尽。接下来他们无日无夜地做爱、谈艺术、谈世俗的偏见与铜臭、谈圣洁的爱情和未来的孩子，甚至，还谈到了永恒。渐渐地，发现了一些不方便，无论做什么，都得形影不离。睡觉翻身的时候，会影响到对方；上厕所，一个人必须在外面候着。看书、喝水、上山、下河，都必须完全一致。慢慢地，有些疲倦了；后来，疲倦变成厌倦；再后来，厌倦变成了厌恶。小的摩擦，从互相忍让，到彼此忍耐，到忍无可忍，到争吵，到打骂，到猜忌，到争斗，到痛不欲生……最后，不得已厚着脸皮，跪求叔叔开锁。叔叔冷笑道：“早跟你们说了，这是刑罚，不是奖励，你们不相信。”后来只给了他们一把手枪，说这是唯一的钥匙。然而，枪并没有打开锁链。绝望之际，女人抢先自杀。

锁链没有解开，故事便不会完结。男人走到哪里，都必须拖着女人的遗骸，尸体很快腐烂，眼看着这个花容月貌的女人、吻过千遍的爱人，慢慢浮肿、慢慢发绿。眼看着她皮开肉绽、脓水四流、臭不可闻，眼看着她苍蝇满脸、蛆虫满身。男人捡起石头，砸断爱人的手腕，锁链的一头依然在手上，总像有人在牵他、在追他、在恳求他带离这个村子。他心一狠，又砸断了自己的手腕。锁链解开了，故事便完了。

这是泰国的一部电影，名字就叫《永恒》。

六

唯有变，是不变的。

七

动人的音乐，经不起每天的循环播放。不希望与所爱的事物，像恒星一样，保持着许多光年的距离。像彗星一样，交会，照亮，然后离开，一段时间过后，再交会，再照亮，再离开，这是我认为比较能让情感接近永恒的办法。我和妻子，曾经不断地争吵、不断地冷战。以至于最后，我把新买的价值七千块钱的液晶电视机砸了。但自从分开之后，就好多了。有了思念，有了盼望，能感受到彼此之间星星一样的引力。每年仅有的四五次相聚，彼此都很珍惜。十天左右，自己会明显感觉到，应该离开了。

八

为何诗歌，我又可以天天面对，至今还保持着初恋般的热爱?

九

三月九日，过马路去办公室。后面有声音在叫唤，我回过头。“先生，你的钱掉了。”一个女人，赶上来，递给我一张百元的纸钞。我心头一震，墨绿色的羽绒衣，轻薄自然的头发，清秀的小脸和身材，素净如荷叶。放到电视上，算不上漂亮，更称不上美丽，却是我心目中最好看的女人的样子，是多年来，我苦苦期盼的女人的样子。没等我说谢谢，她便反身，渐渐地融入人流。那一刻，我想问她的电话、微信，但实在找不到理由和勇气。我知道即将永远地失去她——四十出头的人了，已不再相信电影里的那种巧合。眼睁睁地看着她渐渐融入了人海，就像面对着暴力和谎言渐渐增多的人间、面对着渐渐融化的雪山和冰川，除了悲伤，我无能为力。如果她停下来，时间将会暂停。如果她为我停下来，我愿意为她放弃世界。如果她愿意跟我走，我会相信永恒。当时真这么想。七八年后，再回忆这件事，发现不值一提。这种草率的一见钟情，如果经得起生活和时间的考验的话，电影《永恒》里婶婶和侄子的山盟海誓，也不会败在一对手铐之下了。专家说，这种所谓的一见钟情，无非是见色起意罢了。

十

“一、甲乙双方相爱，不必结婚。

“二、互不干涉工作，互相尊重私人空间完整。

“三、有效期两年。

“甲方：萨特；乙方：波伏娃”

这纸没有公证的合同，却得到了双方一生没有折扣的执行。

签一份这样的合同，是不是让爱情永恒的唯一方式？

十一

很久以后，我会死去，很久很久以后，你也会死去
高楼会慢慢坍塌，石碑会慢慢风化

很久很久很久以后，恒星会一一熄灭
失去了时间的宇宙，失去了意义
陷入永恒的黑暗、寒冷、虚无和寂静

你走后，停电了，我坐在沙发上
很久以后，客厅像宇宙一样，越来越大，越来越空
指间的香烟，像最后一颗恒星
——我的诗歌《永恒》

第四辑

不要怕

船歌

一

兴亡事，恨与痴，轻轻一曲渔歌子。

落花盟，流水约，烟蓑雨笠归去也。

——我的诗歌《船歌》

二

六十八岁了，头发白完了，我索性剃了个光头。

背驼得厉害，他们说像一只虾。

已经退休了，不愿在家里待，能感受到儿孙们的嫌弃。学过几天广场舞，受不了那些音乐，也打过麻将，觉得牌友们脸上笑呵呵、内心里互相欺骗和陷害的感觉很恶心。骑摩托还行，只能骑短途，超过三小时，腰椎、颈椎、肩关节都受不了。

那天去栖凤湖看日出，一眼就认出了老李的船，那是西水上唯一没安马达的篷子船。划桨的老太逆水上行，腰弯的幅度很大，像在跟酉水磕头。

“有鱼吗？”我一招手，她就靠过来了：“刚收的，两三斤，杂鱼。”

“你一个人？”我有了不祥的预感，“老李呢？”

“去年死了，就埋在竹根坡上。”人上了年纪，对死已经不忌讳了。她指了指太阳升起来的地方，说得很轻松。老李就像电影《海上钢琴师》里的钢琴师一样，觉得岸上是非多，只愿待在船里，只在要剃头时才肯上岸，最多个把小时又会回到船上。那个在水上生活了七十九年的男人，终于离开了水。我有些伤感，还好，埋他的地方可以俯视西水。

“你一个人在河里，吃得消吗？”

“儿子叫上岸，我舍不得老李的船，船上岸一放，就会烂。”

“卖不卖？”

“卖啊，你买？”

“好多钱？”

“六七千吧。船上的东西都给你，卡子都是新的。”

“给你七千，被子、毛巾、碗筷你拿走。这三斤鱼归我。”

三

早就想买船了。小时候，父亲教我扎的纸船，就带着篷子。村里的小朋友都不会扎，这让我很有成就感。跑到小沟里放，小幺妹还跑过来看，还要我帮她扎。船里放几颗小石子，代表父母和两个姐姐。那时起，我就希望自己有一条真正的篷子船。这个梦想不很强烈，但一直伴随着我的人生。对于一个忍辱负重懂得牺牲的传统男人来说，这种不正经的梦想，只是可有可无的奢侈品。儿时，希望那条船把一家人都装起，一生一世不分离；中年，希望带着最喜欢的女人；如今，只想一个人、一条船，应付那一江水。

四

将几块腐朽的舱板换了，架了一根桅杆。

于是，我的船挂上了整条酉水唯一的帆。

船舱里，每一寸地方都利用起来了：铁锅、铁鼎、煤油灯、手电筒、毛巾、衣柜、炉子、砧板、大米、油盐、辣椒粉、铜壶、茶杯、菜刀、柴刀、钉锤、锯子、塑料桶、塑料盆、塑料瓢、木柴、笛子、音响、书，被子枕头不睡觉的时候，是卷起来的，几乎每一寸地方都利用起来了。书多是经书，《易经》《圣经》《诗经》《道德经》《佛教十三经》《吠陀经》，经书耐读，还可以避邪。竹笠、雨衣、卡子、手抛网、抄网、救生轮胎、钓竿、篙、桨、缆绳、锚，这些不怕淋雨的，都放在舱外。很多东西就用的李师傅的。陈旧的事物，擦干净，会发出时间特有的暗淡的光芒。

为了安全，操练了几天摇橹、撑篙和张帆。

作为一生守法的人，还主动申请渔业部门检验，办了捕捞证。

长 9.2 米，宽 1.8 米。

以后这十多平方米，就是我的家了。

五

那天小满。皇历上说，宜领证，行船，旅游，求嗣，祈福。

我烧了些香纸，祭了河神。

解缆，竹篙在石头上一点，船便离了岸。

小心驶得万年船、一帆风顺、见风使舵、船到桥头自然直、行船偏遇打头风、搬起篙子赶船、稳坐钓鱼台、顺水推舟、水涨船高、筷子拗不动船、一篙子打一船人……那些平淡无奇的词句，这时都贴切生动起来。离开了王村镇，离开了公路，江湖辽阔，烟雨苍茫。摇着这种船，很容易就进入了古典诗句营造的意境，如“春潮带雨晚来急，野渡无人舟自横”“千里江山寒色远，芦花深处泊孤舟，笛在月明楼”“星垂平野阔，月涌大江流”“姑苏城外寒山寺，夜半钟声到客船”“烟销日出不见人，欸乃一声山水绿”“纵然一夜风吹去，只在芦花浅水边”“野旷天低树，江清月近人”……

喜欢用篙。篙一头装有锥形的铁尖，像一根长矛。左右撑起来，让你想到古代横槊赋诗后，又在百万军中取上将首级的好汉。水深处，竹篙插不到底，于是开始摇橹。橹不需要出水，比桨安静，摇的幅度也不大，一只手就能掌控方向和速度，只不过慢些。于是整条船就像一条深灰色的大鱼，我和橹就是鱼的尾巴，顺着酉水无声地游。

总是丢三落四，我怀疑自己得了老年痴呆症。到了老鹰嘴，才发现忘记了重要的东西。掉头，逆水，但顺风了。张帆，灰色的帆布包满了江风，噗噗直响，又快又省力，只用了来时的一半时间，就到了出发地。

塑料袋还在青草丛中，全是药。

降压药、胃药、感冒药、风湿膏、止痛片……

六

我的归宿，是条小船，水竹的篷子，水杉的橹。

舱里没有信号，有个火炉，有些纸笔，有些书。

船在白鹭歇处，船在烟雨收处，船在月亮出处。

那里芦花无数，那里山重水复，那里无人呼渡。

我是我的朋友，我是我的妻子，我是我的儿子。

我是我的医生，我是我的护士，我是我的道士。

赶了我就可以走，烦了我就可以走，病了我也可以走。

小船也是木屋，小船也是棺材，小船也是坟墓。

——我的诗歌《船歌》

七

远离了人烟后，我在花椒湾停了船。

拉着船找系缆的地方的时候，我想到了水牛。水牛慢，船也是；水牛让人看着踏实、稳重、信任，船也是；水牛看起来几百斤重，其实很轻，拾起绳头，用四两力气，轻轻一牵，就会过来，船也是。

我把船拴在一片青草离离的沙洲上。

饱饱地睡了一觉之后，才起来放卡。这种最简单的单层浮网，我们叫卡子，浮子和坠子将网在水里拉成了一堵高 2 米、长 200 米的墙，想钻而又钻不过的鱼，鳃会挂住网丝，退不出来。半小时就放完了，靠岸，上岸，用手抛网在浅水处打鱼，用尽全身力气，网才能完全打开。撒了六七网，都是水花、水草和石头，一条鱼也没见，就放弃了。傍晚，在放卡处，扔了几块石头，希望有惊慌的鱼撞到卡网里。然后，开始收，一边摇船，一边提卡。船上的事，没有别的巧，只要耐烦。卡网上会有水草杂物，需全部剔除，下次才好用，卡网提不动了，不能用蛮力，一副新网三十多块钱，需下水，把牵绊处解开。卡收到 20 米处，看到了第一条鲫鱼，摘下，放进塑料盆里。鲫鱼吃草，所以样子圆润。过 2 米，又得一条翘嘴鱼。翘嘴鱼肉草都吃，所以样子很凶。200 米收完，一共得了两条鲫鱼和五条翘嘴鱼，整整齐齐地摆在绿色的塑料盆里，像酉水赐的银两一样，银光闪闪，让人喜欢不尽。

就在船头生火，铁鼎把米饭煮上，这边剖鱼、刮姜、切葱。然后，又放卡，等着明天早上收。放完了，饭也差不多了，就开始做鱼。鲜鱼煮着吃，能见本味。微腥，微咸，连鱼骨都慢慢地嚼着吃了。

膝盖有点酸胀。

看来明天要下雨了。

八

雨是后半夜来的，打在篷子上叭叭响。

以至于将一个很好的梦打断了。

想起了蒋捷的那首《虞美人·听雨》："少年听雨歌楼上，红烛昏罗帐。壮年听雨客舟中，江阔云低、断雁叫西风。而今听雨僧庐下，鬓已星星也。悲欢离合总无情，一任阶前、点滴到天明。"默默地念"悲欢离合总无情，一任舱前、点滴到天明"，我在小船中，却听出了僧庐的感觉。打开音响，最近喜欢听俄罗斯的那几个老头，柴可夫斯基的《第六交响曲》、拉赫玛尼诺夫的《第三钢琴协奏曲》、肖斯塔科维奇的《第五交响曲》。我觉得俄罗斯大地上那种连绵起伏的悲伤，适合这条连绵起伏的河流。

船像摇篮一样，轻柔地、有规律地左右摇着。

拍在岸上的浪，也是轻柔的、有规律的。

很容易就睡着了，不过那个梦，再也接不上了。

九

河流比人世简单多了，难怪老李在水上待了七十多年不愿上岸。

两三年工夫，我就完全懂得了酉水。

我知道哪个潭水深、哪个湾鱼多、什么季节什么鱼会在什么地方。几乎每天都能打到两斤鱼，最多能打八斤，也不多要了。对江河索取要有度，这是渔民的祖训。吃不了的，就晒干，拿到场上去卖，换点油盐蔬菜。一开始，还钓鱼，后来不钓了，不喜欢穿钩取钩的痛感。我捕到的最大的鱼是条九斤的红尾鲤鱼。秋冬两季，我把船停在葫芦溪多一些，那一带的芦花非常好看。春天，停在青鱼潭多一些，那里视野好，既有高山瀑布，也有各色的杜鹃花。春鱼产籽，捕鱼要特别节制。

不知不觉，到了谷花飘香的时候。这是捕鱼的最佳季节，我把船撑到了铁匠溪附近，找了处满是青葙子的沙滩，停篙，系缆，找柴，生火，淘米。

炉子里的火，不时发出呵呵呵的笑声。

柴火笑，客人到——莫非有人会来找我？

十

一顶破斗笠，遮住白头发，我自无名也无号，不是姜子牙 。

竹篾小篷船，泊在青石湾，不等文王三千兵，只等桃花汛 。

——我的诗歌《船歌》

十一

小暑，皇历上说宜搬家，开业，嫁娶，裁衣，修补。

落日点燃了晚霞之后，又点燃了酉水。

我在补手抛网，岸上有人叫我——竟然是老张和老王。

多年没见，头发也白得差不多了。老王肚子有些发福，低调而奢华的名牌，掩盖不住德高望重的气质。老张的脸上，则满是皱纹，写满了黄土高原煤矿挖完之后的贫瘠和无奈。他们沿河开车找上来的。我用竹篙别住船，叫他们上来。老张提着四瓶汾酒，瓶子难看，却是四十年陈酿。

王老汉说："赶了四千里路，就是特意来吃你的新鲜鱼的。"

"那得等等。"我说。

把船摇到铁匠溪与酉水的汇合处收卡。

两个老头还真有口福，收到了一条鳊鱼、一条草鱼、七条黄鸭叫（学名黄颡鱼，鱼鳍如刺，钓上来会像鸭子一样叫），加上盆里还养着四条鳜鱼，可以弄锅好汤了。船舱里施展不开手脚，我们把炊具桌子架到了沙滩上。沙滩上开满了红红白白的青葙子，老王以为是鸡冠花。

喝了两瓶酒，说了很多话。主要是说年少轻狂闯荡江湖的往事。免不了点一些死去的人的名字。人生差不多进入了审判阶段，你会发现，老天爷对人的看法与我们有很多不同。一些以为会早死的坏人，活得挺好。一些以为会活得很长的朋友，却已去世多年。都觉得有的朋友得及早去看看了。我提了一个大胆的想法，说："你们把事情做完，跟我来玩。我们顺江而下，经过乌宿、沅陵、桃源，去洞庭湖盘桓数日，然后出长江、过南京、下扬州，沿大运河北上。"我先说地名，然后说沿途的友人，一路看水，一路看人，一路喝酒。有时说漏了，他们会补充。三人声音都大起来，似乎明天就要启程一样。其实凤滩水电站就过不去，马上又是五强溪水电站，我没有说。诱饵不香，鱼就不会再来，都已经到了聚一次少一次的年纪了。

八九成醉后，我送他们到车上睡，自己回船来。多年没喝这么多酒了，身体受不了，吐又吐不出，吃了胃药，慢慢地才消停下来。睡不着，在船头歇凉。天上有很多星星，水上有很多萤火虫，老眼昏花，有些分不清。只觉得，有的萤火虫，往高处飞，飞着飞着，就成了星星。有的星星动了，落下来，又成了萤火虫。有只萤火虫因为太低，而分蘖成两只……也就是看星星的时候，我小便失禁了。我没有告诉他们。

他们早上就要走。我让他们一个人提了点干鱼。

他们沿河岸而上，往王村的方向上高速。

我也往王村方向逆流而上，升起了帆不算，还奋力划起了桨。

他们的车走了七八公里，转过山不见了。

我的船才走了一公里多一点。

十二

我是世间摆渡人，渡过白鹭渡白云；渡过此岸是彼岸，渡过芦花是边城。

我是世间摆渡人，渡过风雨渡人生；唐寨少年过渡去，回来已是白头人。

——我的诗歌《船歌》

十三

洪水把卡子冲到芦苇丛里，挂得稀烂，得买副新的。

去王村赶场。卖鱼，剃头，买菜，买药，买卡子。

回到码头，下船。岸上有人问："船老板，我孙女喜欢你的船，想租一个小时，去拍拍照片，可不可以？""可以。""多少钱？""五十块。""三十，行不行？""行。"收了太阳伞，我认出她来，小学同学。我早知道，有生之年，会相遇的，没想到这个时候才遇到，而且是在这种场面。

不知别人怎么样，小学四年级我就知道爱了，只是不敢说。那时候，谈恋爱是大逆不道的事。男女同学说说话，都会受到同学的耻笑。每天等不及去学校，就是为了看她。她来，就激动、愉悦；她走，就失落、盼望。她平时很忧郁，但对我总是微笑。后来，我考了重点中学，就再也没见过她了。后来的后来，就只认拼命地读书、讨生活，问过她的下落，但从没去找过。在一个忍辱负重、懂得牺牲的传统男人面前，爱情是一种可有可无的奢侈品。

几十年后，发现那段感情不仅真、美，而且还深，随着岁月的冲刷，似乎还在加深。尤其是听着当年的老歌，细节会一一重现。她经常找我借墨水，第二天就还，借三滴还四滴。她肯定是喜欢我的，当着全班同学的面，为我做证，说班长主动找碴儿，我才动手的。几十年后，听一个同学说，她在广东打工，路过我们厂的时候，还下车找过我，不过没找到。一个人闯荡天涯的时候，想起这些错过，时常泪流满面。不过依然没有去找，连问都没问了，对人情看得越来越透，知道记忆会美化一个人，知道现实中的她，多半是广场舞大妈或者麻将馆老太，找到的时候，往往也就是美梦破碎的时候。

果然，秀气、淳朴和忧郁已荡然无存，取而代之的是浮肿、松弛和老练，揉过的牛皮纸一样的皱纹，厚厚的粉也掩盖不了。有惊喜，有热情，也有敷衍。回忆了一些往事。我记得的，她不记得；她记得的，我又想不起。

当年斯文的声音，变得嘶哑了。和所有上了年纪的女人一样，很懂得保护自己，也很懂得保护别人。倒是她的孙女，完全就是她儿时的样子，穿着绿色的公主裙，安安静静地看着外面的水。她和孙女并排坐在船头，如同荒废的古丈水泥厂和繁华的王村并排立在酉水两岸。那是一面活生生的触目惊心的时钟，时间的无情和残酷，尽收眼底。

说了些家常，彼此顺着对方的话讲。

无非是彼此的健康、儿女的工作、孙女的成绩。

我始终没有说曾经的暗恋。

上了年纪，我已经懂得了，要留几样事物带进坟墓陪葬的。

靠岸，我先下去，双手撑住船头，叫她们小心下船。

她给我一百块，我不收。她丢在船里，牵着孙女就上了码头。

没有去追，反正她还欠着我的墨水。

十四

艳阳天，艳阳落，芦花如雪枫如火，我歌我来和 。

艳阳天，艳阳落，想你如雪也如火，我船不渡我 。

——我的诗歌《船歌》

十五

吃完年夜饭就看电视，电视实在看不下去，就出来了。

上船，解缆，把船摇到酉水中间，停下来。

新的一年到了，鞭炮齐响开始抢年。王村和河西两镇，像遭到了一场地毯式的轰炸，地动山摇。各种烟花旋转、呼啸、吐珠、爆炸、绽放，天空变成了花海，璀璨辉煌，争奇斗艳。有种礼花特别大，响了好一阵，才打开，一打开了，孔雀开屏一样，半个天空都是，谢得也非常慢，照得酉水如白昼一般。岸边，孩子们在欢呼雀跃，大人们满面笑容，纷纷拍照录影发朋友圈。

可能江风太冷吧，在烟花最壮丽的酉水中央，我却感觉到了彻骨的凄凉。

江面很快被刺鼻的硝烟笼罩了，张帆，顺流而下，转了两个弯，夜里一点了，才彻底地安静下来。停下船，发现又忘记了一件事——给孙子买的礼物，没有给他。那是一束烟花棒。小时候很爱玩，点燃后飞跑挥舞，仿佛是自己发出的光彩一样兴奋。绚丽夺目的线条，因为视觉残留，在夜里拖得很长很长，从天坪这头，拖到天坪那头。

抽出一根点燃。火花四溅。

不挥舞，只是看。

将燃尽时，取一支放在开花处，再点燃。

一支点一支，想起了年轻的时候，失恋了，就是像这样抽烟的。

那时，一晚能抽三包烟。

我突然发现水里，有个形象模糊的老人。

也在玩烟花。

十六

我经常在船舱里看经书，也看女人们洗澡。

欣赏她们的身体美。

只是单纯地欣赏那种健康、美好、充满生命力的美。

心不会像年轻时那么澎湃了。

有时候还想，有人喊救命就好。

我会把船划过去。如果能救一个人上来。

毫无意义的活，就有了意义。

十七

真救过一个人。当时在收虾。

酒糟拌米糠，或者蚌壳肉末，涂在树枝上，放进浅水。第二天，提上来往盆里一抖，总有些河虾活蹦乱跳的。然后又涂上饵料放回去。二十束树枝，可以收小半盆。

桥上有个三十来岁的女子，穿着米黄大衣。开始以为是看风景的，半小时没离开，就以为是等人的。没想到她会自杀。秋天是一年中最好的季节，这又是秋季中最好的几天，雨过天晴，阳光鲜艳，马上又要过中秋节了。在这个适合等人的好日子，她偏偏就从 40 多米的桥上跳下来了。在空中开成了一朵黄花，后又在水中开成了一朵白花。

扔掉树枝，紧划几桨，船就过去了。

递给她船篙，不接。扔给她轮胎，也不接。只得下水，一手箍着她的腰，划到船边，往船上推。年轻的肉体，饱满、健康而有弹性，充满了力量，与我的虚弱、干瘪、扭曲，形成鲜明的对比。一推，我整个人就会没进水里，她不上。又推，我整个人又没进水里，她还是不上。

想开口训她，水灌了进来。

秋水有股冰冷的鱼腥味。

她双脚一蹬，踩在我肩上。

也不知道，最后她上了没。

十八

多年后，想来只有你，

才向码头卖鱼者，又向满江风和雨，打听我消息。

——我的诗歌《船歌》

群山

一

我走了，去喜欢的地方，做喜欢的事。

五年后回。不用找我。

——凌晨三点，我留下了这张字条，背着包走了。

二

土黄的帆布大包，看起来有四十多斤，其实是最简单的了。

一套保暖衣物、十五包盐、一盒巧克力。

五个笔记本和二十支铅笔。

一副自制的弹弓和几副备用胶带、一块燧石、一把砍刀、一盒针线。

转了很多趟车。步行了二十里，看到了那座山。

三

早想离开了，包里的东西，准备了三年。总有太多放不下的人事。

眼看着身体一年年衰老，再不走，就走不了了。促使我下定决心的，是她翻看了我的手机，复制了聊天记录和花钱账目。想想外面一根电线杆上有三十个摄像头，回到家里还没有安全感，心生悲凉。趁她睡熟，便出了门。

四

我要找的地方，需满足三个条件。

视野好，风景好；有水源；离公路至少三天的路程，避开猎人和采药人。

花了四天才找到一个合适的岩屋，石壁往里凹进去了约莫 20 多平方米，下面是一块 300 多米的草坡，再往前 200 米就是一条五六米宽的河，河流还在转弯处形成了一片幽蓝的一百亩左右的湖。河对岸是一面平缓的草坡，3 公里后是一座 300 米高的山。风水还不错，岩屋在最高的山中央，左右各是一座突起的山冈，像一座太师椅。

开始为周围的环境命名。这是一件很重要的事。事物一经命名，就确定存在了。没有命名的事物，存在是可疑的，是无法描述无法证实的。命了名的事物，就能叫了，就会应了，就能向世人证实其存在了。整座山脉，叫依旧山脉。对面平缓的山包，叫琴山。河流，叫琴河。湖，叫想湖。左边的山冈，叫问天崖。右边的山冈，叫遥望岭，家就在那个方向。自己的岩屋，就叫念屋，背后的山叫念山。岩屋右侧 30 米的小沟渠叫悲溪，它汩汩的声音，总像在哭。门前那棵小臂粗的不知名的小树，也命了名，叫喜树。有些名字，是有道理的；有些名字没道理，自己喜欢就行。我有解释权，也有不解释权。

再也没有摄像头了，再也没有人是我的上司了，再也没有人是我的妻子了，再也没有人是我的警察了，再也没有人是我的读者和朋友了，也再也没有人下命令、提要求、讲纪律、定制度、说道德了。压在我身上半生的重负和枷锁，瞬间都没有了。

我全身仿佛轻了三十斤。

终于完全属于我自己了。

五

山里的孩子到了山里，像换了一个人。入夜之前，我做了以下的事情。

一、睡了半个小时的觉。（深山生活第一原则：保持睡眠充足，保持头脑清醒，保持判断准确。）

二、生了一堆火。（夏天生火很容易，刀背锯齿在燧石上刮三下，溅出的火星就把那捧松毛和老人须点燃了。深山生活第二原则：火里面有光明、温暖和安全感。但要在念屋里面生火，天上可能有森林防火卫星的监控。）

三、砍了根手腕粗的杉木，削尖，做了根和我身高差不多长的矛，哪怕有熊来，也能抵挡一阵。（不知道山里有些什么，做好防护总不会错，短刀搏斗容易受伤，注意，矛头一定要过火，才会有足够的强度。深山生活第三原则：尽量不要受伤和生病，没有任何救援，也没带任何药品。）

四、找了一些草，撸了一些松毛，铺在地上，便是临时的床了。（深山生活第四原则：睡觉尽量离开地面，大地会带走体温，带来湿气和虫子。）

五、找了些艾草、薄荷扎成束，一些放在岩口，防蚊；一束点燃，驱蚊。

六、砍了五根水竹，放在岩口。

七、做了一口竹锅、一个竹水壶、两个竹碗、一双竹筷、十根竹签、一根牙签、一个抓背用的痒痒挠。（竹锅是一节两头封闭上面开口的竹筒。

竹水壶是一头封闭的竹筒。竹碗是一头封闭短一些的竹筒。竹签是两头锋利，准备插在陷阱里，捕猎用的。）

没想到，竹子这么高大有用，强韧可比钢筋的植物，竟然和麦子、水稻是同一种禾本科，边用痒痒挠抓背边吃巧克力边守着火烧水。巧克力就有这点好：能量高，体积小，经饿。外面已经伸手不见五指了。深山里的夜其实挺吵的，虫鸣、蛙叫和水声不算，还有一些古怪的叫声。猫头鹰的叫声，幽幽的，有声无声的，可以叫一个多小时。斑鸠仿佛在叫一个人的名，野猫的叫声，有些像小孩子的哭声。四声杜鹃的叫声可以持续到深夜，越叫越凄惨。还有几种叫声就不知道了。最让人心悸的是一些沙沙的响声，没有规律，有些是门口的竹叶，有些像人攀缘树枝，有些像脚踩枯叶，会不会有熊？会不会有野人？会不会有鬼？在黑夜的强大势力下，你再怎么不相信怪力乱神，这时候也会害怕。不过左手一尺处就是矛，右手一尺处就是刀，心里又踏实了一点。

她看到我的字条后，会不会后悔？

会不会到处打听我的去向？

没有手机的日子，还真不习惯。

艾香和竹叶的清香混在一起的时候，真好闻。

六

深山生活第五原则：一定要在冬天之前准备好过冬。

有六件事，必须做好：一、砌外墙，防寒，我打算用石头砌，用泥勾缝和敷面。二、砌壁炉好生火。三、做一个好点的床。四、储存足够的木柴。五、练好弹弓，争取能打到鸟和老鼠。六、要储存一冬的食物。前面五条，得从今天开始做。醒来的时候，天已经亮了。遵循深山生活第一原则，并不急于起床，想想，接下来应该做的事，并用笔记下来。

起床，去悲溪洗脸漱口，云雾从水上升起。遥望岭上，云已经鲜红，嫩黄的晨曦透来，将河流、湖泊、白鹭、青草，一一唤醒。我无心欣赏美景，趁着早上凉爽，开始工作。

依然是高效率，在太阳出来前，我做了以下工作：在野猪路上，设了一个陷阱，垒了一米的石墙，捡了四根干枯的小松树。然后是洗澡，把最后一块巧克力也吃了。气温有三十来度，容易中暑，万一长了痱子、癣疮之类的皮肤病，容易发炎，所以白天要以休息为主。睡觉，写记录，练弹弓，念屋里到处都有石头，敲碎了就是弹丸。练到下午，竟然能打准 4 米开外的喜树了。傍晚，又砌了一米的石墙。没有了巧克力的日子，得自己找食物了。先去水边。可能天热，螃蟹钻出了石窠，在河滩乘凉。这些横行的家伙，一离开石头和水的保护，就变得笨拙可笑了。五指伸开，一把握住，蟹钳根本没有用。连抓了十八只。看陷阱，没有动静。上问天崖和念山巡视，居然有大片的蓝莓树，一会儿就得了一衣袋。

晚餐，吃水煮螃蟹。

借着火光削竹签，搓棕绳，写日记。

决定给问天崖改名为苍茫台。

七

上午又做了两个竹签陷阱、四个套索陷阱。垒墙。捡柴。游泳。捉螃蟹，仅得两只。看到几只拳头大小的青蛙，这种滑腻、冰凉的东西很让人恶心，要剥皮，剥皮了还会跳，想了想，放过了它们。上草坡，得四只油蚱蜢。看陷阱，没有动静。生火，松树壳里，得肥白的虫子七条，拇指大小。和螃蟹、油蚱蜢一起烤着吃，这些虫子在云南吃多了，不仅营养好，且香又脆，就欠了点辣椒。晚上，写完日记，饥饿难耐。用竹子做三叉戟，用枞膏油做火把，去湖边叉鱼。树影绰约，如各种鬼怪。人最怕的是未知，熟悉了就没那么害怕了。鱼也会睡觉，只要不搅动水，光照着也不动。叉了个把小时，叉到了两条鱼，一条三两左右的鲇鱼，一条二两左右的无鳞鱼。回来，饱餐一顿。

念屋的第三天，凭着好运气，对付过去了。

累极，睡下。有雷从天际传来，也有如雷的鼾声从自己的鼻腔传来。

天亮了，水到了身下，感觉到凉意了，我才醒。岩壁雨下如帘，水都进屋了。出门，慈溪暴涨，琴河浑如浓汤，河面宽了一倍。冒雨做排水沟。雨越大，去得越快，一会儿便云开日出，万物金光闪烁，有彩虹如桥，从遥望岭横跨琴河，持续了五分钟才消失。巡查陷阱，三个陷阱都捕获了半坑浑水。沙土，水自会浸走，不去管它。砌墙。去苍茫台采蓝莓，得半碗。捡螃蟹，一无所获。晚上又去叉鱼，水浑，一无所获。饥饿难耐，捉了三只青蛙，剥完皮，果然腿在弹，让人想起裸体女人。烤焦，失去本色，方敢入口。

念屋的第四天，就这么潦草地过了。

八

深山生活第六原则：什么都可以丢，不要丢掉信心。

日子艰涩而缓慢，终于还是入秋了。

气温凉爽多了，事情在往好的方向发展。墙差不多砌完了，现在开始砌壁炉了。墙外，各种柴也堆成了小山，床也已经做好，无非是在石头上搁一排木头，上下各敷一层泥，下面可以生火，泥上再铺一层干苔藓，再垫厚厚的干草，但盖被还没准备好。打弹弓一天比一天准，渐渐可以打到8米之外的喜树了，食谱越来越广泛，野山栗、葛根、草根、蝉、蚂蚁、山老鼠、竹鼠、松鼠、黄鼠狼……但蜿蜒可怖的蛇，我始终不碰。

那天傍晚，想湖里突然热闹起来，一群南迁的大雁在这里休息，四十九只。一个星期过后，它们是呈一字形飞走的。

大雁的离开，证明了冬天这个冷酷的庞然大物，已经不远了。

于是加紧捡柴，储存干果。

晚上，还主动加班砌壁炉。

九

那个早晨，一只蝉在喜树上声嘶力竭地叫，让人觉得会发生什么事。

走出门，果然听到远处有猪在嚎叫，心跳加速了。

一只野猪落入了陷阱，在竹签上挣扎，一根竹签扎进了它的腹部，另一根扎进了它的大腿。野猪和家猪最大的区别，不是獠牙，不是皮厚，不是劲大，而是愤怒，那种夺人心魄的愤怒，是家猪所没有的。其实，它叫声没有家猪那么大，也已经无力反抗，但就是让人不敢近身。长矛派上了用场，把它刺死，自己身上没有沾一滴血。取上来，念了几遍感恩辞。脱了衣服，扛到悲溪边，全身都是血，先洗了个澡，才开始剥皮，解剖，切成细条，用棕叶穿起来，悬在火上做烟熏肉。新鲜的猪肝则烤来吃了。做完这些，已经是黄昏了。剩下几天，再采些干果，冬天的食物基本不用愁了。被子也不愁了，猪皮和雁毛，再加上平时积累的山鼠皮、竹鼠皮、松鼠皮、黄鼠狼皮，可以缝一张皮绒毯了，上面再盖棉衣和草毯，过冬应该问题不大。

决定放松一下，去遥望岭看看暮色。进山的时候，爬一阵，要休息一阵，重力把人往山下拽，感觉山在拒绝我。现在不同了，人瘦了十多斤，脚有了弹性，感觉到山在配合我。一口气就爬上了遥望岭。站高处，人生也到了巅峰。一望无际的阔叶林，乌桕树紫红，枫树、野柿树深红，桐树焦黄，栗树土黄，栾树红绿相间，黄葛树黄绿相间，没有树的草坡是灰黄，全是我喜欢的暖色调，杨树、椿树和桦树的金黄，范围最广。风一吹，树叶像千万只手，在轻轻地鼓掌，风大一些，千万只手大小不同颜色各异地扑面而来，有的摸你的头，有的摸你的脸，有的拍你的背、拍你的肩，你坐下去、躺下去，地上千万只大小不同颜色各异的手会托着你的身体。这种以黄为主色调的群山，配以天空发紫的蓝，颜色互补，更加有视觉冲击力。没有一座风力发电机，没有一座线塔，没有一间房子，一山接一山，线条柔和，起伏缓慢，轻拿轻放，就把黄色的火焰递到了天边，递到了那几朵白云底下，慢慢地把云点燃了。

倾斜的阳光，穿透力很强，照得依旧山脉像座金碧辉煌的宫殿。

到处都是黄澄澄的温暖、光明和希望。

为什么早没有勇气离开，白白在尘世里浪费了那么多的秋天？

十

人的体内，有百分之七十的水。是水都会涨潮，在月亮最圆，引力最强的时候。中秋节，月亮从琴山侧升到喜树巅的时候，我明显地感受到体内在涨潮。睡不着，起来，去水边散步。琴河哗啦啦地流着一河的银块、银圆，让人想起了那段交响曲《伏尔塔瓦河》。想湖泛着水银的光芒，特别像一面镜子。走近，竟然能看到水里的自己，吓了一跳，头发散乱，还真像鬼。想起了那个妖冶的披着绿萝骑着豹子的只是傻笑的山鬼，如果此时真出现在面前，我一点都不会害怕。想到这里，全身滚烫起来，连忙钻进水里。湖水寒意袭人，复站起，浑身银色的月光，顺着皮肤往下淌，自己从来没有这样白过。

十一

冬的速度快得惊人，一夜之间，依旧山脉就进入了白雪皑皑的深寒。

想湖里有一只野鸭，来不及起飞，脚掌被湖冰扯住了，生擒之。

坐在门口，边看雪景，边编竹篓，想把野鸭养起来。白雪覆盖的山野，是纯正的水墨画。线条勾勒清晰简洁，白茫茫一片，中间皴擦着枯墨的岩石，雪山顿时就有了肌理和骨骼。河边，黑石头顶着多少不一的雪，很像墨点在宣纸上晕染开的感觉。冬天的树，不漂亮，但是特别动人。它们大都没有了叶子，钢筋铁条，像黄宾虹的笔法。吵闹的悲溪，变成了安静的冰瀑。触目所及，一片深寒，一片死寂。唯有野栗树上的三个鸟窝，给人稍许暖意。

这种萧条、荒凉的意境，在我看来，是人生的本质。这种环境下，人静成了石头，沉到了底部，文字往往也能抵达万物的本质。因此热爱写作的人的冬天，比想象中的容易过多了。写累了就睡，睡醒了又写，因为用的铅笔，坐着写累了，可以躺着继续写。实在饿了，就吃一点野猪肉。写作耗不了多少热量，一天吃二三两食物也行。野猪肉吃多了，口舌起疱生疮，这是缺乏维生素，嚼几块生葛根一般就会好。有次实在不好，怕这么下去免疫力降低，便去琴河里捞了点水绵。琴河只是两岸死水结冰，流水是不封的。水里的有种绿雾状的水绵，能补充维生素，能清热解毒，用竹竿一搅就能捞上来。只是手脚长了冻疮，很不方便，烤火无济于事，热水也烫不好，特别是睡觉时比较难熬。痒，抓起来又疼。还好，只是红肿，没有溃烂。

野鸭第四天就死了。

给它食也不吃，给它水也不喝。

我怀疑是孤独死的。

十二

生活还是要点仪式感的。过年那天，决定改善一下生活。

那天阳光很好，依旧山脉闪着银光，琴河水呈天蓝色。

想湖结了两寸厚的冰。打了个眼，我蹲在冰上边钓鱼，边看风景。鱼是我最爱吃的，每年过年她都会给我做一份豆腐鳜鱼汤。

半天没有动静。耐心耗尽后，换一个草多的地方，继续用刀凿眼。咔嚓轻响，冰出现了裂缝，心里一惊，想跑，来不及了。冰破，人落。水淹过来，呛了一口，水带着刺鼻的感觉，冷得像火一样灼人。都是无色透明的液体，冬天的水和夏天的水完全是两种事物。夏天的水，长满温柔的舌头，会舔你。冬天的水，长满锋利的牙齿，会咬你，咬得你刺痛，甚至会咬死你。像我这种没经过冬泳训练的，如果五分钟不上岸，体温将大幅度流失，会丧失体力，丧失理智和知觉。果然，手脚已经麻木了。肾上腺素急升，扒住湖冰的边缘，双臂用力撑，冰立马就破，再撑，再破，再撑，依然是破。继续尝试，这次，我把身体尽量放平，全身力气用在脚上，向后使劲地弹水，反作用力把我的身体往冰面上慢慢地推，冰没有再破，一点一点挪上了冰面，不敢站起来，趴着，与冰面接触面积大，不容易破，继续一点一点挪，离破冰处有三四米了，才敢试着撑了撑冰面，冰没有裂缝，慢慢地让双手离开冰面，慢慢地站起来，迈步，冰依然没有裂开的意思，连忙拔足狂奔。脚是麻木的，上了岸之后就高一脚低一脚起来，不断地跌倒，不断地爬起来，跑，尽全力跑。零下十多度，全身湿透，慢了，就可能被冻死，全力跑，身体还可以提供点热量。平时，很容易上的坡，因为全是雪，手脚并用，像一头熊一样，竟然用了十多分钟。还好，石屋里的火还没有熄，添柴，吹火，满眼泪光。脱湿衣服的时候，手像别人的一样，竟然脱不了。烤手，离火焰很近，再下去就显烧了。灵活了一点，才开始脱衣，脱下来衣服和裤子扔在角落里，它自己会硬邦邦地站着。把皮绒被子披在身上，添柴加火，烤了半小时，牙齿都还在打战，但心跳已慢慢地缓下来。

感谢天老爷，终于捡回了一条命，双手合十。

深山生活第七原则：欺山莫欺水，包括冰和雪。

烧了些开水，饮下，全身才好了一点。第二天还是感冒了。鼻塞，头晕，低烧，多梦，精力无法集中。多喝热水，多睡觉，多吃蔬菜补充维生素，少吃饭，别洗澡。

这是做医生的她教的。

正月初五，感冒好了。

十三

冰雪已经消融，悲溪恢复了流动。

为了契合《北国之春》的意境，我还在悲溪上架了一根独木桥。

又来了群大雁，六十多只。我怀疑就是去年那群，生儿育女了。

山里的春天，生活变得轻而易举。菜谱上，增添了春笋、蕨菜、野芹菜、地木耳、野韭，还有各种嫩芽、野菜、野花。动物们都进入了发情期。和人一样，谈恋爱的动物，智商最低，经常落入我的陷阱。不用储存食物，所以春天我用于看花的时间，远多于寻找食物的时间。春天比秋天还短，很快又到了食物更丰富的夏。这次有经验了，又没有去年那么多事了，所以不觉间到了色彩斑斓的秋。什么时候做什么，井井有条，全部准备好了之后，又看了一周的红叶，寂静的苍凉的适合写作的冬才到。

不再冒险在冰上捕鱼，怕摔伤，连遥望岭都不去了。

闭门写作，写得意犹未尽的时候，那群大雁又把春天带回来了。

那年遇到的唯一危险，是吃了剥皮菌。这种菌子又滑、又嫩、又糯，味道像鸡肝，小时候母亲给我做过。但这次我吃完，半个小时舌头麻木，喉咙发涩，恶心，头晕，忙去悲溪强行催吐，回来喝了大量温水，吃了点炭末，睡下，第二天下午才醒。

深山生活第八原则：美食，不属于深山。

十四

第二年比第一年快，第三年比第二年快，第四年比第三年还快。

我已经完全适应了这种生活。

体力好了，连视力、嗅觉、听觉都敏锐起来。我能夜里在林中自如穿行，不要火把；如果顺风，我能闻到一里外野猪的味道；闭上眼睛，能听出来那群野猪是十一只还是十二只。我熟悉这里的每一条小路、每一棵树、每一块石头。我知道什么地方有什么瓜果什么时候成熟。我知道依旧山脉里有五个野猪家族，最大家族有二十六头野猪，在念山背后活动。有一群十八只的盘羊，有一群八只的山麂，有一群十五只的猕猴，有一群三十多只的白鹭常年在琴河上下巡视。另有十三只穿山甲、八只刺猪，竹鼠眼二十五个，具体有多少竹鼠未知。至于野鸡、松鸡、竹鸡，不计其数。我还知道，念屋后面住着一只猫头鹰，遥望岭上有一对野猫，琴河上游的河谷里有一个洞，洞里有上万只蝙蝠。念山后面两座山，来了只金钱豹，我们遇到过一次，彼此都吓了一跳。我挺着长矛，对着它，慢慢后退，就是不转身。它咆哮着，作势扑了几下，觉得没趣，转身走了。

念屋里有十多个竹筒，六个装着蓝莓酒，六个装着各种野菜干，两个装着野蜂蜜，还有两个装着当茶喝的蒲公英。念屋前种了许多草药，柴胡、黄芪、三七、接骨木、白芍、细辛、通草、吴茱萸等等，以备不时之需，也没锄草，看起来像自然生长出来的。有了草药，冬天再没长过冻疮了。弹弓也打得很准了，我能够打到10米外浮出水面的鱼。我做了木桌、木凳，用野猪皮做了衣服、靴子和被单，我的脖子上戴着野猪獠牙做的项链。我学会了从松树上割松脂，作为燃料做台灯。我还烧过陶，很粗糙，不打算改进，我就喜欢这种粗糙。现在做菜、吃饭、喝水都是用的陶器。养过乌鸦，养过小野猪。只有鱼养成功了。在悲溪旁边的小水塘里，大大小小二十多条，鲤鱼、无鳞鱼、巴岩鱼、鲇鱼，用竹栅栏围着。偶尔，会去检查那些灰喜鹊、黄鹂、鹌鹑、野鸡的窝，仿佛是自己养的家禽一样。取蛋的时候，不会取完，它们不会数数，但知道有和无。

已经适应了没有手机的生活，深山里的消遣多的是。首先是写作，我一般是用最好的精力写作，这些野外的经历，给我提供了丰富的细节，我把它一一整理记录，有的写成了诗歌，有的写成了散文，写到得意之处，脑内还有类似高潮的快感。

不写作的日子也不觉得枯燥，去苍茫台或者遥望岭看云，就像看上天画画一样。有时画得抽象，有时画得具象，有时是泼墨，有时是泼彩，我能通过云的形状和色彩判定明天甚至后天是什么天气。我做了一支笛子、一支箫，也做过陶笛，但没做好，音不准，夜深人静的时候会吹一吹。几乎每天都会去琴河，钓鱼，捉螃蟹，游泳，有时只是看水和石头。不停的水、不动的石头，像时间和空间一样，看似简单，却是世界上最难参透的事物。

我还学会了坐禅，到雨里坐，到花下坐。

自己越安静，世界就越透明。

有一次坐了大半天，肩上歇了一对黄鹂鸟。

十五

已经是第五天有战斗机从天空中飞过了。

这里平时是没有飞机的。

悲观主义者总是把事情往坏处想。

莫非我们还要经历一次战乱，一次颠沛流离？

十六

六天后，我见到了一个人。

几年来，第一次看到人，我比见到豹子还害怕。

他一到湖边，我就看到他了。不像采药人，也不像猎人，像逃犯，眼睛不住地往四周看。在这没有法律的地方，他把我怎么样了，谁都不知道。他在湖边喝了一口水之后，又向我这边走来。我知道该现身了，一手提刀，一手提着矛，看着他，也不说话。没想到那人比我还胆小，看到我，明显地吓了一跳，改变了方向，慌慌张张地往琴河上游去了。惊弓之鸟的样子，也不像逃犯。

外面，是不是发生了什么事?

那几天状态正好，也没多想，全身心地投入了写作。

直到两个月之后，看到了一场流星雨。

第一次看到那么大阵仗的流星雨，我甚至怀疑是不是发射的导弹。

许了三个愿望。

第一个是希望写作梦想能够成真。

第二个是希望她平安。

第三个竟然是希望世界和平。

十七

喜树变成了大树，比来的时候长高了三倍。

是时候出去了，五年虽然还差一点，但盐吃完了，笔记本也用完了。

作品到底好不好，还得要世人认可。

反正尽力了，也享受了过程。

认可，求之不得；不认可，顺其自然。

把悲溪里的鱼放了。

把竹筒里没吃完的蛋，一一放回原处。

我能分辨哪是鹌鹑蛋，哪是竹鸡蛋，哪是黄鹂蛋。

十八

一路老是想象回到家的情景。

我会在她每天散步的路上等她，叫她只有我会叫的名字。

她肯定会愣一愣，可能要认半天，才认出我。

她会不会跑过来抱我？会不会泪如雨下？

万一她和男人在一起呢？那就不叫了，反正她也认不出我。

我会到处去逛逛，走走老地方，看看老朋友。

如果世界还是那样无趣的话，我大概率会回到这里来。

至于稿费，留给她吧，反正这里也花不了钱。

十九

两天就到了大路边。

4 米宽的水泥路被芭茅草覆盖了一多半。

显然有一两年，没有车走过了。

我有了不祥的预感。

村子里一个人都没有，房子都长满了野草。

李子黄的、红的满树都是，伸手摘两颗吃了，很甜。

几间砖房，被野葛藤包粽子一样绑起。

我越走越快。

一路没有牛羊的粪便。

我开始小跑起来。

十多里后，小镇上，也是一片荒凉。

世界怎么啦?

我狂奔起来。

秋歌

一

摩托车做了检修，加满了油，却不知道去哪里。去过大兴安岭、额尔古纳河、巴丹吉林沙漠、海南岛、江南、黄海、东海、滇藏线、川藏线、新藏线、柴达木公路、沙漠公路、天山公路、羌塘无人区。若觉得没有非去不可的远方了，便去乡下看农民秋收。稻田都已经改种猕猴桃了，没有意思，不如去北方看看秋天吧。掉头回家，取了保暖衣物就出发了。

二

有什么意思？有什么意义？还没出省，遇到5公里的车祸堵车，就动摇起来。一辆小车弯道超车，将三轮车撞了。交警在拍照取证，救护车已经远去，司机生死未明。意思和意义这两个词语，总是在这次旅途上时隐时现。如果有一架天平可以称出词语的重量，与历史、生命相关的“意义”，应该远重于与日子、趣味相关的“意思”。下起了大雨，隔一段就有一只和我一样赶夜路的蟾蜍。它们从容缓慢，爬几步停一停，对死亡没有任何恐惧，因此被碾得面目全非的居多。夜里一点多，我踩了个急刹，泥石流像一只巨型的缓缓移动的蟾蜍，占据了整个路面。毫无疑问，赶的夜路，得回头再走一遍。下雨路滑，对摩托车手来讲，速度只有一半，体力却要多耗一倍。呆呆地停在雨里，任雨点打在头盔上打在雨衣上叭叭作响。比黑夜还要庞大的悲伤，再次笼罩了我。这种悲伤，源于怀疑和害怕，怀疑真理和真情，怀疑自己，怀疑明天；害怕无常、失去和幻灭，害怕越来越快的时间……悲伤本来可以通过痛哭来发泄，但我的泪腺似乎已经干涸，只能任其积累发酵扩张。此时，我并不觉得自己比一只蟾蜍坚强有力——在泥石流面前听雨比在沙发上听雨更有意思吗？北国的秋真比南国的秋有意思？意思竟然前所未有地强大，当你觉得没有意思的时候，所有的意义都荡然无存。我决定，第二天继续下雨，就打道回府。第二天，雨继续在下，但感觉北方天色发亮，有了希望。冒雨骑行两个小时之后，雨果然停了。在杨树林里，把湿透的内衣和秋裤脱了，挂在摩托后面，让它们像旗帜一样飘扬。再往北，山平了，树矮了，路直了，可以边开车边听歌边回忆往事了。突然一柱斜阳，从对面山坳，追光灯一样打在我和摩托车经过的炒砂路上。低处的水洼、水洼边饮水的拳头大的蟾蜍，都有了明亮的光芒。于是，接近水洼时，一声长长的鸣笛，就有了意思。碾过水洼时，摩托车轻微的减速，也有了意义。

三

不联系熟人，不结识生人，把自己当成一个过客，悄悄地路过人间。对于一个没人认识没人在意的路人来说，衣服只是保暖用品，食物只是提供能量的燃料，住宿只是用来吃东西、休息的地方。这样就简单多了，本来要带三到五套的衣物，只需带一套；本来可以花五个小时吃一桌海鲜宴的，只需要花五分钟吃一个肉夹馍或者一碗羊杂碎；本来需要两百元的酒店，我在亭子、草坪、树下、溪边，一分钱都不要，还可以选各种视野良好的山景、水景、星空和月色。没带帐篷和睡袋，不喜欢密闭的空间，我的保暖方法，就是把所有的衣物穿上，外面套上雨衣雨裤头盔手套，很方便，醒来可以骑车就走。到了北方，天气太恶劣才会住那些便宜点的旅馆。算下来，一天最主要的开销是六七十块钱的油钱。不过，那次在一个体育公园里，找了条长椅，正准备躺下，两个打羽毛球的少女看见我，马上停了下来，收拾衣物走了。那么好看的纯真的少女，她们脸上的害怕，让我伤感了半天。再也睡不着，看看天色将晚，索性起来，用矿泉水泡了一包速溶咖啡，喝下，出城。饮食和睡觉没有规律，狂奔和停歇没有规律，但我会保证亲自参与每一场北方的落日。红绿灯多，一路都在堵，等我抵达城外，落日的盛典已进入尾声。停车，坐在高高的草丘上目送太阳落山，主题由大地转向了天空。色彩更加浓郁厚重，画面更加简洁入心，光明将逝、一切不可挽回的悲壮和我的伤感形成了强烈的共鸣。这时候我发现，只有天地，真正地原谅我、包容我、理解我、安慰我。

四

豪爵铃木 DL250——我的第六辆摩托车，一年半，跑了三万公里，换过电瓶，补过后轮胎，老实而笨重，提速慢，但坐姿舒适，适合骑长途。没取名字，彼此保持距离，当扔的时候扔，当换的时候换。草原温差大，那个午后，烈日当头，公路边没有一点树荫，困得厉害，感觉快要在车上睡着了，于是把摩托车开进草原。把雨衣在车把上撑开，形成一个简易凉篷，阴影虽然只脸盆大小，但不至于中暑了。睡着后，一侧身，手搭上摩托车的挡位和发动机，还有点温度。摩托车正默默地罩着我，那一刻的踏实和信任，让我和摩托车在辽阔而荒芜的草原上有了相依为命的感觉。

五

牧草像麦子一样收割后扎成捆，卖到外地去了，于是，这里的草原像高尔夫球场一样整齐优雅，几十公里没有什么杂色。在金色的草原上，咖啡色的牛群，颜色特别和谐、美观，我甚至觉得它们是大地上盛开的花。每天都能看到太阳，像一颗小小的红色的高尔夫球被谁一杆打出来，慢慢地划过天空，滚下了果岭。越往北，秋色越亮丽。狼毒草多起来，粉红的尤其多，像趴在地上的刺猬，把金秋粉饰成春天的样子，很诡异。有段路多得不像话，大大小小，像灿烂的朝霞，想到它们的毒，又觉得像红肿的疮痘一样，让人心悸。大多数的时候，各色杂糅相间，紫红、血红、暗红、翠绿、铜锈绿，加上裸露红黄的土壤，组成了色彩斑斓却又过渡自然的地毯。再往北，大地起伏大了一些，兼有草原的色彩和山丘的曲线，像古铜色的肌肤，健康、饱满而富有弹性。最引人注目的是山下的耕地，一块上百亩、上千亩、上万亩。粮食成了颜料，灰黄的玉米、粉红或者深红的高粱、金黄的小米、明黄的黄豆、雪白的燕麦、翠绿的莜麦、黄绿相间的向日葵，将大地装饰成一块块色彩艳丽对比鲜明的条纹布。可能觉得还不够艳，傍晚，落日把所有农作物颜色的饱和度与对比度，再次提高百分之二十到三十。我像一个丰收的农民一样，有着难以掩饰的兴奋——厚重而成熟的秋天里，没有一粒粮食是我的，但一望无际的美，全是我一个人的——虽然有个姑娘站在高坡上看，但她只是在找她的羊。

六

摩托车很脆弱，怕冰、泥、沙、风、雨、大货车、不打转向灯的三轮车和横穿马路的狗。风排在第四。顺风和逆风都还好一些，就怕横风，六到七级，能把人车吹得重心不稳，时速降到 20 公里，还不时地被恶意满满的风往路中间推，每次都会惊出一身汗。路直，车快，一旦撞上，下场不会比那些蟾蜍好多少。到小卖部买了两件矿泉水装在边箱里，稳了些，又搬了块大石头装在尾箱里，车速便能增加到 40 迈了。就那么一场风，从早上吹到下午两点都没停。加油站停着辆面包车，写着卖盒饭，十五块一盒，给了二十块，女司机找了五块。我没拿稳，被风抢去，一下子就飞出了几十米远，没了踪影。女司机还要再找，我说算了。盒饭很难吃，吃了两顿，才吃完。不改变方向，慢慢走，一路向北，走一段是一段，有时候耐心往往比过度反应效果更好，傍晚风就小了很多。只是那块石头忘记了取，一直把它拖到沙漠里。如果有人现在去，可能还会看到无边的沙漠里，有一块奇怪的深青的页岩，仿佛天上掉下来的补天石一般，没人想到，它来自五百公里以外的建筑工地。如果有生命的话，不知道石兄会感谢我还是痛恨我，我把它从一堆石头里带出来，让它见识了多样的草原，我给了它与众不同的精彩的一生，同样，也给了它旷世的孤独。

七

产煤的小镇像泛黄的老胶片电影一样，朦胧不清，刚刚还很新鲜的阳光到了这里就旧了。跟着成群结队的运煤车慢慢地走，也许是灰尘吃多了，过了中午，也不觉得饿。意思和意义又不见了踪影，我想，是时候告别摩托车长途旅行了，精力越来越不济，一杯咖啡管不到两小时就困了。风吹着右膝有些隐隐作痛，会不会得了风湿？相比于有安全气囊的汽车，肉包铁的摩托车危险系数要高得多，是时候见好就收了。这次回去之后，安安静静地在家里待着，向日常、向书本、向内心寻找活着的意思和生命的意义。跟着一辆拖铝锭的平板货车走了十多公里。满车铝锭，在滚滚的红尘里银光闪闪，让人想起了古时的银锭。如果我劫得了这一大车银两，我会买什么？想了好一阵，依然只想到那两个词——意思和意义。五十多吨的白银，全部用来买意思和意义，装饰走过的每一段日子和路程。

八

大地像父亲一样总是给孩子以惊喜。大片的稻田刚过没多久，又给我展示了这片灰白的沙漠。沙漠对一个荒凉的人有着无法抗拒的吸引力，我冒着摩托车打滑摔倒的风险，慢慢地往前。沙越来越厚，弃车，钻了两层牧人架设的铁丝网，翻了四座沙丘，才登上了那座最高的沙山。一路有依稀的栅栏和土墙，看来，这里不久之前还是牧场，难怪问路时，那个骑马放牛的牧民眼里有着难以掩藏的忧郁——住在沙漠周围的每个人，都和我一样担心明天。登上了沙山，视野很好，这个无名的沙漠，只有一面望不到边。低垂的深灰泛蓝的阴云铺满了整个天空，在几根寥落的沙丘的弧线上，点缀着几棵墨绿的胡杨，苍凉感随着秋风，沁入心肺。纯净的沙坡，没有一根草，没有一个足迹，甚至连蚂蚁和蜥蜴都没有，仿佛到了时间的尽头、空间的尽头、生命的尽头。躺下来，看着头上不足一丈的天空。科学家说，宇宙可能只是大一点的肥皂泡，我们看到的星云星系可能都只是全息投影，如今他们终于开始同意出家人和诗人的看法——一切都如梦幻泡影。想想自己在南方城市里的努力和珍惜，并不比一只蟾蜍的挣扎有意义。坐起来，抓起一把沙，手像沙漏一样，凉凉的沙，从指缝里流下来。你觉得，这就是世界的本质，群山、大地、高墙，充满激情、智慧和故事的人体，充满意外的人生，最后的结局，都是这样的粉末。有沙吹进眼里，这么微不足道的事物，让庞大如星辰一样的我，硌得难以忍受。一粒沙尚且如此，一只蟾蜍的挣扎或者一个人的努力，怎么又能说完全没有意义呢？揉了几下，竟然揉得眼睛湿润起来——这是今年唯一的一次流泪。

九

拐进了一条没有人烟的盘山公路。海拔高了，雨冷了起来，风大了起来，出现了像纸风车一样转得飞快的风力发电机。时速在二十公里，漆黑的雨夜中，不敢心有旁骛，不知道外面的风景。袜子湿了，裤子湿了，衣服也有点湿了，体温开始下降。挨到山脚，竟然有客栈，一晚四十元，没有独立卫生间，不能洗澡，也不用押金。

第二天才知道，我闯进了北方的深秋。有一眼望不到边的白桦林，有黄褐的草原，有深红的乌桕、黄栌和红枫混杂草坡稀树林，也有满河滩的雪一样的芦花。白桦林的黄，是这里的主色调，鲜艳处，是欲燃的明黄；收敛处，是成熟的橙黄。这些代表着温暖、愉悦、希望、丰收、活力、高贵的黄，恰恰和我靛蓝的忧郁、沉静的性格形成了强烈的互补，我能感觉到它在大幅度稀释、中和着我的悲伤，最后形成了平静透明的孤独。我一个人在草坡上走、在白桦林里走、在芦苇滩上走、在灌木丛中走，不思念任何人，也不羡慕任何人。我享受这种孤独，觉得孤独不仅很美，而且有点微甜，不是那种浅薄的薄荷糖的甜，而是在沙漠里走了半天后喝凉水的那种不易觉察也不易厌倦的甜。不想和任何人产生联系，这几天，没有让客栈老板娘管伙食，每天自己去小卖部买点面包和矿泉水带去山上，和护林员一样，早出晚归。相比于自己的家里，宾馆的好处，就是没有人叫你吃饭，没人叫你起床，没人要你叠被子，没有人怪你把牙刷和毛巾乱丢，也没有人问你今天去了哪里。八十元的标准间和四十块钱的普通间，都有这种好处。

摩托车其实就是一条船，远行，其实就是一种渡，离开此岸，到达彼岸。离开熟悉的按部就班的一眼可以望到头的工作、生活、家庭、亲友，到达一种自如、自在、自我的彼岸。那是一种不十分彻底的解脱，没有担心，没有恐怖，无颠倒，只有梦想。“……谁此时没有房子，就不必建造，谁此时孤独，就永远孤独，就醒来，读书，写长长的信，在林荫路上不停地，徘徊，落叶纷飞。”——里尔克的《秋日》是我记得的为数不多的外国诗。我在白桦林里徘徊，风来的时候，我知道，自己的背后，一定有黄叶纷飞如刀。

护林员叫肖胜林，他叫我在山里别吸烟。看得出来他想和我多聊聊，问我从哪里来、做什么的，我一一回答。这段时间说话太少，舌头已经不十分利索了，要说得很慢对方才能听得懂。他不准我往深山里走了，说前几年有个作家，在这里搭了一个木棚，体验生活，发现有熊被杀死了，于是装成猎人，跟着偷猎者上山，故意没打准，救了一头母熊和三头小熊。五年前被熊吃了。我问他，木棚在不在。他说被落叶压塌了——没塌也住不得，这里冬天很冷，雪三天就有一米深，一来就是三个月。

十

要在冬天到来之前离开。换机油、紧链条、上链条油、充前后轮胎气，甚至可以不换的前后刹车片都换了。清晨，艳阳，我开始了返程。有几只蟾蜍趴在路上，我小心地绕过才发现是焦枯的梧桐叶。进了隧道，路面、灯光和视野都很好，加速到 90 迈，快出隧道口时，为了安全起见，微微地点了点前后刹。前面是一座水泥桥。车突然晃起来，后轮晃，前轮也晃，开始以为是爆胎，接着发现是冰，出口渗水。桥底通风，一夜之间，桥面竟然结了一层薄冰，不应该这么早赶路的。我尽力去抢车把，支撑了八九米，车摔了，人也着地了。扔掉车，借着势翻滚，指望减轻撞伤和擦伤……能做的，都尽力了，其余的，交给运气吧。

水歌

一

风中的群山，你的乳房，我的人生
都在模仿水的形状
对岸，一只灰鹭在模仿我的沉默
田野里，一群奔跑的孩子，喧哗着，模仿水的流逝
——我的诗歌《世间所有的秘密，都在水里》

二

像看一个人，会注意她的眼睛一样。

每到一地，我会关注那里的水。

条件允许，还想游一游。

黄河多泥沙，但并不脏，潜下去，尝一小口，有晚唐的苍凉。长江安静而缓慢，一旦下水了，你会感觉到其秋天般无法躲避无可抗拒的力量，难怪江堤上有小腿粗的铁链。金沙水是灰色的，有金属的质感，不敢下潜，

本以为污染严重，已病入膏肓，上次再去，变成了湛蓝湛蓝的水电站。乌伦古湖的水有点咸，可以直接喝，里面有凶狠的狗鱼。澜沧江在横断山区是血红的，秃鹰环伺，但到了寺庙林立的西双版纳，又是清澈温柔如水的傣姑娘。怒江危险神秘，怨气很重，去了好几次，都没敢下水。额尔齐斯河源自阿尔泰山的雪，六月中旬下去，还冷得咬人，游上十分钟，烤了半个小时太阳，身子都还在哆嗦。我还游过黑龙江、珠江、西江、洞庭湖、南海、沅江、澧水。不能游的圣湖玛旁雍错，就趴下去，喝两口，扎西说这时可以看见自己的前世和来生，我的前世是朵白云，我的来生，是座高洁的雪山。我游泳技术其实也不好，但就是喜欢游。觉得下水，是表达对那些大江大川的敬意，进入水里，就像进入了它们家里一样，坦诚相见，你能体会到不同的水有不同的性情。其次，由陆地进入水中，温度不同，感觉也截然不同，克服了重力的约束，完全打开四肢，比西装革履地站在岸上凝视深渊要有趣多了。水勇猛的，你可以释放一下体内的野性，享受一番搏击的刺激；水柔和的，你可以像睡莲一样盛开，像白云一样随波逐流；水清澈的，你可以深潜下去，这时看岸上的人是奇形怪状、不停变幻的，难怪鱼一见人就跑。上了岸，穿好衣服之后，风尘、汗味荡然无存，正如身体由闷热变得凉爽，心境也会由焦躁变得沉静，仿佛接受了洗礼一样。

我是属鱼的。到了水里，就到了故乡。

三

流淌，是水和时间最让人心动的样子。

一样的无色无味，一样的一去不返，给人的感觉却完全不同。在时间面前，我会感觉到紧张；在水面前，又会很放松。总爱沿那些流淌的河水走，流淌的时间带给我的沮丧、恐慌和无助，会被流淌的水流卷走。

凉席上如雪的月光，到你身上便化了。

你躺在我面前的时候，也有流淌的感觉。

四

不像有些地方有好山无好水，有好水又无好山，有好山有好水，又没有好船，湘西是水的锦集地，有很多的好水，并且有山和船的配合，所以摄影爱好者经常能拍出完整的山水画般的意境来。这些水的好处又各不相同，有吞吐日月星辰的栖凤湖和碗米坡水库；有汛期水量不亚于黄果树的王村瀑布；有百转千回、比漓江还要秀丽的里耶到凤滩的酉水走廊；还有《楚辞》一样深邃悠长的沅水；当然，这里最多的还是精致玲珑的小溪。在湘西以溪为名的地名很多，梳头溪、无事溪、灵溪、盘溪、流浪溪、海角溪、朗溪、镇溪、桃子溪、小溪、双溪、船溪、洗溪、白羊溪、龙溪、罗依溪、施溶溪、河溪、酉溪、红岩溪、白溪、蓝溪、雅溪、荔溪、深溪、明溪、筱溪、马头溪、借母溪、五强溪、芭茅溪、风溪、芭蕉溪……江南水乡也有很多水，但那些水呆板、浑浊，没有生气，水下全是泥，而且有太多的大城市和化工厂，所以让人生疑，有的水边甚至还插着“有血吸虫，严禁下水”的牌子。湘西的水，年轻、野性、好动、清澈，充满朝气而又不乏慈悲，水底往往是石头和沙子，因此可以洗衣、洗菜、洗澡。游泳时，呛两口在肚子里，也没事。这些水，从小就浸入了我的血液，我觉得，这就是我诗歌的源头。当初取笔名刘年的初衷，就是希望自己能像水一样保持干净。翻看自己的诗集，写水的作品，已经很多了，有本诗集的名字，就叫《为何生命苍凉如水》，刚出的一本总结性的诗集《世间所有的秘密》，也差不多是以水为名的，只不过“都在水里”，被出版社的人省去了。尽管如此，依然觉得没有把水写够、写透。

五

猛洞河也是父亲的河流。

他小时跟着他的父亲，在小西门以开碾坊为生。不仅要在码头上接谷送米，还要筑坝、捕鱼、放排、撑船渡河砍柴，还要挨他父亲的打。

暑假，我最开心的事就是去猛洞河洗澡，每天都要他带我去，无论他多晚放工。那时候的水，像胶水一样黏人，要父亲催很多遍，我才会上岸。他自己也喜欢水。有一次，涨大水，快淹到小西门桥了，不时有冲下来的树木和房屋，他也带我去。我不敢下水，也不准他下。他不听，还游到了洪水中间，又游回来，中途突然被水冲下去了，人也沉了，我吓得大叫，边叫边赶，他却从我脚下冒出来了。“从小就在这条河里泡着，”他说，“这点水怕什么，以前更大的水，都会在河里抢树。”还有一次，在排水口玩，突然叫了声“坏了”，感觉被卷进去了。父亲说“莫怕”，拉我，没拉住。急流把我冲下了拦河坝，父亲跟着也下来了，就在我身后说“莫慌”，30多米高五六十度的斜坡，石头凹凸不平，撞得人一起一伏，因为后面跟着父亲，我还真不慌。坝下面，两米多高的浪，听他大叫“憋气，下潜”，我依言而行。钻出巨浪，只是屁股受了一点挫伤。

猛洞河是酉水的支流，所以它也有着酉水的忧伤。最近老是梦见父亲。他在世的时候，总觉得他啰唆、软弱、固执，去世几年后才发现，世上最懂我的男人就是他，有些话，只能对他说，也只想对他说。到后面又发现，他其实还有很多话跟我说，有些话，只能对我说，只有我懂得。于是写下了这首《水赋》——“一、 什么都看不透，去看看水；什么都看透了，去看看水。二、水里面有石头，有苍天，有人脸，也有人事。探入水中，捞那条翻白的小鱼，可以感受到，水的悲凉。三、雾薄了，水，流露出一些笑意——船来了。渡娘摇橹的样子，像在给河流作揖。木有木纹，水有水纹，衣服有碎花纹，人有鱼尾纹。四、从此岸到彼岸，就十分钟。渡娘拾起竹篙，用有尖铁的那头，抵住了石岸。五、‘少时绿荫婆娑，老了青少黄多。休提起，提起泪洒江河。’——父亲出的谜，像诗。他就是诗人，写得一手好行楷和七律。六、对船的喜欢，可能来自父亲的遗传。他开过碾坊，放过排。那时鱼多，两斤以下的他不要，两斤以上的大肚子鱼也不要。当了知青，才上了岸。七、记得他蛙泳的样子，凶猛，霸道，像兴风作浪的河神。他的梦想，就是买条篷子船，在水上度过余生。结果，他的余生，是在大西街度过的。每天拖着板车，拖着城北社区的生活垃圾，晃着铜铃，招摇过市。有一次，看到他捉鱼一样，在汹涌的人流中，捉乱窜的塑料袋。八、从彼岸回到此岸，也是十分钟。问了渡娘。一条木船五千块，带竹篷。加螺旋桨，七千。螺旋桨伤水，每次拖水泥的货船过去，都会看到有惊恐的水，跑上岸去。九、如果买了船，不会安螺旋桨，我以篙为矛，对抗流水、流逝和岸。”

猛洞河几乎每年都淹死人。一个星期前，又淹死了一个男人。据说是邵阳的。带儿子在太阳岛玩，那里也有个水坝。儿子落水，他跳下去救。

儿子不会水，父亲也不会。

儿子上来了，父亲却没有。

六

一会儿吹肥皂泡

一会儿燃烟花
你玩得很开心
你不知道，这其实是世界上
最悲凉的
两样事物

你打水漂
你数石头点水的次数
你不知道，你把
这世界上
最难懂的两样事物
扔在了一起
你用尽全力
也漂不到对岸
你不知道
世界上，此岸到彼岸的
距离最远

父亲久久地看着
躬下来，要抱你
你轻轻地跑开了
你不知道
你已经八岁了
一生中

被父亲抱的机会

不是很多了

——我的诗歌《猛洞河的回忆》

七

到了塔克拉玛干沙漠，对水的理解，又更深了一层。四十多度的闷热，摩托车开到 80 迈都还在出汗，仿佛热风在抱着你，要把你吸成木乃伊。停车，取下手套，取下头盔，一整瓶五百毫升装的矿泉水，灌下去，戴上手套，戴上头盔，发现自己又渴了。一个人都遇不到的傍晚，公路两边全是寸草不生的沙漠，停车都不敢熄火，怕抛锚。打开摩托的尾箱，还有三瓶五升的矿泉水，于是你还有一夜的安全感和信心。遇到开汽车的湖南老乡，他会追上你，用湖南普通话加你微信，临别，送你一瓶矿泉水，以示友好；维吾尔族的朋友，临走，也会送你满脸笑意和一瓶水，像内地递的烟一样，水在这里成了一种信任。从轮台到民丰的沙漠公路上，专门有水井房。每个水井房里，都会请一对夫妻守水。水从 100 多米深的地下抽上来，又苦又涩，浇红柳可以，不能喝，洗头脱发、洗澡伤皮肤。没有步行街和商店，没有麻将和广场舞，大多数女人耐不了寂寞，回老家给孩子带孩子去了，留下一个个男人，拿着两份工资。白天还好，可以面对着无边的沙漠和落日，晚上就只能一个人面对着冰冷的比男人还沉默的国产柴油机抽烟。因此戴师傅白天不开柴油机，留着晚上开。他自己说的却是另一个理由——柴油机响着好睡觉一些，要不然怕曾师父来敲门。曾师傅就是上一个水井房的上一届守水人，四川达州的，每天晚上都找他来聊天喝酒。上个月喝多了，又没穿反光背心，被夜行的大巴撞死了。曾师傅真能在广西玉林柴油机边睡着。当时我就在水井房休息。他卖给我肉苁蓉，说是野生的，壮阳，劲大，他的女人走了，留着也没用。我不要。他睡了一会儿，鼾声就起来了。我睡不着，连夜赶路。临走时，发现床下有一个沙苇编的小笼子，养着一对斑斓的蜥蜴。这是我写的《如果那些云是绵羊就好》:“云，如果是绵羊就好，我会把多余的云，往西北赶 / 云，迈着雨脚，离开江南，沿着河西走廊，赶进沙漠，圈起来 / 两年后，会出现一个叫塔克拉玛干的淡水湖， 三十三万平方公里 / 摇杠杆压水机的少女，需要重新学习摇橹的技艺。”

八

女人在上游洗尿布，老和尚在下游洗袈裟
女人端起塑料盆，要去下游
老和尚阻止了:“尿布，是小一点的袈裟。”
他们走后，来了一群麻鸭，洗脚，洗嘴，洗翅膀
—— 我的诗歌《风溪》

九

沅水是湘西最大的河流，发源于贵州，上游叫清水江，全长一 1033 公里，流域面积近 9 万平方公里。骑摩托从海南回，本来想从玉屏县回家，遇到了清水江，感觉清秀不可方物，于是改变方向，跟着江水，来到了洪江的托口镇。江面宽阔，渔船如麻，舍不得走，住下了。清水江在托口纳得渠水，始称沅水。三天之后又沿江而下，看着沅水到黔城纳㵲水，

到洪江纳巫水，到溆浦纳溆水，到辰溪纳辰水，到泸溪纳武溪，到深溪口纳借母溪，到乌宿接纳了来自我老家的酉水，就这样被沅水迷住了，以后只要有机会就会走走沅水。骑摩托走沅水是一件很危险的事，因为老是分神看风景。一路好看的水段很多，酉水、借母溪、武溪和夷望溪是我喜欢的几条支流。如果沅水是一个女人的话，我觉得她应该就是张兆和，也叫三三，大家闺秀，典雅脱俗。沈从文的《湘行散记》如果改一个名字，可以叫《沿沅水逆流而上的日子》，我觉得比他的《从文自传》（也可以叫《顺沅水而下的岁月》）写得更好，原因在于前者是写给心爱的女子的情书，能从他的文字中感受到被沅水洗过的细腻和温暖。沿江诸多城市中，沅陵县城是我去得最多的。在抗战的时候，沅陵做过湖南的省城，有很多码头、伙铺、赌场和青楼，绵延几里。我的朋友向卫红，在木材公司放过排。这位向"老排骨"（当地人对放排汉的尊称）说，可能水好的缘故吧，沅陵的女子，肤色比别的地方的女人都好。可惜后来修了五强溪水电站，把这些全部淹了。饶是如此，这个县城很少有建筑工地和房地产开发，依然保持着随意、懒散、慢节奏的烟火味，这也是我愿意经常去的原因之一。端午时节，写过一首《船事》，表达了我对沅水的感觉。写得很快，写完后，再也没改过，这在我的写作生涯中是很罕见的。"顺着河流走，可以理解群山；顺着河流走，可以理解时间。晚上放卡，早上收，船头煮鱼，香两岸。我的船，挂着整条河流唯一的帆。招风、捕风、驭风的技艺，在别处已经失传。里耶，洗车河，碗米坡。王村，凤滩。乌宿，浦市，柿溪，仙人湾。故地，就是故人，隔段时间，得去看看。嘎，嘎，嘎，船会像鸭子一样叫唤，橹比毛笔，更难掌控，我用一支橹，撼动了辛女山。顺着河流走，可以理解沈从文；顺着河流走，可以理解屈原。大多数的时间，用于弥补前半生欠下的睡眠，河流如同姐姐的手臂，船舱，就是摇篮。我信任水，胜过岸。”

十

海里的水，最不像水。2017 年冬，骑摩托去了海南岛，环岛漫游，看了半个月的海，每天都去，下雨也去。和我在别处看到的水不同，到了海里，水变得新鲜而陌生。特别是阴天，起风的时候，像十多米的墙一样竖起来，又像墙一样倒下去，冷漠，强大，根本不敢游泳。有个朋友，大西北的年轻诗人，从没见过海。只想着离家越远越好，离人群越远越好，再三央求，他搭上了出海的渔船。第一天吐，第二天吐，身体空了，还在吐，船长可以停下船，可是谁也无法停下大海。在水最多的太平洋，他竟然失水过多。无法补充，不得已，船长将椰子汁，吊进了血管里。第三天实在坚持不住了，央求船长回去，多少钱，都愿意，后来他说，从来没有想过，有那么一天，自己会渴水一样，渴念大地。那年，我在东澳岛看他们捕鱼。还是海边，海浪起伏，不算大，但一刻不停。看了一个小时，头晕，地动，就没看了。但我还梦想着，远航一次，坐那种万吨的集装箱货轮，估计就不会晕船了。

十一

一部分精明的水，变成了雪，留在了高处

一部分强硬的水，变成了冰

一部分不可靠的水，被水库关着

一部分善良的水，升入天堂，变成了云

大多数的水，又苦又咸，在海洋里挣扎奔波

种植不开花的海藻，放牧不听话的鱼群，搬运低吼的钢铁。

——我的诗歌《太平洋》

十二

听听雨吧。雨打窗户的时候，你在听肖邦的钢琴。看看雨吧，玻璃上的雨，像脸上的泪一样，迟迟不肯落下。去年，还记得去年的洪水吧，野兽一样的洪水，涨着猪肝色的脸，对着两岸青山咆哮，吃秧、吃菜、吃磨盘人的石头、吃房子，把桥也当成排骨嚼。那场造成五人死亡、两人失踪、损失达三亿元的洪灾，其实，就是由这些被我们忽视的雨滴组成的。

十三

山是寺庙，水似卧佛。山是老师，水是医生。

在张家界，我处于半隐居的状态。最近四年的创作，都是在这里完成的。不怎么下楼，闷在家里循环地做这四件事，睡觉，写作，学习，吃饭。偶尔下楼，也只是去一个地方——澧水。枫香岗、茅岩河、苦竹河、烂夹渡、陈家河、芭茅溪，往下游去关门岩、脚迹渡、溪口镇、岩泊渡、慈利，有时会游一游，有时会一个人在石头上坐半天，有时会坐渡娘的船，到对岸看看。

和 86 公里外的酉水相比，澧水完全不同。澧水丰满，酉水瘦；澧水老实，酉水野；澧水大方，渔夫一晚能得五六斤鱼，酉水小气，忙通宵，也只会给渔夫两三斤；澧水从容，酉水险；澧水乐观，酉水悲观……所以我会把澧水当成耐心温柔的女医生。今年上半年，诸事不顺，于是老骑着摩托往澧水两岸跑，有时骑在车上，会不知不觉地泪流满面。那次，从北源芭茅溪骑到南源杉木河，回到张家界顺着澧水，又走到溪口，到溪口还下了大雨，继续走，过脚迹渡，走到慈利，不停，走到石门，稍停，走到司马相如的停弦渡才回转。后来写了一组诗，叫《澧水传》，一共九首，分别是《看澧水》《流年河》《光阴渡》《去南源看杉木河》《宿桑植》《茅岩河的月色》《张家界，适合孤独的城市》《在石门澧水大桥上》《送澧水》，想从不同的角度，为这条河流立个小传。这里引用其中的四首。第一首《看澧水》："看有三种：看风景的看，看故人的看，看医生的看。这回，是第三种。城里，什么都比你高、比你硬，澧水永远比你低、比你软，像个絮叨的心理医生，告诉你，在流逝面前，什么都是小事。焦虑交给她，当初的你还给你。一把星星，是她给你的镇静药。"第二首《流年河》："前半生，像条小船，单人单桨，在滔滔大河中挣扎。这几年，大多数的时候，依然像条小船，静静地搁在十五楼。只有那次，在戈壁、沙漠和烈日中，一个人、一辆车，跑成了一条澎湃的、不可阻挡的大河。"第三首《光阴渡》："渡口都是成双的。这岸和对岸，隔着苍茫的澧水，像遥遥相望的两个人，隔着苍茫的三十年。澧水上，几乎每座繁忙的水泥桥下，都有一对被人遗忘的渡口，长满了野蒿。渡口，彼此似乎还记得彼此。这岸桃花开，对岸也跟着开；对岸桃花落，这岸也跟着落。"第五首《宿桑植》："多年前的夜里，后生家们突然走了，家里人都不晓得。几万人出征，几十个人回来。睡到半夜过，流水如过兵，天上一轮月，人间一盏灯。睡到半夜过，流水如过兵，只听脚板响，不见人作声。过也过不完，过也过不完，过也过不完，过也过不完，过也过不完，过也过不完，过也过不完……"我将自己理解的澧水和孤寂全写进去了，写完之后，人就坚强起来。文字用澧水一样的慈悲，溶解了我的无助。

十四

听歌的时候，时间在流淌。睡觉的时候，时间也在流淌。

喝酒推酒的时候，时间在流淌。珍惜的时候，时间依然在流淌。

核酸检测时，要排很长的队。

突然想到候车室，背上行囊，排队检票，准备上火车的样子。

知道吗？我们在命运的大河里挣扎，手要抓紧。

下一湾是平湖、是码头，还是险滩、漩涡、瀑布，谁也不知道。

十五

年纪大了，不敢乱游泳了，但对水的热爱依然没有减。

长途骑摩托累了，要休息，我会刻意地选择水边。

看着水，听着水，容易睡着。还记得吗？那次去横断山脉，我们睡了四条大江。清澈湍急的雅砻江、清澈平静变成了水库的金沙江、如血的澜沧江、危崖高耸的怒江。在怒江，我们睡在岩石上。波涛夺人心魄，似乎岩石都在震动。我睡不着，看你睡得很香，便在边上等你，你半天不醒，于是便转过弯去拍照。你醒来后，叫我，一开始没听见，后来听见了故意不答应。你可能以为我滚到江里去了。声音越叫越大，我怀疑我再不答应，你会哭起来。怒江没有水电站，他们说落水的人，要到印度洋才浮得起来。这是我写的《怒江歌》：“总以为，那是一条愤怒的江，在丙中洛愤怒，在马吉渡愤怒，在腾冲愤怒。横江的铁索，无人无风，也瑟瑟发抖，仿佛人间的不平，都在两岸了，仿佛人间的愤怒，都在水里了。多年之后，才懂得，那是这条大江，一路在高歌。”

十六

“过了河溪是潭溪，过了潭溪是洗溪，接着武溪和泸溪。麦子过完菜花起，青水溪变黄水溪。骑车最怕风物美，若出事，武水肯定是元凶。漫水桥、落花风，摇橹的船娘绿配红，都算是帮凶。”这首《武水辞》里的武水，又叫武溪，上游叫峒河。源于花垣县雅酉镇坡脚村老人山，进入矮寨，流经表嫂石清香的家门口。因为水质好，做的豆腐也好，她被人称为豆腐西施。峒河在这里弯了一弯，停了一停后，才继续奔流，横穿吉首市区，改名武溪，经河溪、潭溪、洗溪诸镇，于泸溪武溪镇汇入沅水。

从张家界去吉首，走 352 国道要近得多，好走得多，但我经常走沿借母溪下沅陵，经泸溪沿武溪而上。一下一上，两条路都沿溪，都好看，车又少，适合摩托车。武溪水量更大一些，有很多渡口和渔船，相对来说，更加迷人。

不过，武溪最近在开发了。我写了《给武溪开发商十七条建议》：“1. 不要修高大凶猛的建筑，不要用外贴瓷砖；2. 鼓励木屋和土屋；3. 不要修水泥河堤（保持河岸的自然曲线）；4. 不要亮化工程（会妨碍月光、萤火和蛙鸣）；5. 多放鲫鱼、巴岩鱼和螃蟹；6. 不许钓鱼；7. 允许撒网打鱼，养鸬鹚捕鱼；8. 不许用铁船和马达；9. 木船要传统的柳叶形，以体贴河水；10. 允许私船载客，允许打鱼鼓筒，允许拉纤；11. 沿路的电线埋入土中；12. 救生衣用墨绿的（橙色如火，伤水）；13. 要让两岸春满菜花，夏满谷花（冬有芦花和雪，不用管）；14. 种少量枫香与银杏，以应付深秋（疏密以倪瓒水墨为准）；15. 允许洗澡，特别是女子（不鼓励裸体，辛女湾可放宽）；16. 不收门票；17. 鉴于我对这条武溪的迷恋，可以请我去当溪长。”

河长，江长，官太大，我当不了。溪长，我还是有自信能胜任的。

如果我当了溪长，你就当常务副溪长。

兼职望天堂渡的船娘，腰细的人，适合摇橹。

十七

左臂一伸，她的头便枕了过来
十六年了，已经非常默契
如同猪油罐放回了橱柜，诸神归位，万物各得其所
如同猛洞河到了王村渡口，不起一点水花
——我的诗歌《睡前书》

十八

和人一样，每条河有每条河的气质，酉水的气质是哀婉的。

酉水又称白河、更始河，全长477公里。像一条藤结满了瓜，沿途尽是有意思的地方。让我钟爱的是乌宿、栖凤湖、碗米坡、高桥。沈从文的九妹和他请的捡瓦匠，也私奔乌宿，住在酉水的船上。我有个演花旦的阳戏唱得极好的表姐也私奔到那里，我还为她们写了首赞美诗《乌宿歌》。栖凤湖是酉水最宽阔最唯美的地方。碗米坡的鱼好吃，而且碗米坡到高桥那条公路风景好，弯度刚好适合骑摩托车。

最打动我的是两个地方。一个是凤滩，一个是河西镇的古丈水泥厂。十年前去过凤滩，酉水峰回路转，渔村稀疏。今年再去，竟然一点都没变，还是那个码头，还是一条不足两米宽的河街，还是那二三十房人家，也没谁修新房子，还是十年前的小旅馆、十年前的两口子，老了十年。依然没有手机信号，两岸依然是桐花满山。而这十年间，45公里外的王村通了

高速和高铁，经济发展了十倍都不止。王村就像一个精明阔气的商人，凤滩就像一个痴情地等着浪子的女孩子，一点都不敢改变，怕别人回来认不出她。这种不变的事物都是证据，证明你十年前真的去过，满山的桐子花真的开过落过，不是虚幻的梦。要不然年纪大了，一回忆，就有人生如梦、万事虚空的失落感。王村开始很动人，现在越来越陌生了。随着旅游的开发，和凤凰、丽江一样，越来越追求短平快。开发商还把古老的渔船和摇橹的渡船取消了，开一种载人多、噪声大、平底的雕梁画栋但超级难看的画舫，每天大嚷大叫着上上下下，那段酉水也因此变得俗不可耐。红极一时的古丈水泥厂就在王村的斜对面，隔着宽阔的酉水，现在废弃了，像一座暗黑的古堡，阴森森的，没有人进去。一楼的生料车间、二楼的熟料车间、三楼的烧成车间，都长满了两米高的芦苇。站在这一片荒凉的地方，看对岸游人如织、灯红万盏的王村，就像一个正襟危坐的老人在角落里看着斗酒斗气斗勇的年轻人一样感慨万千。于是，酉水夹在王村与古丈水泥厂之间，成了时间的模型。时间的流逝、时间的力量、时间的无情与残酷，在此一目了然，触目惊心。

时间，应该是酉水的主题，所以我写《酉水传》，用了三个与时间有关的故事。一个是寡妇滩妓女的故事，一个是沈从文的小说《边城》里翠翠的故事，一个是沈从文的小说《丈夫》里老七的故事。我甚至认为，《丈夫》比《边城》更有力量。“翠翠，最后等到了傩送没有？鉴于这条河流的气质，等不到，是大概率的事。这是条适合怀念的河流，到过寡妇滩，你就明白了。做纤夫的丈夫摔死了之后，儿子为了养家，也走上了同样的纤道，没多久，也摔死了，女人，卖掉了自己，别人用卖身的钱，打金链和手镯，她用卖身的钱，打铁链和铁环，请人安在悬崖的纤道上，安好的那天，她便跳下去了。多年之后，下游修了坝，寡妇滩变成了平湖，只有懂得怀念的人，才知道，波光潋滟的水下，淹着一条手腕粗的铁链。三番五次的洪水后，翠翠的渡口，变成一座木桥，是一件大概率的事。翠翠嫁给一个乡下人，也是件大概率的事。被人引诱，卖到河街，也不是没可能的，没有谁，天生就是妓女。她的丈夫叫老七，人们开始叫她老七屋的，后来叫她老七，也是可能的。小说《丈夫》的开头，可能就是《边城》的结尾。在水边生活了许多年，沈从文很懂得，怀念是这条河流永恒的主题。翠翠在船上做生意的时候，乡下的丈夫找她来。鉴于她的善良和纯洁，跟丈夫回家，是完全可能的。至于傩送，多年后，作为一个断腿的军爷，拄着拐杖，路过渡口的时候，突然老泪纵横，也是一件大概率的事。因为渡口，已经变成了一座三拱的石桥。”

十九

水龙头坏了
北京的水滴，和白岩寺的一样
呈椭圆形

像一滴星光不溶于夜
像一滴水，不溶于生活的油腻

我终会离去
像一滴水
离开你的眼
——我的诗歌《水滴》

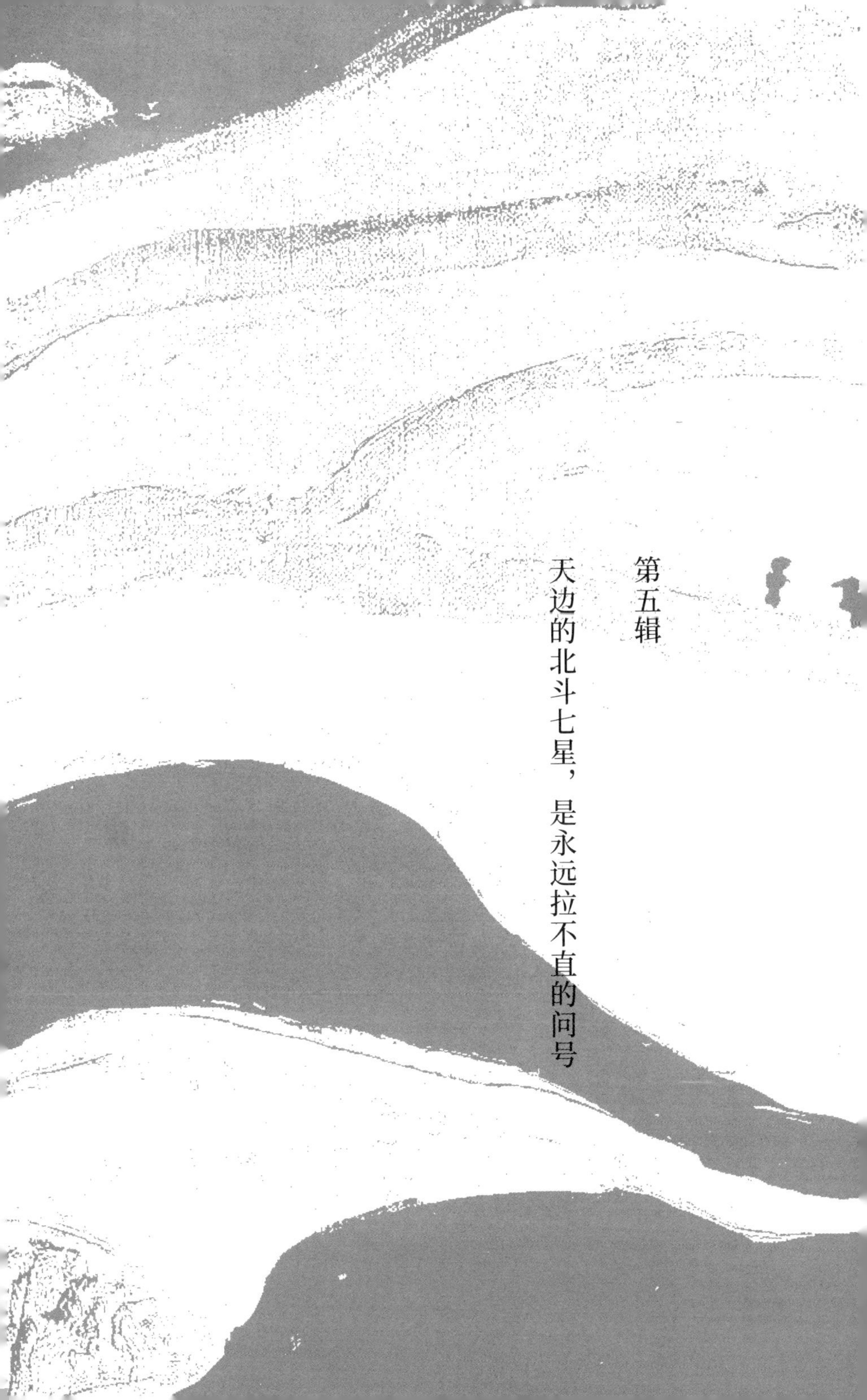

第五辑

天边的北斗七星，是永远拉不直的问号

诗歌，是人间的药

一

诗无定式，水无常形。

二

把“诗人”这顶帽子，从垃圾堆里翻出来戴上。

可以骂我、笑我、嫌我、唾我、弃我，但不要同情我。

我在怜悯世界。

三

深秋的后半夜，你会看到词语和星星一样，熠熠发光。

四

喜欢苏东坡。

诗人见面就当讲真话，五分钟之后，当可以谈心；诗人当有趣，好玩，当喜欢音乐和山水；诗人当像热爱诗歌一样热爱女人，当像热爱女人一样热爱生活；诗人把手里的笔换成刀，就是侠客，诗人当关心弱者和星空；诗人在写不出诗的时候，应当坐几个小时的汽车，再转手扶拖拉机，去乡下找一个煮得一手好鱼的朋友。

一生不读顾城诗。

五

希望，我的诗歌，当了外公的大学中文系的教授都喜欢看。

初中二年级接到第一封情书的女生，都看得懂。

六

写到最关键的时候，诗和禅一样，不可教，不可学，只可悟。

文字分行，并不是难事，如何让分行的文字，变成真正的诗歌，就如同把石头点成金一样，这是诗歌最神奇最神秘的地方。诗意就像一个顽皮的小妖精，你不知道她什么时候躲在哪里、以何种面目出现，没有人可以完全控制她。

诗，通灵通神；诗，无法无天。

无法用公式推导，无法用定理来证明，无法用金钱来买通，也无法用手枪来威胁。

七

诗在城外六七里，过了柳庄再往西。

八

诗歌，是一个情人，你需要的时候，总在那里。

你可以对她说内心最深处的话。

不管天再冷，夜多长，也不管你有没有户口和房产证。

九

喜欢落日、荒原和雪。

背着背包在雪原上行走，就像一颗背负着多重含义的汉字，在苍茫的白纸上奔突。

十

诗写到最后，拼的是胸襟、心质和风骨。狭隘、卑鄙、贪婪、奸邪的小人，可以写一流的小说、散文、材料、电视连续剧剧本，可以写一流的书法，可以画一流的画，但拿一流的诗歌毫无办法。唐人以诗取仕是有道理的，大唐的繁荣也是有道理的。

十一

我诗歌里的痛，有十分之七，来源于这片大地。

十二

我写诗，除了迷恋语言之外，还想成名，想让那些伴随我多年的误解变成理解。生活没规律，暴饮暴食，熬夜失眠，没有医疗保险又总喜欢冒险，对长寿没有追求，所以，我估计活不长，希望，诗歌能延长我的生命。

希望，百年之后的某个雪夜，有个人看着我的诗歌，像看着我一样，潸然泪下。

十三

我有个儿子，经常教他读诗。

我不赞成他当诗人。

一生和灵魂近距离接触，是一件很危险的事。

十四

新诗，本质就是自由。生命的本质，也是自由。

所以，诗歌，是纸上的生命，而每个生命，都是大地上的诗歌。

十五

“女不看《三国》，男不看《红楼》。”

初中时，我在夕阳里看那本厚书时，奶奶这样告诫我。女不看《三国》可以理解，女人一沾上权谋，世界便会失去十分之七的美，有武后、吕后、慈禧太后为鉴。男儿为什么不能看《红楼梦》呢？奶奶没说原因。我也没问，我一直认为她是一个只知针线和佛经的传统守旧的女性。回过头去，才发现她说的话很有道理。《红楼梦》足足影响了我一生。按理说，凭我的智商，此生发点小财、当个小官，问题不会很大。但到目前为止，我财不足买车，权不足使人，出去不仅要看天色，还要看脸色。因为这部书，我迷上了汉字，因为这部书，我开始写诗歌，因为写诗，我内心里，有了痛处、有了软处、有了底线，因此，一些手段便不敢用，也不想用。而在这个年代，没有手段没有足够的狠度，脸皮没有足够的厚度，内心没有足够的黑度，是无法腾达的。

从此，世间少了一个局长。

从此，坊间多了一个诗人。

十六

诗歌，是人间的药。人间存在着各种各样的病症，所以人类发明了诗歌。

当大家都追求真善美的诗意栖居的时候，拜金主义引起的时代病将不治而愈。

十七

我不是天才，所以，经常反复地修改我的诗歌。

回过头去才发现，诗歌，也在大幅度地修改着我的命运和性情。

十八

优秀的诗人，当是一个好老师、好巫师、好医师，当为天地立心，为万物喊魂，为众生治病。在这年头，优秀的诗人还应该是一个好战士。他们所得甚少，所舍甚多。他们必须与世俗对峙、与金钱和权力对峙、与虚荣和堕落对峙，甚至要与亲人和朋友对峙。同时，优秀的诗人，也应该是一个好孩子，有敬畏心、有好奇心、有眼泪。

十九

祈祷是有力量的，诗歌也是。

回过头去看，你会发现，那些看起来手无缚鸡之力的诗人，那些经常在现实中被人嘲笑和鄙视的诗人，在历史长河中，在人类文明史中，其实是最有权势的一类人。

俄罗斯最有力量的人，不是普京，而是普希金。

二十

谁也无法像机械零件一样，给诗歌一个国家标准，用来分出优劣、排出等级。是不是从你的内心里来，能不能到我的内心里去，是我判断诗歌好与不好的尺子。这同样也不是一个科学的严谨的尺子，经常出现误差。诗歌其实与科学没多大关系，诗歌是唯心的，唯心是从，唯真心和良心是从。

二十一

凡·高和八大山人两位画家，是我诗歌上的恩师。

前者，让我学会了对艺术不管不顾的爱；后者，让我领悟了化繁为简的艺术理念。

二十二

诸神，在细节中。

二十三

诗歌圈的争吵和骂架，是众所周知的。

无论多老的资格、多有名的大腕，都有可能受到质疑批评，一些官办刊物，更是众矢之的。言论自由，于一个社会来说，就像医院一样重要。应该感谢这些批评家，造就了诗坛批评的繁荣，而批评的繁荣，直接让中国诗歌有了强大的自我反省能力和自我修复能力。不管误入怎样的歧途，最终都能走上正轨。

写诗的，成名晚才好。

看透了人情冷暖、世态炎凉，知道了自己几斤几两，才能从容地面对那些失去理智的捧和踩。

二十四

从小就很听老师的话，想做个好人，多为他人着想，多做牺牲。

于是，我半生都活在别人的眼光里和口舌上。

三十五岁，当决心为自己的内心而活的时候，我的人生才真正开始。这是一个充满悖论的世界。当我为别人活的时候，虚荣，物质，自私，狭隘，贪婪，短视。当我为自己的内心而活的时候，当我独立思考的时候，反而，世界和心胸同时开阔了。这时候，我更加牵挂众生。

余下的生命里，我将去追求人与诗的合一。

二十五

虚张声势的语言，只是一根绳子，掉在了水井边。

可以吓人一身冷汗。

好的语言，是一条真蛇，你捉不住，你不知道它要往哪个方向钻，你捉住的时候，又不知道它什么时候会反咬你一口。

运气不好的话，你还会中毒。

二十六

写诗，要剖开伤口，让读者看到你的痛处和软处，看到你的心肝、苦胆和骨头。

所以，写诗的时候，会出血。

如果不及时补血，你就会越写越苍白，甚至会失血过多，难以为继。

补血的途径有三条：深入生活，看书，行走。

二十七

诗，首先要讲究真和善，但最终，还是一门美的艺术。和谐，才能生美。万物和谐，不过是虚实得当。阳为实，阴为虚，阴阳调和，是虚实得当。黑为实，白为虚，知白守黑，是虚实得当。密为实，疏为虚，疏密有致，也是虚实得当。诗歌也是一样，叙事与抒情，叙事为实，抒情为虚；直白与晦涩，直白为实，晦涩为虚；生活和想象，生活为实，想象为虚。虚实相间，虚实得当，方为好诗。具体到每一首诗，像太极八卦图一样，有一条分界线，实再多一点，就会呆板、笨拙、乏味，失去想象和美学的翅膀。虚再多一点，就会轻浮、油滑，失去大地与大地的联系，失去生命的根系。于是，写诗对于我个人来说，就像开着一辆女式摩托，在千山万水间旅行一样，你得时刻保持平衡，往左一点是石壁，往右一点是江底。

二十八

平时，有很多身份，读者、晚辈、小生、卑职、在下、临时工、北漂者、三流的作者、不称职的父亲。写诗的时候，我是一个土匪，来自湘西永顺的羊峰山。我不讲规矩，粗暴直接。我不缴税，不开门。这种天气，经常只穿一条短裤。写诗的时候，老子天下第一。

二十九

道法自然的思想，是中国对人类文明的一大贡献。

自然，无论作为名词，还是作为形容词，都与艺术息息相关。作为名词的时候，我们称之为大自然，她是所有艺术的母亲；作为形容词的时候，表达自然，是所有艺术的捷径。因自然而亲切，因亲切而动人，动人的事物才能进入别人的内心。写诗，做到新奇，其实并不难。词语进行陌生化组合，什么稀奇古怪的东西都可以信手拈来。但新奇，只能起到吸引眼球的作用，不能真正进入人的内心。所以，做到新奇的同时，做到自然，这才是写诗的难处和妙处。

道法自然，可以用十六个字代替——水到渠成，瓜熟蒂落，全力以赴，听天由命。

我觉得作诗应该如此，做人做事也应该如此。

三十

孤独，是诗歌最好的朋友；时间，是诗歌最好的对手。

这个时代，诗歌的反义词是金钱和权力。诗歌的近义词，享受孤独。找人写序没有用，研讨会没有用，获一两个奖、红三五年没有用。写诗是项二三十年的事业，其声誉只能靠文本来支撑，靠口碑来传播。所以，诗人的写作要有野心，要视时间为主要敌人。时间是最公正的评论家，同时也是最残酷的编辑。诗人诗作，如恒河之沙，而回看诗歌的长河，能过时间这一关的诗人和诗作，寥若晨星。写诗的人都知道，在写的过程中，诗歌已经给了我们无数的慰藉、快乐甚至幸福。

明知道这是一场没有胜算的决斗，我也愿赌服输。

三十一

我写诗很慢，像在熬一罐中药。

三十二

在冈仁波齐，我看到一个用身子丈量大地的朝圣者。

看到了艰辛的同时，我也看到了她淡定的眼神，那是种只有深信不疑、心存感恩、不担心明天的人才有的眼神。看诗写诗，每天工作十几个小时。连理发和吃早餐的时间，都要从词语里面挤，而且收入微薄。外人只看到我的辛苦和忙碌，但有一个朋友看到了我的眼睛。她说我略显浮肿的单眼皮里，有一种让人放心的温润。

诗歌，是我的宗教。

如果不是诗歌，我要么早已堕落，要么，已经自杀。

三十三

我写诗的时候，整个北京城都会安静下来。

纸，在唱些什么

一

有人，问我何苦；有人，问我何求。

只有小烟，问我何忧。

二

一谈到诗，就那么不确定。

仿佛在谈鬼神。

仿佛驾着一叶扁舟，沧海到处路，不知去何处。

经常会受到技术、知识、思想、道德的引诱，失去方向感。

这时，《诗经》就是我的灯塔。

雅和颂，是技术、知识、思想、道德的集合。雅，是学院写作，颂是宫廷写作。

我的所爱，都在“风”中。

我的方向，就在“风”的来处。

三

在一阵雷，和另一阵雷的空白处。

听，纸在唱些什么。

四

很多诗人认为，诗是写给少数知己的。

甚至有诗人认为诗是写给自己的，以卖出两百本为耻。

他们的作品很有深度，人格也很高尚。

但我的诗歌，是写给大多数识字的人看的。

希望喜欢我的读者越多越好，我的诗集卖得越多越好。

我是一个匠人，希望努力得到承认和回报，我爱自己的产品，

我会像种瓜的老农一样叫卖。

我爱诗歌这门手艺，希望她不要远离生活，不要远离人们的视线。

不要像昆曲一样, 变成古董, 变成非物质文化遗产, 要专款专人来保护。

甚至，我还想用诗歌，为焦虑的人们，祈福，安神。

五

诗歌控制了你，你毫无反抗的余力。甚至，你都没想过反抗。

——小烟如是说。

天气闷热，她决定去倒垃圾，顺带淋淋雨。

她说她想起了十六年前，新晃一中的操场里，那个双手反绑身后的男

老师被推土机埋掉的事，又想起在他头顶上，疑犯做的义正词严、慷慨激昂的演讲，还想起了全校师生一阵又一阵雷鸣般的掌声。

“一阵雷，和另一阵雷的空白处，有闪电，像白骨一样，埋入了深夜。”她说，犹豫了一阵，最终，没敢下楼。

六

美是漂亮，是苗条，是年轻、性感，是开衩很高的丝绸青花旗袍。

同样，美也是成熟、体贴、勤劳，是小枣花的围裙。

美是朴实，也是华丽。美是简单，也是复杂。美是智慧，也是笨拙。美是古典，也是野兽。美是画面，是视觉。美是力量，是呼唤，是打动。美是自然，也是自然转弯处的惊喜。美是挣扎和扭曲，美是惊恐，美是冒犯，美是危险，是破坏。美会像疾病一样感染别人，而且没有疫苗。美是沉重的，却能使时光轻巧。美是不幸的，却能使回忆重现。美是维纳斯，美是观音。在美学的殿堂里，观音和柳如是，是平等的。美是凡·高和高更本人。美是绽放的伤口。美是狙击步枪，瞄向哪里，哪里就会绽放。美能使战士手软，能让手无寸铁的人成为战士。

美是善，美是真。美，甚至是丑。

每一个大师，都在给美学的王国开疆拓土。美，是总在发育的孩子。

美，无法完美。

尝试尊重、理解、接受不唯美的美，诸如毕加索、垮掉的一代、废话体、余秀华、安迪·沃霍尔、杜尚、周星驰，诸如眼镜蛇、鳄鱼、疣猪、秃鹫、狗尾草和浑浊的金沙江。

造物主是无与伦比的美学大师。

七

小烟，年纪不说，哪里人不说，做什么的，也不说。

——她的脸颊，有陡峭之美。

八

推广诗歌是种功德。

自古以来，中国的诗歌，就是入世的、济世的。

将左言右寺的诗字，理解为语言的寺庙，太合适了。

诗歌无用，不能参加高考作文，不能升官发财，不能寻人找物。

寺庙无用，不能办公，不能卖给开发商做民宿。

二者都在无用处有着大用。

因为有寺庙镇邪，土地贫薄、气候恶劣的青藏高原，山川依旧，人心静美。

因为有唐诗宋词，封建文明进入了黄金时代。

菩萨通过经文，诗人通过诗歌，普度众生。

经文有六字箴言，诗歌有八字箴言：尊重生命，尊重自由。

九

我被你那本新书划伤了手指，而且还出了血。

——小烟如是说。

十

如果先锋意味着先进的话，我是后卫诗人。

喜欢落后的事物。

喜欢那个陈旧的词语：爱。

爱足够浓、足够深、足够烈的时候，我们叫热爱。热爱是最大的天赋，热爱让坚持变得轻而易举，让加班加点变得理所当然。热爱，能让眼睛更有穿透力，更能发现别人发现不了的细节。当你足够热爱诗歌这门手艺的时候，你会像猎人和猎狗一样，不惜翻山越岭地寻找而且不会放过任何有味的细节；当你足够热爱生命和生活的时候，你会注意它一些细微的改变，就如同我爱的小烟，换了一种口红我都知道，我不爱的邻居，换了工作，我都不知道。

足够深、足够真、足够宽的时候，爱会大起来。

大起来的爱，力量也会大起来。

大起来的爱，不仅包括情爱、友爱和亲情的爱，还有对别的家族、别的民族、别的肤色、别的信仰的人们的爱，不仅有对人类的爱，还有对别种生命的爱，对那些没有生命的事物的爱，如山脉和河流，对一些非物质事物的爱，如艺术，如真理、汉语，如希望等等。有些大诗、有些大词，技术和天赋已经无能为力，必须倾注大爱，驱动和控制。由爱而产生的慈悲、愤怒、痛和恨，才是有根的、有力的。爱是诗之魂，是感染力之源。爱，如同用蜡烛点蜡烛，你的火焰并不会损失什么，但世界会因此多一分光明、温暖和希望。

大爱有个专业术语：情怀。

情怀——这个被先锋诗人丢弃的缺了口的陶钵，又被我从垃圾堆里翻出来，我把它托在手里，招摇过市。

十一

你的诗集的一大好处，就是你丢在候车室，占座，不会有人拿。

——小烟如是说。

十二

首先，取下高跟鞋、围巾、发卡，取下所有让人感觉到束缚的东西。

取下微笑。喝一杯咖啡。

选一则自己喜欢或者觉得有意思的日记，分行排列。日记来源于生活，是对自己自然的倾诉，饱含着真诚，是作诗歌的好材料。接下来需要做的就是裁剪，减去不必要的主语，减去不必要的形容、不必要的虚词、不必要的介绍和注释性内容，做减法的时候，要心狠手辣。不要怕别人不懂，我们得把读者当成知己或者爱人。简洁能迅速使日记的语言变成诗的语言，具有张力和想象空间。

诗学第一定理：落差会产生瀑布，也会产生诗意。落差巨大的两样事物放在一起，自会产生诗歌所需要的矛盾、摩擦、厮咬。诗学第二定理：力量与落差的幅度成正比，和转折的幅度成正比。诗学第三定理：张力，等于信息量除以字数。最重要的最关键的，找一个焦点，进行诗意处理。在不损伤自然的前提下，用比喻、对比、通感、跃进、转折、夸张、扭曲变形、增加细节等手法，制造意外、跌宕、失重、新奇和惊喜。诗歌有一个简单粗放的判断标准，就是看你的文字能否让人记住，别人能记住，基本上就不算很差了。就好比送一个陌生的女孩子过马路，顺畅地送到了，别人不会记着你，让别人受到紧急刹车的惊吓，让别人在电线杆撞个鼻青脸肿，甚至直接将别人绊倒，别人就会记着你了。当然，你给别人一个惊喜，送一块手表或者戒指给她，她就永远忘不掉你了。诗学第四定律：无论写得再满意，都不要拿去炫耀。放到冰箱里冷却三五天，再拿出来，你会觉得当时的满意，都是幻觉。反复修改，用工匠的态度修改，虔诚地安放每一个字。刚开始的时候，不赞成直接抒情。抒情不仅很难收敛感情，而且对语言要求极高，不仅要做到准确简洁，还要做到灵动，要在语言内部产生戏剧性，每一句都不能松懈。叙事比较容易写好一些，语言做到准确、简洁即可，好的故事自带逻辑，自带起承转合，自带诗意。

小烟，初级阶段，诗是可以学的。

我们每个人都做过诗人，很小的时候。

十三

乔治·莫兰迪，这个一生只画瓶瓶罐罐的人。

这个一生只出过一次博洛尼亚的男人。

朴素，柔和，安静，冷漠，神秘。

以不变应万变，以一粟应沧海，以日常应永恒。

“不能重复，要不断地突破自己”，世人强调的艺术法律，在他的画室里，变成了虚荣。

同时，也让人更加信任“大道至简”。

小烟，我要买一套莫兰迪色的棉质衣裙，送给你。

十四

无用，支撑着有用。

大地无边无际，我们走路的时候，脚印下的地方，才是有用的。

星光是无用的，不能取暖，也无法照明。把星空关掉，地球将不复存在。

我们拆除过大而无用的寺庙。

结果，魑魅魍魉，没了管束。

十五

封圣，是厚古薄今，是权威的崇拜，是对怀疑精神和开拓精神的重压。

药圣、医圣、书圣、诗圣、画圣、茶圣是可疑的。我们有人还擅自把贝多芬奉为乐圣。幸好西方人没有承认，后人的创新、颠覆显得轻松很多。以至于各种音乐至今充满了叛逆的活力，有些音乐人的影响力，不亚于贝多芬。随着网络的普及、知识的拓展、对艺术理解的加深、人均寿命的增加和新汉语的成熟，以及应酬唱和的作品减少，新诗超越唐诗宋词，是水到渠成的事。如今，我就更喜欢读那些优秀的新诗，有些真诚、亲切、微妙、复杂和震撼的地方，是读古诗很难找到的。

古诗，如同坦克集团军，整齐划一，势如破竹。

但是，高山深谷、地下室、十五楼的宿舍，是抵达不了的。

新诗，是特种部队。

十六

迷恋诗歌里的慢。迷恋诗歌里的单纯和简单、公平和正义。

迷恋诗歌里的我能掌控的词语。

迷恋诗歌里的眼睛、舌头和牙齿。

迷恋诗歌里的小，小发明、小发现、小惊喜，以及小李飞刀一样的来路不明。

迷恋诗歌里，科学家、政治家、银行家、军事家无能为力的那一部分。

十七

古典美，侧重视觉和意境。

现代美，侧重于打中、打动、打痛的力量。

以前旅行，喜欢去景区，喜欢视觉的震撼。

现在，注重路上的体验，喜欢捕捉让自己心动的事物。

小烟，你不生气的时候，是古典美。

你生气的时候，就是现代美。

十八

赋予丢弃的事物，以光芒。

赋予死去的事物，以体温、以呼吸、以力量。

赋予苍凉而物质的尘世，以温暖、爱和希望。

诗人正在做的事，是上苍曾经做过的事。

伟大的诗人是人类的先知，担任着巫师、医师、政客、战士的角色。

荷马的史诗，是古希腊文明甚至是欧洲文明的源头。

但丁用《神曲》，拉开了文艺复兴的序幕，然后才催生了工业文明。

在中国，《诗经》和《楚辞》是中国文化的源头。

我把老子也看成诗人，《道德经》是一首八十一节的组诗。

屈原、陶潜、李白、杜甫、苏东坡至今还是中国文化的灵魂。

西方的诗人，身份越来越单纯，蜕变为一个个写诗的人。

中国的诗人，依然得承担多种身份。

魏晋风骨，开始了中国的文艺复兴，艺术家开始追求自由和个性的解放。

于是，诗、书、画、文，同时往高处走，到唐宋达到了顶峰。

可惜被弯刀，斩断了。

十九

小烟啊，不要向一个诗人问路。

他不会指引你回家，也不会指给你康庄大道。

他指给你的方向，都有危险。

因为他指给你的地方，都是美的。

二十

笔像宠物一样，久不抚摸，会越来越生疏。

不要轻易搁下。

对于写诗，我没有太多的天分，总不能一气呵成。一首诗刚出来时，总是觉得好，经过读者的批评和长时间的冷静，毛病会一一显现。然后，反复地改，几年前的都改，发表过的、出了书的也改。有的诗改烂了，有的诗改死了，大多数的诗，就是在这样反复修改中慢慢定型完整的。我享受修改的过程，像一个小将军，指挥两千多汉字组成的军队在打仗，有时输，有时赢，但我们不踏庄稼，不烧民房，不占土地，也不担心投降后被活埋。改死的诗，也不扔。过些年，有了新的发现，它可能又会活过来。也可能作为别的诗的一部分，活过来。

修改能让孤独变得温润，能让雷雨和闪电，渐渐平息下来。

修改能让人对词语产生情感和手感，能让深夜，变成深山。

修改，就是修行。

二十一

一个人骑摩托走，何苦呢？走得那么远、那么难，又何苦呢？

——小烟如是说。

喜欢，是最大的理由。喜欢大西北，悲剧的人生和悲壮的大西北会形成共振和共鸣。浮躁、惶恐、茫然的时候出去，朝圣一样出去，每次回来，都会获得安宁，喜欢那种方向、速度、路线、目的，完全在自己的掌控中的感觉。

其次，为了写作。享受自由的我，最接近幸福，最宽广、最柔软、最悲悯、最敏感，仿佛一片安静辽阔的湖水，能感知一片落叶、一个眼神、一个手势、一点星光。这时候的观察，最细腻也最深入。哪怕什么都没发现，写作的人都知道，你读过的书、你走过的路、你看过的山水，最终都会进入你的身体，并在你的文字上，表露出来。到了大自然中，很多事物的本质，就清晰了。

就拿食物来说，我们现在把它当成美食， 当成一种欲望的满足物。最初的食物，是关乎生存的。路上我基本不带干粮，于是食物从奢侈的佳肴变成了生存必需品。又比如火，在城市的日常生活中，变得可有可无，最多是炒炒菜，但在寒冷的摩托车旅途上，冻得手生疼麻木、头脑意识模糊的时候，你在路边生一堆火，就能体会到火，其实是朋友、是爱人、是信心和希望。

年纪越大，得到的也越多；年纪越大，失去的也越多。诸相皆虚妄，珍惜都无用，努力都是空。在摩托车上，有风和阳光， 有寒冷、有酷热、有饥饿、有干渴、有孤独、有害怕，能清晰地感受路的战栗和大地的不平。这会唤醒并调动我身体内部所有的感官，让我知道，我活着，我存在。

用存在感，对抗虚无感。这也是我写诗的重要原因。

诗歌是口供，证明自己曾经如此这般地在现场活过。

二十二

孤独的主题，比爱情，还要接近永恒。

随着高科技的日新月异，孤独，将是每个人未来必须面对的难题。

而诗歌是化解孤独的利器。

在我看来，孤独约等于自由，自由约等于幸福。

写诗，是抵达幸福的捷径。

二十三

三大艺术，都不约而同地走向了自由。

诗歌，从精致唯美、格律严整的古典诗词，走到了放任不羁的新诗。

音乐，从正襟危坐的歌剧、京剧、交响乐，到赤着上身的摇滚。

绘画，从细节逼真而题材宏大的古典油画到粗暴狂野的后印象派、立体主义。

到杜尚完全摧毁了艺术的壁垒，到安迪•沃霍尔进一步将艺术平民化。

我们不需要再纠结于什么是艺术、什么是诗歌了。

我们需要做的只是在自己喜欢的领域，把喜欢的风格做到极致，做到自己不再喜欢为止。

二十四

新诗也有节奏和旋律。

这种节奏和旋律，和我们日常的说话相吻合，和我们的心跳与呼吸相吻合。

亲切自然的富有烟火气息的口语的普及，也就是人们通常说的说人话，我称之为汉语新诗成熟的最主要标志。这种语言，经过高度提炼后，她去除了暴力的口号成分，不再是在高高的主席台上的振臂高呼。她去除了装腔作势的炫耀成分，不需要在高高的舞台戏剧化地表演。她去除了晦涩隔膜的翻译成分，不需要西装革履打着领结用专业的播音腔高声朗诵。她是雨夜里，在台灯下、黄酒边，看着对方的眼睛，轻轻地倾诉的。

倾诉的力量大于咆哮。咆哮会让世界更加喧嚣，而倾诉能让世界安静下来。倾诉能让警察和偷面包的人，成为朋友。

因为倾诉，小烟对生活对未来，重拾信心和勇气。

二十五

经常把自己关在十五楼的宿舍里。

把窗帘也拉起。

好些日子不下楼。

醒来就喝咖啡。最好的精力，总是用于写诗。

两三个小时后，精神涣散了，用于看书。精神最差的时候，用于琐事和消遣。为了好睡，为了下次醒来不用立即吃饭而浪费最好的精力，我会吃完饭马上又睡，如此循环，不舍昼夜。向死而生，会懂珍惜和感恩。向死而写，会舍不得取一次快递，舍不得每一个没有微信和电话宁静如蓝色果冻的夜。这样写诗，对生命和生活的磨损相当大。

你得有一具耐磨的躯体。

你还得有一个无怨无悔的小烟。

你还得有一辆，等在楼下的樱花树下的摩托车。

二十六

“是知其不可为而为之者与。”

“虽千万人，吾往矣。”

这是我心目中真正的英雄，或者，真正的诗人。

二十七

封面和封底，是两扇铁门。

进去了，不能出来，书，就是监狱。

好奇心，是进门的钥匙。

怀疑精神，是出门的钥匙。

二十八

如果因为真诚，招来耻笑；如果因为写诗，招来伤害。

我选择真诚地写下去。

二十九

小烟，害怕的时候，读我的诗吧。

我的诗，像城外的公墓一样，有这个时代稀缺的宁静、忏悔和宽恕。

摩托车与诗

一 狂野与便宜，是摩托车与诗的共同点

象征着狂野、激情、冒险的摩托车，暗合我对诗歌的追求。诗歌是生命的艺术，切肤的生活体验、切身的田野调查不可或缺。大自然有着书本和想象力无法抵达的神秘与神奇。闭门写作，再大的天才，都会越写越苍白，为了掩饰，不得不在语言上敷粉描眉画唇喷香水，于是，越写越虚，越写越隔，越写越假。让行尸走肉的日子恢复生机，让文字发出腥膻和激素的气息，让诗歌像野兽一样咬人，是我一次又一次以摩托为马、行游天下的主要原因。摩托车上，有马背才有的风雨、阳光、江湖、跌宕、流离和壮烈，而摩托却没有马的贪婪、蹶蹄和泪眼，它会在楼下等半个月，不需要你喂草，直到后座落满鸟粪和樱花，直到你突然发现自己的麻木和重复。半夜下楼来，不需要备鞍，绑上背包，跨上去，油门在手刹车在脚，自己掌控方向和速度的感觉，让肾上腺素陡升。十七升的大油箱，线条圆润，像马的背阔肌，充满力量，捏离合、挂挡、开灯，雪白的光，剑一样锐利，逼着黑夜从中间让出一条 6 米宽的大路。

二　为什么是一个人？为什么是摩托车？

很少与人同行，原因有八：其一，大家都很精明，很少能找到和你一样傻的同伴；其二，不想承担别人的风险；其三，喜欢孤独，觉得孤独是自由和幸福的近义词；其四，一个人说得少了，想的自然就多了；其五，我的生活节奏和别人不搭，经常昼伏夜出，而且每两小时要休息一次；其六，他人，即监狱；其七，我的审美，与别人不同，别人认为美的，我可能认为俗，别人认为坏的，我可能认为好；其八，觉得一个人可以应付深雪、深夜或者四只饿狼或者两个大汉。很多人劝我用轿车代替摩托车，我说等我老去再说。轿车是个移动的家，可以在车上睡，适合度假旅行，但不适合采风旅行。在四季如春的空调里，隔着挡风玻璃看外面，如同看电视一样，是平面的，感觉不到世态的沧桑和人情的冷暖，风物仅仅停留在视觉上，于一个应该替万物代言的写作者来讲，这种隔岸观火的采风效率是很低的。而在摩托车上，感觉是3D甚至4D的，风霜雨雪都在身上，有时候还会砭入肌肤，进入骨髓，甚至抵达内心。进入内心的风物，往往更容易诉诸笔端。况且，开着轿车去田间地头聊天采访，本就胆小如惊弓之鸟的那些人，看到一副省里来人的派头，也不容易说心里话。这次在如东县，保安将摩托车拦在黄海大桥头，自己索性下了海堤，找了块水泥板睡觉。一觉醒来，发现海中的风力发电机似曾相识，打电话向朋友求证，果然来过这里，当时有小车接送，有海鲜大宴，竟然全忘记了，而这次骑车，吹了半天的海风，淋了零星的海雨，受了两次呵斥，想忘记都很难，回来果然写了《水手歌》《黄海歌》等几首诗。开轿车会特别担心路况、担心车坏，摩托车不管那么多，路不好，骑慢点；路断了，请人抬；车坏了，就修；修不好，请人修；无人区请不到人，丢掉就是，反正不贵。所以，骑上摩托车就感觉没有什么可以阻挡了，除了国界。幸好有国界，要不然，我现在不会老老实实上班开会，而会一路骑着摩托车，出秦岭，出葱岭，在恒河流域盘桓半年之久，然后继续西行。我会取下头盔，让头发在风中散乱如鬃毛，我会在东非大草原上像雄狮一样狂奔，转角牛羚慌忙奔逃，超车时，会拍拍它们的屁股——我追赶的是乞力马扎罗的落日。

三　经历了艰辛的快乐，才值得倾诉

城市是人类欲望的集中地，在这里，我们已经将大自然改造得面目全非，很多事物失去了本来的面貌。工业时代的城市，还多少保留着一些金属质感的诗意；信息化的城市，则充斥着轻薄的、一次性的、日新月异的、高科技的事物，原则上，这些与对抗时间追求永恒的诗歌是相反的，所以越先进越高科技的题材越难出好诗，越先进越大的都市，越难出好诗人。向着大自然的方向，长途跋涉，去寻找诗意生存的土壤，去探求事物的本质，是想写通透诗歌的作者必须经历的艰辛。比如说食物，在城市里变成了美食，讲究热量低、糖分低，色香味要俱全，还要有豪华的包厢以及周到的服务，继而，进食变成了饭局、社交或者会议。但在柴达木的沙尘暴中，在进退两难之际，从摩托车箱里，取出一根牛肉干嚼着，它不仅止饿，还让你放松，给你补充体力和信心——还有一大袋呢，一星期都饿不死。水也一样，在城市里，两块钱一瓶的水，经常没喝完也把瓶子递给收垃圾的老大娘。在若羌的 218 国道上，蒸发量极大，四十度的沙漠热风抱着你吸水，车速 70 迈，还是大汗淋漓，水刚喝完没一会儿又会渴，忍着不喝，渴极了再灌一瓶下去，这时，感觉水是鲜美的、是生命之源，还能给你以胆量，一尾箱的水，让你敢一个人往天山公路走。也曾经写过火的诗歌，总也不满意，在城市里，火就炒炒菜、点点蚊香。那次骑车去海南，气温降到零度以下，在麻阳地段手指和脚掌冷得痛，头脑也因为体温过低，出现疲惫模糊的状况，经验告诉我，必须停下来了。当火焰从木柴缝里蹿出来的时候，你感觉它是有生命的，像爱情一样，需要呵护，长大了，会像情人一样，往你怀里钻。火，不仅带来了温暖和光明，还带来了希望，不仅能赶走寒冷和黑暗，还能赶走恐惧和孤独。你就理解了，为什么我们的祖先会把火当成图腾来崇拜——回来就写出了想要的《火赋》。在城市里生活久了，日复一日，往前望，少年触手可及，往后望，老年指日可待。予取予求的网络、梦幻泡影的人生，会让人失重和无聊，特别是在人潮人海的步行街中，经常感觉到这个世界多你一个不多，少你一个不少——活着，没有任何意义，甚至，连意思都快没有了。当你骑摩托车，突围而去，停在壮美无边的荒野里，举目四望的时候，深寒、饥渴、孤独、疼痛，这些切肤的艰辛，让感官完全复苏，你的活着，是真实不虚的、是独一无二的、是顶天立地的、是不可或缺的。

四　不要同情我，我在怜悯世界

骑摩托旅行，有荣耀也会有尴尬，所以得放下面子。面子，就是别人对你的看法，越在意，越证明你的虚伪和懦弱。面子厚到一定程度，就成了面具。取下面具之后，你会发现，笑起来可以如此简单。一路上，有人把我当成骑士，也有人当成收旧手机换脸盆的、找零工的、收葵花的、牧羊的，甚至有人认为我是偷车贼。在云南弥渡，一个卖烧烤的，还以为我是毒贩，只有毒贩才会在凌晨四点骑摩托赶路，收钱的时候还叫我放心，不会报警。当成乞丐是最经常的事，骑摩托车累了就得睡，进了剑阁，在一个卷帘门关着的门面前水泥地上和衣而睡，还没睡着，听到一群人围着我评头论足。四川话每一个词我都听得懂——挺可怜的，是不是没钱了？不会生病了吧？看我坐起来才散去。一个小超市女店主，拿了矿泉水和面包给我，问我哪里不舒服要不要叫医生，我说不需要，她叫我继续睡。一会儿有一群小孩过来——是不是死了？有个胆大的，用羽毛球拍拨弄我的头巾，再也无法睡了，只得坐起来另觅他处。还有一次在哈密服务区醒来，坐在角落里嚼馕，一个姓宋的高速收费员，问我要不要稀饭，我说好啊，他真从食堂里给我打了碗稀饭，我两口就喝光了，他又给我打了一碗，还带了一瓶牛奶。我问他要不要钱，他说："不用，是来新疆摘棉花的吧，这么远，你们挣点钱也不容易。"在如东的海边看石缝里探头探脑的螃蟹，一辆小车停在海堤上，下来两个大汉，大声训斥，说："这是私人养殖场——马上把捡到的东西扔回去，快点滚，要不然叫你们工地上的老板拿钱来领人。"我马上把手中的石头扔回海里，老老实实地滚了。疫情防控期间，在广西崇左的一个农村公交站休息，还被一老人打电话叫了警察，幸好我听得懂粤语，在警察到来之前，溜之大吉……一直记得你是谁、去哪里、做什么，当方向感强大到一定程度，当沿这个方向走得足够远足够久的时候，你会改变别人的看法。不过这时候，不叫面子，叫荣耀了。

五　愿路，保佑行吟者

在公路上，我不信任何事物，每个司机都有犯错的时候，每辆车上了公路，都自动成为大杀伤力的武器，哪怕是电动的三轮车。每次骑摩托车出远门，我会像骑士出征一样慎重，出发前，会去北门冲，一大家人陪母亲吃一顿饭。每次出远门回来，都有凯旋的成就感，也会去北门冲，一大家人陪母亲吃顿饭。其实，我的车技很糟糕，风险稍有些不可控的路，就不敢走，不过脸皮厚，弥补了技术的不足，我愿意满脸微笑地请别人骑或者推甚至抬，每次都能过关。（风物美好简洁的荒原，本身就是画室、美院，人心会受到熏陶，不管是游客还是本地人，大多很单纯。）我尽量抵制速度的诱惑，一般不超过 80 迈，和汽车一样遵守交规，半夜无人的十字路口，也要等红灯变绿。长时间没有犯错，也会轻狂，这时候，我会到网上搜搜车祸视频，那是血肉横飞的教科书。饶是如此，我还是犯了不少错，还好，都是路烂低速的时候摔车，很少受伤。最近一次，我带妻子飞到拉萨，买了新车豪哥。这也是我唯一的一次，不是为了采风，只是单纯地为了让她圆梦的长途摩旅。一路没做笔记，全身心地驾车。一个人出事不要紧，我死在路上，因为热爱，死得其所，无怨无悔。她是无辜的，而且还是一家的寄托、孩子的未来。在石棉去泸州的路段，遇塌方，通车之际，我性急，加速超车，路面的薄泥突然打滑，车轮狂甩，往侧面冲去，想抢过方向，四百多斤的重量，根本无法。侧面是岩壁，就撞了，是迎面的大货车也撞了，是千丈悬崖，也下去了，哪怕是护栏或者排水沟，也会落得人车俱伤，却偏偏是一堆红泥，人和车都陷进去了，人和车都脏了，人和车都毫发无损。想想都后怕，说以后不带她出来了。她还难过了一段时间，不过到公园里休息了一会儿就好了，一起经历过生死，没有什么不能包容和理解的了。十天后，抵达北门冲，熄火，打下撑架，拔出钥匙，看到母亲和二姐的时候，我长舒了一口气。当后座有人把生命托付给你的时候，要慎之又慎。骑摩托车，半夜在大街上，故意轰大油门，带着女朋友走“之”字路，是少年对骑士精神的误解。

六　我的摩托会唱歌

旧摩托车修好了，舍不得卖，于是同时拥有两辆摩托车，像两兄弟一样同时停在楼下的樱花树下。这给我增加了不小的困难，于是每次外出，必须选择一辆，放弃一辆。一辆是阿飞，雅马哈飞致 150 型的，两年多跑了 7 万多公里，轻灵急躁，还真像个年轻人；一辆是豪爵铃木 250 型的，上个月在拉萨买的，刚跑了 5000 公里，厚重，稳妥，我叫他豪哥。和别人的车不同，这两辆车都在车龙头上装了对蓝牙音响，小小的，窝窝头一样，一百块一对，但很实用，可以导航，可以听音乐。修车的师傅认为耗电，一度还取掉了，我叫他重新装上。他不知道音乐的力量，有时堪比一支军队，能帮我对抗黑夜、风雨、疲惫。特别是那些渗入内心的音乐，能让一条索然无味的夜路变得五线谱一样既有节奏又有旋律，也能将一棵棵迎面而来的胡杨变成一个个已经远去的故人，能让通往叶城的 315 国道，变成通往童年的归途。音乐都会听腻，所以得变换着听。我的手机里有十多个歌单——怀旧的、粤语的、经典的、英文的，有电影音乐配乐专辑，有迈克尔·杰克逊的专辑，有交响乐专辑。最近特别迷恋柴可夫斯基的音乐，《如歌的行板》华丽的忧伤，《D 大调第一小提琴协奏曲》华丽的呻吟，特别是《悲怆交响曲》第一乐章，压抑沉闷乌云下，那段宽广的亮丽的地平线一样的旋律，让人怦然心动；第二乐章，像一个不肯服输的巨人，艰难喘息，反复挣扎，反复失败，同我对命运的看法完全一致，以至于最近生出了去西伯利亚去高加索骑几个月摩托的想法。两辆车都一样，用电胶布和透明胶混合缠绕固定小音响，非常难看，但足够稳固。

七 害怕，是一种美德

在城市里，我们越来越自负，认为高科技能征服一切，除了死亡，再没有别的害怕的事物了。常常看到很多才华满纸的写作，飘忽变幻，魂不守舍，多是没有敬畏之故。有敬畏，方有尊重。尊重自然，尊重生命，尊重自由，尊重万物，是诗歌的根。经常半夜骑车，离开万家灯火，走到万山深处，在没有灯光污染的月色里，害怕就会袭来，众生在黑暗中，有光的发光，没光的发声，无声无光的事物，发出不祥的阴寒，那种唯我独尊的人类骄傲病，便会有所收敛。经常看惊悚电影，每次看完，发现自己还在，世界还在，眼前的一切，都有失而复得的宝贵之感，这时，心更加敏感，琴弦一样，轻轻一拨就动。一个人的旅途中，会有各种各样的害怕。有一次，在塔克拉玛干深处的胡杨林里睡觉，树叶安静，沙苇安静，天蓝沙黄，色彩纯净，突然就害怕起来，连忙起来逃走了，至今也不知道害怕什么，但我尊重内心，害怕能避凶趋吉，上天让你害怕一定是有理由的。还有一次，晚六点多，在塔里木盆地的 315 国道 896 公里线牌处，第一次见到了活的沙尘暴，移动很慢。开始不以为意，一旦进入风暴内部，才体会到沙尘暴的破坏力，用一挡勉强骑了几百米，根本稳不住，停下来，打撑架，摩托车停不稳，到背风处，还是不稳，找了一些砖头两边撑住才稳住了。等风停，一个小时风不停，两个小时不停，体温下降越来越快，把所有御寒的衣服都用上了，还是冷。想办法，收集一些砖头和石块，在低洼处靠坎砌了一个一米高类似于猪圈的挡风室，但风从上面来，就没办法了，体温依然在下降。经验告诉我，这样下去很危险，会导致意识模糊，人在意识模糊下，会做一些错误的决策，而这种恶劣的环境，容错率是非常低的。等到十点，觉得保命要紧，把车扔下了，把提不动的行李扔下了。风太大，走都走不稳，内心里已经非常害怕，如果风一直不停的话，就会冻死在这里。边走边祈祷，祈祷快点找到住处，祈祷风快点停。祈祷是有力量的，让害怕减弱了许多。祈祷是有力量的，一个多小时之后，找到了一家集装箱做的旅店，凌晨四点，风停了。接下来，就是魔鬼城南八仙路段，这里岩石富含铁质，地磁强，常使指南针失灵，因为曾失踪了八位女勘探队员而得名。我甚至想，尸体应该还在，如果她们自己不吃的话，实在没有什么吃她们。这里除了盐碱地之外，什么都没有，老鼠、苍蝇、蚂蚁……鸟也没有，云都没有，只有无边无际的让人越来越害怕的白，骨灰一样的白。骑一个小时，没有人烟；骑两个小时，也没有人烟；骑了大半天，还是没有人烟。烈日当空，满世界都是阳光，这是最让我害怕的。没有一片阴影可以乘凉，万一中暑的话，就凶多吉少了，所以，连拍照都不敢多拍，怕停下来万一发不动车，怕停下来，颅内温度升高。想睡了，喝咖啡也不起作用了，强行支撑。终于，在茫崖沙漠，看到路边有一辆大货车，司机在驾驶室里抽烟，便停下来，厚着脸皮问："在你车轮下休息半个小时行不行？实在太累了。"他觉得不可思议，我告诉他，车轮下才有阴影，才不会中暑。得到了允许，才敢睡。要不然，我睡着了，他开动了车就麻烦了。

八　都市的孤儿，荒原的赤子

很少再掏钱买门票看景区了，一路上，更多的是追求心动。相比于视觉美，心动的愉悦更深刻、更有力量，持续时间也更久。2018 年 8 月，在柴达木的 315 国道上经历了沙尘暴之后，过阿尔金山，山谷中开始有了溪水和芦苇，不知为什么，整个人就崩溃了。想起生命中来来去去的人，想起一些早已忘却的事，觉得再怎么珍惜，都到了中年，再怎么不舍，那些我爱的人和爱我的人，都一一离我而去，属于我的，只有这一路走不到尽头的孤独和无边无际的悲凉，像当年在水泥厂那个受了委屈的少年一样号啕大哭了十多公里。信任大自然如同信任一位仁厚的先知，痛哭是我的倾诉和忏悔，而大自然自会赐给我无边的抚慰和安宁，这是我多年来一直热爱大自然并反复地深入大自然的主要原因。同样的情形，在 2019 年 8 月走沙漠公路的时候也发生过，那寸草不生的辽阔，感觉像走到了天的尽头、命的尽头，属于自己的，只有荒凉和空，走着走着，就泪流满面了。泪水风干之后，又有了强大的信心和方向感。那次竟然离开了大路，沿着一条沥青路深入二十多公里。没有了红柳护路，风生出了恶意，吹着沙线在路上蛇形蜿蜒，满目苍黄，四野俱寂，骑得很慢，也不敢乱停，在“死亡之海”塔克拉玛干沙漠的腹地，任何意外都可能致命。翻过了一座又一座的沙丘，奇迹般地出现了一个湖，黄沙圈着的湖，两百公顷左右，青绿带着微蓝，是我钟爱的色彩。水中有小鱼，清晰可见。岛上和湖边，疏朗地长着树巅泛着紫红的红柳、翠绿的胡杨、青葱的芦苇。肯定不会辜负了这么好的水，脱掉衣服，想想，裤子全部脱了，走下去，水温适中，水底是细沙，尝了一口，是淡水。此刻，叫我虚构一个天堂，风物色调也不过如此。爬上沙丘，在沙漠中裸奔，沙子虽软，但很烫，五分钟之后，脚掌就受不了，跑回来，跳入水中，惊起汽车大的水花和一群灰色的沙鸥。不过瘾，又爬上去，向另一个方向裸奔，一脚踩虚，踉跄一下没稳住，结结实实摔倒在地，你会发现沙漠的善意，她像母亲一样接住你，一点都不让你疼，爬起来，加大了难度系数，又跳下，“啪”——水像父亲一样，把你稳稳地接住了，顺便给你的屁股扇了一巴掌。

九　诗意地栖居，让生命开始与众不同

把大部分的时间和精力用于我喜欢的人和事上，方不辜负了这千百万年来的唯一的一次生命。2017 年离开了北京，鸟回到了天空，先后进行了十四次长途的骑行。第一次，2017 年 3 月 18 日，在大理租了一辆电瓶车，

边走边充电，从大理走剑川，抵兰坪，顺澜沧江，落脚表村，过老窝，经永平，再回到大理，五天行程1000多公里，写了诗歌《宿澜沧江》《在漾濞》等，有个散文，现在决定废弃了。第二次，3月底在昆明借了一辆踏板车，骑到乌蒙山，写了篇散文《乌蒙山和金沙水》，文字还是轻浮，也准备废了。第三次，是4月底，借了一辆踏板摩托，环行湖南，写了《楚歌》《春雨赋》等诗歌。第四次，是5月17日，骑马穿越三大草原，写了散文《与张二棍骑马旅行记》以及诗歌《最后的骑士》《北方》等。第五次，是7月初到8月初，在拉萨买了第一辆男式摩托车，走巴青、丁青、怒江、沧源、西双版纳、百色，回湖南，行程5340公里，不仅写了《穿越青藏高原和云贵高原的雨季》《石头颂》《死亡颂》《孤独辞》等诗歌，还有一篇散文《每一场雨，都是天意》。第六次，2018年寒假，1月9日，经两广，环游海南岛，写《火赋》《太平洋》《大雪赋》《摩托车赋》诸诗，有人托我投稿，我顺便给自己也投了，没想到得了三万块钱。第七次，暑假7月，换了雅马哈阿飞，走四大盆地，走315国道、218国道、天山公路，这次的诗歌比较多，有《青海辞》《出塞歌》《荒原歌》《繁花》《行吟者》等。第八次，8月底9月初，去重庆卖书，去昭通参加诗会，写散文《石龙河之夜》。第九次，是2019年寒假，1月16日去云南昆明、楚雄、大理、普洱，沿途讲课七场，这次萌发了边旅行边传播诗歌的想法。第十次，2019年暑假是从6月30日开始到8月25日结束的“问大地”的旅行。第十一次，是2020年3月，在疫情最严重期间，走两广，写散文《游离者》。第十二次，4月带妻子去林芝，没去成，到了稻城和凉山，写散文《横断山歌》以及诗歌《横断辞》《凉山辞》等。第十三次，6月下江南，阿飞老是熄火，狼狈而回，其过程大多写在长诗《梅雨赋》里，因其狼狈，反而收获挺多，短诗有《女人是海边的灯塔》《蕉溪谣》《雕花楼记》《如果那些云都是绵羊就好》《太仓辞》等等，沿途还讲了几堂课。第十四次，是今年 8 月，带妻子飞到拉萨，本来打算租车的，后来觉得不合算，买了新车“豪哥”。行程 3900 公里到家，这是唯一的一次，不想采风，只陪她玩长途摩旅。没想到也写了几首短诗《雅鲁藏布江歌》《色达歌》《越西辞》。最磅礴的一次，是第十次，行程 12000 公里。沿途还做了九次诗歌讲座，这个时代充满了对诗歌和诗人的误解与诽谤，需要澄清，人们对诗意地栖居有所忽略，需要强调，我觉得这是一种功德。一路上写了《七行》《昆仑山上的致辞》《愿死在路上》《塔克拉玛干沙漠的水井房》等诗歌，还有篇散文《独自骑摩托车走新藏公路的纪录》……这些回忆，像陈酿的酒一样，替我软化着钢筋水泥的人世，而这些文字，在别人看来和工地上的碎石一样没什么区别，却是我从遥远的地方用摩托车驮过来的，是我的宝贝，我用它来补天。

十　赋予意义以意义

四季不为意义更替，星辰不为意义运转，意义是人类自己赋予的。随着年纪的增大，体力、好奇心和激情在大幅度地磨损。今年暑假，也就是江苏女大学生黄雨蒙被野兽吃掉的那几天，我也打算去可可西里。越走越乏味，越走越无力，到了花垣县，看到天边十几层楼高的黑云堆里，不时刺出来的闪电，想想又可能有一场暴雨埋伏在前面，再想想家里空调房里的妻子、冰箱里的荔枝，何必呢？何苦呢？于是掉转了车头。还有一次，跑到龙山县，想想后面来凤、咸丰诸县，去年才走过，到了可可西里又怎么样？无非是从荒谬走到荒芜，从孤独走到更庞大的孤独，有什么意义呢？又回了。还有很多次，走到城郊，所有的弯道后面的风景，都已背得，觉得无处可去，不如回去看球或者打球。这次去黄海，到长沙住宿时，虚无感又来了，多次想不如回去看看书，后来一狠心，连夜把自己扔到了江西，才打消回转的念头。行路难，行路难，最难的不是缺时间，也不是缺钱，而是缺一条让自己心动的路。时间可以挤，钱可以借，而路的缺乏，让人束手无策。最近，在尝试改变——挣脱习惯区，可以防止生锈或者腐败，这是我的人生经验。按捺住狂野，让心沉静下来，发现故乡也有很多路可以走，哪怕是走了多遍的老路，也有很多细微的变化，晚上走和白天走不同，春天走和秋天走也不同，甚至同一天走，同样的雨天，来和去，都有很多意想不到的变化。从张家界到永顺，走了好几百回了，喝点咖啡，放点音乐，也还能走出很多独特的细节来，因此还写了一篇散文《骑摩托从张家界到永顺》。这次去黄海，因为水灾走了一段回头路，觉得也挺好，知道哪里有休息的亭子，哪里有好吃的大碗饭。还特意绕了路，去长江边的湖口县，因为那里有个小邹摩托车维修店，店里扳手从大到小，摆得一丝不乱，像是卖工具的，而且手艺也很细腻，别人不愿修的保险杠，他用非常耗时耗力的钳工技术，一点一点校好，收费还不贵。当时，他在大雨里披着雨衣给别人修车，像一个穿着大褂在动手术的主治医生。我叫他换机油、整电路，他转过头来，竟然还记得那个从湖南跑去看海的我，但没想到半个月后还会再见，看到他惊喜的表情，来回 60 公里的冒雨驾车，就有了意义。

十一　一首诗，十年事；一生事，一首诗

一直想写首诗，向摩托车致谢、致敬。二十多年前，没有工作，姐夫买了辆三轮摩托，叫我替他开，那是我开的第一辆摩托车。拉客赶乡场，一块钱一个人，总坏，没赶几场就跑不动了，常在半路要退别人的车钱，焦头烂额之际，没心情，写了几句就扔了。我拥有的第一辆两轮摩托是踏

板车，2008 年，八百块买的，后视镜缺了一个，也经常坏，我称之为犟驴，骑着它看遍了永顺的山水，于是为它写了一首深情的诗《犟驴》。过了一年再看，语言过于散文化，所谓的深情其实是矫情，扔掉，连同犟驴一起。后来，环行湖南，穿梭黔鄂，深入乌蒙，穷尽湘西，因为想说的情绪，积累得不够充分，一直没写出满意的摩托车诗。不急，对于写诗，我有恋人一样的热爱和耐心。2017 年 7 月 3 日，第五次长途骑行，在拉萨买了一辆本田新大洲 150 摩托车，这是我拥有的第一辆男式摩托车，那一次，行程 5340 公里。这次想好了要写首摩托车的诗，谁知写着写着就离题千里，便改名叫《穿越青藏高原和云贵高原的雨季》了。寒假，第六次长途骑行，有了些感觉，去海南回来，3 月 14 日，完成了初稿《摩托车赋》。凭我的资质，这么长的作品，肯定不能一步到位。暑假，换了一辆雅马哈飞致 150 型摩托车，往西北偏北，做了第七次长途骑行，回来，再看这首《摩托车赋》，缺点一目了然，主要是细节不够充分。信息量不够的诗，会不自觉地用炫目的语言来掩盖。再改，因为走得足够久、足够远，素材足够多，这次经过筛选，留下的差不多是我想要的干货了，年底定稿。回过头去才发现，这首诗从计划写到去年完成，断断续续用了十年。或租，或借，或买，换了七辆摩托（那辆环行大理怒江的电瓶车不算在内）。行程 6 万多公里，相当于绕赤道一圈半。我享受这种人力无法掌控的写诗的过程，因其艰难，一旦得到，更觉宝贵。然而，耗时最久、最难写的一首诗，不是这首《摩托车赋》，而是我的生命——这也是最想写好的诗，写出诚意来不够，写出灵动来不够，写出厚味来依然不够，我还想写出壮丽来。

十二　羡慕玄奘，拥有一条那么动人的路

以下是我写的《摩托车赋》:“至少 / 还有一条路 / 尾巴一样 / 默默地跟着你 // 买辆摩托车 / 可以追上青藏的季风 / 追上怒江 / 如果路足够好 / 可以追上 / 轻狂的少年 // 好的路 / 健康而有野性 / 有石头 / 水坑和蜥蜴 / 有暴雨和彩虹 / 会往人烟稀少的地方钻 / 不停地加减挡 / 不停地变向 / 好的路，能让驾驶变成创作 / 好的路，有细节 / 有悬念 / 还有惊喜 // 好路上 / 你能找到多年前 / 在草籽花的田埂上 / 开铁环的快乐 // 好的路 / 会保佑行人 / 好的摩托车 / 会保佑骑手 / 好的骑手 / 会把摩托车 / 停在樱花树下 // 一万公里后 / 摩托车产生了意识 / 两万公里后 / 产生了情感 / 巴青的雨夜 / 洪水涨到了油箱 / 它驮着你冲过激流的样子 / 像极了冲过 / 鳄鱼河 / 也要迁徙的角马 // 你的旅行 / 其实就是迁徙 / 是大地在召唤 / 所以你告诉她 / 可以祝福 / 可以祈祷 / 但不要阻拦 // 路，穿过椰树林 / 把你从阴森的乱坟堆里 / 接了出去 // 三万公里 / 就得换车了 / 修车的樊世忠说 / 摩托车被你买走 / 是不幸的 / 他从后胎 / 拔出一颗两寸的钉子 // 三万公里后 / 摩托车产生了意志 / 风雨中 / 铝合金的意志 / 驮着虚弱的你 / 一路向南 / 你所需要做的 / 只是控制方向、速度 / 和思念而已 // 摩托车也分雌雄 / 女式的是雌性 / 体质纤弱一些 / 然而，一个女子骑着女式摩托 / 轻易地超过了你 / 没牌照，没头盔 / 长发散乱 / 在鹦哥岭 / 像山鬼骑着她的雌豹 / 怎么也追不上 // 一个动人的目的 / 能让一条不好的路变好 // 五十多公里后 / 当车灯变成注视 / 当你以为 / 会发生故事的时候 / 她转入人民北路不见了 / 你停在董棕下 / 发现人海 / 比太平洋还要辽阔 / 还要荒凉 // 路，渐渐老化 / 渐渐僵硬 / 开始顺从围杆 / 摩托车慢了下来 / 尽量避开 / 裂缝和坑洼 / 那是路的伤口 // 把你送到木兰湾 / 路，一头扎进了太平洋 // 虚无感 / 像暮色一样 / 吞没了

沙滩上那对 / 并肩而坐的恋人 / 也吞没了 / 你和摩托车 // 羡慕起玄奘来 / 拥有那样一条动人的路 / 能让自己走十七年 / 死八十一回。”

智齿

一

军队指挥对乐队指挥说，我们的人数差不多，你征服了那么多城市，而我一个小镇也征服不了。乐队指挥说，你至少可以征服我。军队的指挥，用指挥刀指挥着乐队的指挥，脚步渐渐地有了节奏，军队渐渐走成了乐队。军队指挥惊讶地发现，每一个军人都会唱歌，每一样兵器都是乐器，钢盔敲出了爵士鼓的节奏，钢枪敲出了钢琴的脆响。军队指挥挥起了指挥刀，乐队指挥举起了指挥棒。指挥刀是精钢打造，长 1.2 米，重 3 千克，呈弧形，张力十足。指挥棒由硬桦木制造，长 40 厘米，重 14 克。在我的诗歌里，指挥棒将架住指挥刀，并发出悦耳的钢琴声。

二

高铁上、公交车上、火车站里，那些屏幕和广播里的语言，都像不锈钢一样冰冷、坚硬。

记忆中的母语不是这样的。

在摇篮里、在火炕边，母亲不是这样教我们说话的。

因为搞建设，街上刷了一面白墙，纸一样白，看来会在上面写字。要是我，会写上陆游和唐婉的《钗头凤》。如果太长了，我就写我的一句诗“不爱的人，我赠她以黄金。爱的人，我赠她以白云”。总之，关于爱情的诗句，能让保护着吊车、粉尘和噪声的白墙，变得不那么令人反感。但最后写出来的是“遵守交通法光荣，违反交通法可耻”。

大红的加粗的黑体字，斩钉截铁，强壮有力，正确工整。

让人无可辩驳。

二

那些举重若轻的作品，总让我羡慕不已。

何谓举重若轻?

看看狮牙上叼的小狮子、鳄鱼嘴里叼的鳄鱼蛋就知道了。

四

经常写得灰头土脸。有时候，写得焦头烂额。有时候，甚至写出了穷途末路的感觉。经常有人说我写得很垃圾，劝我别写了。我知道他们是出于好心，在此，我劝他们别劝了。曾经试过放下，然后，无聊、虚无、茫然甚至绝望都来了。不写诗的日子，整个人就是一具失魂落魄的行尸走肉。觉得做什么都不对，然后，什么都做不好。继续写，就像吃了灵丹妙药一样，什么都好了。好不容易在冰凉的人世，找到一样热爱的事物，我再也不会松手了。我害怕此生平庸，胜过害怕贫穷和羞辱，胜过害怕沙尘暴，胜过害怕死神。

五

《红楼梦》是诗人的小说。是诗意，是尊重自由、尊重生命的诗歌精神，让《红楼梦》如此伟大。前八十回的黛玉葬花、晴雯撕扇、龄官画蔷、香菱学诗、晴雯勇补雀毛裘、湘云醉卧芍药荫、贾宝玉踏雪寻梅、黛玉和湘云月夜联诗，有些是充满诗意的重情薄利的行为艺术，后四十回，都没有了。前八十回的《葬花吟》《秋窗风雨夕》《桃花行》《好了歌》《好了歌解》《芙蓉女儿诔》，后面也一应俱无，所以味同嚼蜡在所难免。把《红楼梦》中的诗歌单剔出来，曹雪芹亦是清诗大家。贾宝玉在太虚幻境听到的十四支曲子，被我看成文字版的《命运交响曲》。

以创新观念、创新技术、创新门派、创新道路为目的艺术，在杜尚、安迪·沃霍尔完全打破了艺术的边界之后，已经再无新意。我觉得，艺术是时候重新回归生命了。表达生命，是艺术接近永恒的法则。凡·高的画，为什么每次都能让我久久地凝视、久久地感动？我想是他曾经做过牧师的缘故。受够了现代性，受够了解构，受够了意识流和无厘头，受够了什么都不确定，我想用我的文字，营造一些确定的让人信赖的事物，去接近遥远或者永恒，如凡·高的《星空》，如贝多芬的《第九交响曲》，如柴可夫斯基的《第六交响曲》，如李煜的《相见欢·林花谢了春红》，如杜甫的《秋兴八首》，如曹雪芹的《红楼梦》。我想写出宗教般的庄严感。

六

古典主义时期，诗人是人类的先知，如今变成了时代的智齿。

没有用，总在不合时宜的时候，带着红肿和剧痛出来。

这是诗人的悲哀，也将是人类的悲剧。

哲学家都懂得了沉默，为何诗人还在企图言说那些不可言说的事物？

七

假设末日半年后来到，你会怎么活？

和现在一样地活。

2021 年 8 月底，骑车 7000 公里，去北国看秋。一个人走，一个人看，不发微信，不联系任何人，一个人泪水满眶，一个人欣喜若狂，一个人风雨仓皇。以前说过，孤独约等于自由，约等于幸福，现在我觉得，孤独就是自由就是幸福。这一年里，身体状态无法遏制地往下滑，带来了心态上的紧迫，觉得死神的脚步更近了，自己得加快速度往前跑了。所以，越来越图简单、图省事，只想尽快尽量把时间和精力用于喜欢的人和事上，至于值与不值、别人的看法和说法，已经很少在我的考虑范围内了。还好，妻子和儿子都理解我，并给我提供了很多帮助，我得以把百分之八十以上的精力都用于诗歌。前几天，我说要去张家界写作，做 2021 年的年终总结。妻子说明天过完生日再去吧，我说心慌，等不及了。牛年，四十七岁生日，是一个人在柳园 1501 宿舍过的。那天，我只是粗暴地做了个水煮腊鱼。鱼很大，已经切好，所以炒几锅铲，倒两瓢水，然后去电脑前等水开。花五分钟做，可以吃两三天。对我来说，一个人成天什么都不用管能单纯地写诗就是最奢侈的生日宴会。有的汉字，是有色香味的；有的诗歌，是可以发出轻微的烛光的。我收到的礼物是六十四首可以拿出手的诗歌。编了新诗集之后，身心都空了软了，一度只敢写写散文，以为才力用尽，再也写不出满意的诗歌了，没想到还能写。

还能写！只有自己知道，这也是我人生中最大的事件。它让我可以继续在这个没有答案的世界上寻找答案，在没有意义的生命里寻找意义。

八

人把黑字赶进了茫茫的白纸，牧羊人把羊群赶进茫茫的大地。

和黑山羊一样，有些字也有角，也爱顶撞，也爱交配。

牧羊人用皮鞭，把羊一只不少地赶回了家。

有些字不听话，再也没有回到纸上，诗人还在满世界苦苦地寻找。

九

反复是有力量的。所以，大部分的古典音乐和流行音乐，都会把高潮部分，多重复几次。谎言反复一千遍，还是谎言。谎言反复一万遍，就可能变成事实。谎言反复十万遍，就可能变成希望。谎言反复一百万遍，就可以变成信仰。她说，想要我骑摩托带她去西藏，我说危险，不带。她只反复了三次，我就动摇了；第四遍，就答应了。喜欢在诗歌里用反复的手法，这也是我难以克服的毛病。

十

谈到喜欢与爱的时候，任何人都会出现偏见。写诗，就是与喜欢与爱打交道的行业，每个人都会出现偏见，甚至幻觉，所以我认为，反省能力是仅次于热爱的、写诗必备的第二大天赋。最近，经常这样告诫自己：一、全身心投入地写，诚恳地写，不走捷径地写；二、写源于生命内部和生存现场的诗歌；三、把诗歌往隽永方向写；四、怀疑任何权威；五、把健康放在第一位，有一个健康的身体，才能保证体力和精力，才能保证内心的敏感。

十一

强迫自己走出舒适区，走出习惯区，换身份、换环境、换节奏、换书看、换心态。你的生活若在原来的单位原来的小区一成不变，你再怎么才华横溢，写作都会重复。要不重复，就只能虚构。虚构过度或者过多，就会空会飘。没有生命感，就没有生命力。有生命感的诗，才会进入我们的生命，活在我们的身体里，并时常在我们的日常生活中跳出来，干涉影响我们的说话、行为和思考。2022 年虎年，是我的本命年。因为采风，两度遇险。一次在青海看黄河，路窄，大货车弯道超大货车，我进入下坡弯道，才发现已经无路可走。靠着护栏，刹住摩托，看着大货车对着自己冲来，无法弃车，无法跳坎，只能听天由命，超车的大货车不减速反加速，在最后的关头，超过另一辆车，打得一点方向，擦着我的车龙头呼啸而过。想想，如果货车司机，稍加迟疑或者减速，我可能就血肉模糊了。还有一次就是前几天，腊月二十八，在乡间，被倒车的货车撞下十多米的高坎，滚木一样滚下来，电影里面经常出现被自己嘲讽的巧合，在现实中被我遇上了。在下面最凶险的垂直部分，一根葛藤绊住了我的脚，仅绊住的脚踝轻微扭伤，连医院都没有去。感谢苍天对我的眷顾和提醒，以后骑车会更加谨慎，但我不会放弃长途骑行的采风。爱我所爱，恨我所恨。以自己喜欢的方式，追逐自己想要的人生，是我珍惜生命的方式。

十二

你心目中的天堂是什么样子？ ——樱花树上，结满枇杷、蟠桃和芒果；鲑鱼比枫叶还多还红，捞上来就能吃，漩涡里，漂着生姜、葱花；石头上流着的是啤酒和葡萄酒，再往上游走一点，是茅台酒；水牛在酣睡，臀部一拧就下来了，七成熟；每个人都不用上班，每个人都长生不老；爱的人，打个电话就可以查到，再打个电话就会过来……那么，你心目中的地狱，是什么样子？——如上所述。我爱人间，就是因为她的不完美。我写诗，也是因为人间的不完美。

十三

坚持诚实、正直、干净，你将付出惨重的代价。

但你将得到自由。

坚持写诗，也是如此。

十四

自己立法如下，俟绝望之际自律。

无论何时，无论何地，无论何苦，无论何辜，不得自杀。

违者，以杀人罪论处。

你忍心杀一个将你从绝望中拯救出来的诗人吗?

他一生，连黄瓜都没偷过。

十五

我将汉语新诗的发展分成三个阶段：第一阶段，汉语新诗的探索期（1919—1980）。这一阶段，从无到有，面对十面埋伏，诗人们左冲右突，再大的天才也只能做探路者和铺路者的工作。或全盘西化，或食古不化，语言有明显的不足，真诚度、自然度、精简度都做得不够好，或直白，或高亢，或口号，或唯美，或生硬，能对抗时间的佳作极少。连鲁迅都觉得不值，诗人和同时代的小说家散文家相比，不值一提。第二阶段，汉语新诗的发展期（1980—2000）。个别天才的诗人，找到了方向、途径、自信，作品没有了明显的缺点，真正的好作品开始零星诞生，还有容易被专家忽视的辉煌的流行音乐的词作家，那些优秀的词作，感染力不逊于诗歌。第三阶段，汉语新诗的成熟期（2000— ）。汉语新诗的方向、途径、自信在诗人圈得到了普及。新诗以真诚为基础，以口语、以倾诉为主要表现形式，以尊重生命、尊重自我、尊重自由、尊重自然为精神的向度，确立了多元的审美标准，好诗人成批地涌现，好诗歌成批地涌现，但这些作品和诗人暂没有得到社会的承认，因此影响力远远和其质量不匹配。当然还会有第四阶段——汉语新诗的全盛期。汉语新诗的方向、途径、自信在读者大众中得到了普及，好作品好诗人得到社会的承认，影响力将直追唐宋。当然还会有第五阶段，汉语新诗的衰败期。至于是重新走向格律，还是走向智能机器写作，抑或成为人类文明的陪葬品，就不得而知了。

十六

表达自然，是口语之所以先进的主要理由。

当新奇与自然相冲突的时候，我选择自然。

没有新奇的自然，诗歌有可能会平庸。

没有自然的新奇，诗歌经常会让人恶心。

市场经济、混沌学、自由自我，人类种种大势，都是道法自然。

十七

读欧美当下的诗歌，感觉不过瘾。可能是生活过于安逸，少了跌宕和爱恨，把诗往哲学处写，往心理学处写，往修辞学处写，往无病呻吟处写，在所难免。读唐诗宋词，也觉得不过瘾，精彩的读了太多次，读全集又觉得思想多有雷同，多有虚伪应酬之作。很多时候，在微信上读好友读同行的作品感觉更痛快。世人认为这是个诗歌比中国男子足球队还烂的时代，我却认为比我们经常怀念的 80 年代好。写诗没人看、没人管、没钱赚，于是这里杂草茂盛、生机盎然、野性十足。据说，最近有开发商看中了这里，墙上画了圆圈，圈里写了“拆”字。有铲车司机已经接到通知，有园艺师已经准备好了剪刀、电锯和除草剂。

十八

见过一个老男人，守在棺材铺，看木匠打自己的棺材。

当时很想知道，看着自己高价买的木材，一点点成为自己想要的棺材，是开心多一些，还是悲凉多一些。读自己的诗集，我知道了——开心多得多，就像千山万水千回万转之后，终于看到了故乡。

诗集就是棺材，也是木材做的，也装着自己千辛万苦的一生。

只不过薄一些而已。

十九

很多诗歌大师越写到最后，越靠近宗教、越靠近哲学。

诗歌与宗教和哲学殊途同归，但不能互相代替。

当诗歌成了传播宗教或者诠释哲学的工具，诗歌就死了。

诗歌高于哲学和宗教。

如果我是上帝，会选择以诗歌为代表的美学，指导人类文明的方向。

病人

一

沉默的时候，请递给我一碗水。

冷的。

二

医院里，妻陪儿子排队。

我在椅子上等。天色很暗，玻璃可以当镜子看。

我知道，椅子上，那个中年的男人，也需要看医生。

三

这几天下班回来，我都会在楼下叫一声。

像一块石头投进池塘一样，必然会有反应。灰白的窗帘，会掀开左下角，露出一张眼睛弯弯的笑脸。一分钟过后，门便会打开，儿子会像天使一样，带领我走上二楼。穿过那个狭窄的过道，气温会骤升，里面，妻子会整整齐齐地摆着几碟热气腾腾的湖南菜。他们陪我过年，正月初二就会走，要不然买不到火车票。

能放下的都放下了，陪他们逛公园、市场、画展、庙会。

人山人海、张灯结彩中，他们只是放开一下我的手，去买方便面或者别的东西。

心里的痛，便会像春笋一样拱。

四

医书上说，痛，是身体的警报。警告你有伤，或者病。

痛有十二级，所以，一年要有十二个月。

医书上说，第十二级最痛，如分娩，所以，十二月最冷。

所以，内心如水的张心平大哥，于十二月，死于火中。

五

像带着一个半透明的气球，在儿子身边，我担心所有尖锐的事物。

包括滑冰橇的一头尖如利矛的铁杆；包括，他和我写字的笔。

六

像一棵杨树。

树梢上，心形的叶片能感知天上一点微风的丢失。

神经一样的根须，能体会到大地深处，一只蝼蛄的挖掘和撕咬。

有人说这是一种过敏症，有人说这是精神上的洁癖。

也有人说，是偏执狂的早期。

七

医院里，妻和儿子还在排队。

外面的路灯亮了，镜子，又透成了玻璃。

对面椅子上那个中年的男人，东张西望，不停地看手机。

他害怕医院像害怕法院一样。

八

和大地、苍天一样，儿子不知防备、不知争斗、不知反抗。

他们的现状和未来，是我大部分的痛的根源。

在公园滑冰的时候，有人用尖锐的铁杆扎在了儿子的脸上。

血止住后，他依然快乐地滑冰。

他不知道，那里离他的眼睛，不足两寸。

九

悲观，已渗入了骨髓。

喜欢落日，甚于晨曦；喜欢秋，甚于春；喜欢李煜，甚于李白；喜欢张爱玲，甚于章子怡；喜欢塞外的草枯风疾，甚于江南的绿肥红瘦；喜欢一个人静静地喝咖啡，甚于一大桌人的狂欢；喜欢旧的、怀念，甚于新的，甚于憧憬。

还像小孩一样，经常流泪，看电影的时候，看书的时候，离别的时候。上午，看到一则新闻，一个农民工骑摩托车，前面驮着儿子，后面驮着妻子，走了 3000 公里回家过年，禁不住热泪盈眶。

泪水的洗涤能力，有时候，比洗洁精还强。

十

天，完全黑下来了，孩子开始读诗。

苏东坡的《江城子》。“十年生死两茫茫，不思量，自难忘。千里孤坟，无处话凄凉。”考一中，考大学，当警察，当特种兵，他的梦，在一个个破灭，破得那么早、那么干脆。希望通神的、无所不能的诗歌能帮助到他。

他读得异乎寻常地艰难，但很认真，脸上还有微笑。显然，他没有意识到这首词的惊心动魄，也没有意识到正在找水的父亲身体里有什么东西在滑动，也许是结石。

还好，这几天，又萌生了一个当画家的梦。

希望能持续得久一些。

十一

地铁站口，早餐摊上。

买粥的时候，丈夫说：“今天准备得少，只剩下饼子了。”

我警觉起来：“明天，还会不会有？”

“不会了，卖完就回老家过年了。”

“过完年，还来不来？”我追问。

“不来了，”他的妻子幽幽地道，“这里房租贵，生意不好做。”

离别，于人生，如这个城市的早餐摊一样，每走一小段，就有一个。

十二

“你有病啊？这把年纪了，还一个人在外闯荡。”

“你是不是有病啊？成天担心那些不着边际的事物。”

“不和你说了，你脑子里有毛病。”

——很多次，很多人，对我说过类似的话。

十三

散文，是我的呻吟。

诗歌，是急促一点的呻吟。

多谢了，多谢余秀华

一

余秀华一直想感谢我。

来北京参加朗诵会的时候，提了一些鸡蛋。

二

在人间，一个诗人写不出痛感，我认为是不道德的。

“喜欢余秀华的诗，因为我也是农村长大的，因为也曾不管不顾，也曾痛彻心扉，也被世俗抓住头发在墙上磕。更重要的是，她的诗，放在中国女诗人的诗歌中，就像把杀人犯放在一群大家闺秀里一样醒目——别人都穿戴整齐、涂着脂粉、喷着香水，白纸黑字，闻不出一点汗味，唯独她烟熏火燎、泥沙俱下，字与字之间，还有明显的血污。”

三

《我养的狗，叫小巫》，是我最喜欢的一首。

“我跛出院子的时候，它跟着 / 我们走过菜园，走过田埂，向北，去外婆家 // 我跌倒在田沟里，它摇着尾巴 / 我伸手过去，它把我手上的血舔干净 // 他喝醉了酒，他说在北京有一个女人 / 比我好看。没有活路的时候，他们就去跳舞 / 他喜欢跳舞的女人 / 喜欢看她们的屁股摇来摇去 / 他说，她们会叫床，声音好听。不像我一声不吭 / 还总是蒙着脸 // 我一声不吭地吃饭 / 喊小巫，小巫，把一些肉块丢给它 / 它摇着尾巴，快乐地叫着 // 他揪着我的头发，把我往墙上磕的时候 / 小巫不停地摇着尾巴 / 对于一个不怕疼的人，他无能为力 // 我们走到了外婆屋后 / 才想起，她已经死去多年”

这种面无表情的叙事，让我立马想到雷平阳的名作《杀狗的过程》，虽然不动声色，但纸上已风雷暗涌。“我们走到了外婆屋后 / 才想起，她已经死去多年”，结句看似闲笔，其实留的空间很大，这也是余诗高出一般叙事诗的地方——“我”已经没有了魂，“我”连个倾诉的人都没有了。

在人民大学的教室里，余秀华摇摇晃晃地走上讲台。她费了很大的劲才站稳，她口齿不清，她的手在颤抖，她的全身都在颤抖。当她读到“他揪着我的头发，把我往墙上磕的时候 / 小巫不停地摇着尾巴 / 对于一个不怕疼的人，他无能为力”的时候，很多人落泪了。

头磕在砖墙上的声音，和心跳的声音，其实很类似。

四

反复地告诉余秀华，其实她应该感谢诗歌。或者说，我应该感谢她。

不是谦辞。她这样的作者，让编辑有了成就感和幸福感。我非常害怕，老了没有值得回忆的事情，打发那些没人理会被人嫌弃的日子。编辑余秀华的诗歌，无疑是很多年之后，可以在槐树下，向我的孙女反复吹嘘的记忆。

五

办公室不能睡午觉，下午一点多，往往是最疲倦的时候。

独自在博客上百无聊赖地翻。

余秀华的诗，像一针强心剂，让我精神陡增。我先给她留言，说："我是《诗刊》编辑，看了你的诗歌，想认识你，请加我的 QQ。"没等她回复，便在她的博客里选起来，一直弄到六点半。选完了，填稿签："一个无法劳作的脑瘫患者，/ 却有着常人莫及的语言天才，/ 不管不顾的爱，刻骨铭心的痛，/ 让她的文字像饱壮的谷粒一样，充满重量和力量，/ 让人对上天和女人，肃然起敬。"心情好的时候，写稿签，我会像写诗一样，分行排列。因为抑制不住激动，等不及例行的报稿日期，第二天就交了二审，并破例地说了一句话："这是我看到的 70 后女诗人中写得最好的之一。"二审、三审很快就通过了。因为当期来不及组织名家评论，领导吩咐写一篇编后记，于是有了那篇抒情的《诗歌，是人间的药》。

她加了我的 QQ。开始还装模作样地告诉她，稿子有可能过，有可能不能过。后来，实在忍不住了，便告诉她："你准备好红吧。"那时候，她的诗歌还没发表出来，她当然不会相信，但我相信。因为我知道，这个诗坛最缺少什么；这个时代，缺少什么。而她正是补这个缺的人。当然，我所说的红，只不过是诗歌圈里都知道有这么一个人，根本没想到她的影响力会超出诗歌圈之外。

杂志出来后，同事彭敏又在《诗刊》博客上和《诗刊》微信平台推出，然后就是一波接一波的转载潮。《诗刊》编辑部主任谢建平，觉得这样一个写诗者很不容易，于是策划了以余秀华为主的五个写作者的“日常生活，惊心动魄”朗诵会。其间，各个大媒体开始密集关注。

于是，余秀华真的红了。

六

那些鸡蛋让我想到了王家卫的《东邪西毒》。

张学友主演的洪七，会为一篮子鸡蛋杀人，还因此丢掉了一根手指。而张国荣演的欧阳锋从来不会，所以欧阳锋只是个杀手，而洪七成了大侠。侠客，拿起笔的时候，往往就是诗人。我也在底层默默地写了十多年，知道一个诗人有多么不容易。杀人我不在行，但可以做一些力所能及的事。比如说，在寒风中接站，比如说，送她们转地铁，比如说请她们吃早餐，比如说尽力推广她的诗歌。

鸡蛋，有时候很有象征意义。

人们经常拿来跟石头碰的，就是这东西。

七

几千年来，诗歌在中国，有类似于宗教的教化作用。

屈原、陶渊明、李白、杜甫、苏东坡，也成了全民族的偶像。可是，进入20世纪90年代以后，这个民族开始疏远诗歌。诗人本身，难辞其咎。海子的自杀、顾城的杀人，以及各种光怪陆离的诗歌行为层出不穷，让诗人成了阴暗变态的代名词，更加上诗歌的晦涩难懂，诗变成了让人难以接近甚至反感的文体。以至于诗人被一再边缘化，以至于在聊天中，有人敢承认自己赌博、自慰甚至嫖娼，却不敢承认自己写诗了。

经济发展了，物质满足了，但幸福还没有到来。人们在反思中发现，这个时代最缺少的不是粮食、石油、住房和钱，而是真诚的诗意。于是，在这个曾经以诗立国的国度里，人们开始往回找寻诗意地栖居在大地上的能力。所以，余秀华走红，有其偶然，也有其必然。是汉语成熟的必然结果，是中国新诗自发地回归传统、回归现实、回归大众后，必然的结果，是诗歌本身的走红。我觉得作为诗人和诗歌从业者，都应该感谢她。她让诗歌以一种比较有尊严的方式，重回到国人的生活中。她的诗歌读者，应该感谢她。

甚至，这片土地，也应该感谢她。

——不长诗意的土地，怎么好种菊花？埋骨头？

八

我可能是第一个采访她的，为了写编后记。

电话里，她的声音虽然很大，但咬字不准，于是改作 QQ 聊天。她说自己写字非常吃力，电脑打字好一些。生活在农村，不能干活，但能走路，只是吊着膀子，姿势怪异，表情也不太自然，所以，一出门就能收获同情的目光。她的内心，没有高墙、铜锁和狗，甚至连一道篱笆都没有，你可以轻易地就走进去，然后，可以放心大胆聊她的脑瘫，聊她的丈夫和孩子，聊她的爱情观，聊她的被打。她的智商不仅不低，反而很高，她还是省象棋队的队员。

“我相信死亡是公平的，”她笑道，“我相信我是幸福的。”

她的强大、她的力量、她的决绝与她的诗歌《我养的狗，叫小巫》里展现的完全一致。她的声音很好听，像剥了壳的青笋。

九

不再相信诗歌的教科书。在诗歌一线的工作过程中，我看到了太多不一样的东西。新世纪以来，新诗正在改良。诗人们开始先继承传统，再借鉴西方，而不是先继承西方，再借鉴传统。从《诗经》到楚辞，到唐诗、宋词、元曲，所沉淀下来的传统，成了当今中国新诗的魂，这种融入每一个中国人血液里的类似于基因的物质，也是最能触动中国人的内心的东西。不仅如此，诗人们还贴着生活去写，贴着大地去写，贴着内心去写。正因为如此，新汉语到今天，才算真正成熟。其标志就是去除了装腔作势的宣传成分，去除了佶屈聱牙的欧化成分，终于和我们老百姓日常的说话吻合了。现在我们的诗歌语言，和我们酒醉时说的、做爱时说的，完全是同一体系的。而以前的诗歌则是那种在大会上、舞台上、课堂上、聚光灯下说的话语体系，需要你衣冠楚楚地说、声若洪钟地说、隔靴搔痒地说。换句话说，现在的诗歌语言，能像酒醉后的朋友或者床上的爱人的对白一样，亲切，自然，真诚。这是一种完全从作者的内心里来、能到读者内心里去的正宗的汉语。这也是余秀华诗歌感人的根本原因。

另外，因为诗歌的边缘化，也从另一方面提升了诗歌的质量。坚持写下来的，为名为利的因素少很多，艺术的成分就自然地增加了。我们尊重古人，继承古人，但不要迷信古人。在我的阅读里，除了余秀华之外，优秀的诗人还有很多，我认为，近十年，中国的新诗成就，已经达到甚至超越了唐或者宋的十年。其实，这也很正常。我们的纸笔在进步，我们的发表渠道在进步，我们的语言和思想在解放，我们的写作人口在成百倍地增加。另外，还有全世界经典作品的技巧和经验供我们借鉴与运用，且这片大地上从未缺少过天才。我们正处于一个写诗的黄金时代，诗人们当下的写作已经由学习西方，变得中国化，是世界诗坛不可取代的独立的新力量，远远领先于步人后尘的小说、电影、音乐和绘画等艺术。但可笑的理论家和媒体，竟然把她和中国男子足球队相提并论。当然，羞辱诗人和诗歌，历来都是吸引眼球取得流量最安全的捷径之一。真正的诗人没有机会、没有精力甚至不屑于申辩。海上经常有沙丁鱼、金枪鱼、乌贼、鲨鱼、箭鱼、海象、海豚兴风作浪，但代表大海深度和广度的还是那些沉在水下的蓝鲸。

十

几乎每一个用灵魂写诗的、用生命写诗的人，都是一个勇士。

他们所得甚少，所舍甚多。他们必须与世俗、与潮流、与生活、与金钱和权力、与虚荣和堕落，甚至要与亲人和朋友战斗。余秀华，也不例外。

可以想象得到，村民会怎样嘲笑她，甚至可能会欺负她和她的父母。（在我们家乡，儿子少的家庭是没有话语权的。）可以想象，可能经常会有不懂事的学龄儿童，学她走路的样子、说话的样子，她可能气极了，想去追打，没走几步，别人已经蹿出了几丈。当她捡起泥块的时候，别人已不见了踪影，当她扔出去的时候，自己身形不稳又跌倒在路上。她要喂兔子。她的一首诗中，还写到她的兔子跑出来了，被一个无赖杀死，提着耳朵扬长而去。她毫无办法。她的小巫，要勇敢一些，扑上前去，也只是找找兔子而已。

她拿起了诗歌做武器，但不是报复，而是向命运和生活对她的不公，表示了轻蔑。她用诗歌传递给读者，她那我行我素的真诚以及对生命的信念。

我觉得这是这个时代稀缺的东西，也是我对她充满敬意的原因。

十一

谢建平私人掏钱请她们吃饭。

进入餐厅的时候，她的母亲稍好一点，余秀华很紧张。

在我们一再的坚持下，她和她的母亲，坐了餐桌的主位。

那个晚上，那里是整个世界的核心。

独坐菩萨岩

一

散文，是长一点的诗。

二

不仅形散，有时，神也散。不太讲究“前后照应，铺垫埋伏”“起承转合，过渡自然”“中心突出，主题明确”这些老师教的写作规矩，随心所欲，想到哪儿写到哪儿，写不下去了，就分节，另起一行再写，最后，用数字串成一个整体。最想在散文中体现两个字：自由。看的时候，从哪里看起都行，在哪里放下都行。

三

细细揣摩，散文和诗，又是有区别的。诗，是对饮，面前，是千夫所指的时候依然理解你信任你的那个男人或者女人。散文，是独坐，面前是人间缓缓升起的炊烟。诗，是行走或者狂奔，背景是落日、荒原和雪。散文，是万水千山走遍后的独坐，背景是父亲的坟墓和菩萨岩。

四

每天早上，洗一次头。每周，洗一次澡。每月，远远地行走一次，去乡间看风景，也看看农民兄弟的庄稼。每年，去一次菩萨岩，在父亲的坟前停一两个小时，忏悔或者自省，像菩萨岩的石头那样，相信人间和时间。希望，多年以后，干干净净地去大地的子宫里安睡，像在母亲的子宫里一样，不做一个噩梦。

五

或长，或短；或真，或半真；或写生活，或写行走，或写故事，或写情感，或写观点，或兼而有之——这本看似芜杂的书，其实只写了两个字：生命。

六

过年，去菩萨岩送亮，是一个重要的仪式。

砍完了坟周围的葛藤，修完了坟上的芭茅草和苍耳，奉上白酒和果点，燃了蜡烛和香纸，磕了头，便在石头上久久地坐着。风，有一阵没一阵的，不会很冷。前面就是陡坡，直下山脚，再走 300 米，可以看到家里的楼房、阳台和炊烟，背后就是坟墓。父亲的坟的左边，也是个坟，是空的，是母亲的新居（方言，新坟的意思）。母亲知道，我长期在外靠不住，一定要提前做好，才放心。石碑上的字都刻好了，只等着她的躯体填进去。

我是个野人，不知道什么时候什么原因会死在通往什么地方的路上。

这本书，是我提前做的新居。

里面，收殓着我的挣扎、我的爱、我的理想国。

七

希望这些纸，对得起那些树。

世间所有的秘密

一

擅长后悔，是这本诗歌自选集《世间所有的秘密》的来历之一。

一直想出一本让自己不再后悔的书。

二

除夕夜，他们边看春晚边打麻将边吃菠萝蜜，我悄悄对妻子说 :“心慌，想去张家界写作了。”元宵节，刚吃完团圆饭，我又对她说 :“心慌，想去张家界写作了。”两次，都有雨和烟花。一个人骑着摩托在漫天春雨和漫天烟花中赶路的时候，觉得人生也是一场盛大的花事。从永顺到张家界，89 公里。在永顺，他们叫我阿福，我微笑点头，圆润得体。到张家界，进了无事溪边的柳园 1501 房间，关上门，打上反锁，喝着咖啡，开始坐在电脑前修改诗歌的时候，就成了刘年——多疑、冲动、自大，笔下有刀斧，眼里不容沙。反复地修改，出了书的也改。大多数的修改，还是做减法，减掉冗长、做作，减掉戾气、恨意，减掉暗器和毒素，让诗歌往简洁、自然、野性、隽永方向去。与此同时，诗歌也在修改我，也是做减法，减掉社交、朋友、欲望和琐事，方向和诗歌大致一致，往简单、自然、随性处去。经常几天不下楼，只要米袋里有米，冰箱里有辣椒和干鱼。

三

天门山真好，每天都在那里。变幻的时代，有样旧物，等在原地，多少会让人心安一点。我会因她想到坚守、誓言、永远、永恒之类的人们越来越不肯说、越来越不肯写的大词。

某个早上，熬了个通宵，一无所获，想放松一下眼睛，走到窗口。

大雨中，那块高达 1518 多米的牌坊一样的巨石，竟然不见了。

四

感觉死神的脚步越来越近，是这本书来历之二。白发急剧增多，咖啡和茶越喝越浓，精力却越来越差，记忆力越来越差，好奇心、激情也越来越淡。某夜，带着惊喜，点开了一篇文章《有哪些经常熬夜但可以防止猝死的办法》，正文劈头盖脸两个斩钉截铁的大黑字——“没有”。无法戒掉夜，饮食没规律，又爱骑摩托长途旅行冒险，我觉得应该防一防猝不及防的死，于是，开始从头整理以前的诗歌。

五

前些年，只喜欢秋天的萧瑟，觉得春天太闹，脂粉味太浓，夏天长痱子，冬天又长冻疮。现在，四季都喜欢了，只要是时间都喜欢，失眠的垃圾时间也喜欢，巴不得一天有三十九个小时。晚上看书，点起了蜡烛。烛光比灯光要柔和得多，烛光下的万物，有古典油画般的明暗，而且那种垂泪的、越来越短的样子，很适合写诗和改诗。写不出来的时候，盯着她看，也不觉得刺眼，盯久了，她不好意思一样，会动一动。最近总爱念叨这两句诗，念经一样念 :“何当共剪西窗烛，却话巴山夜雨时。”“昼短苦夜长，何不秉烛游。”拿着蜡烛去找手机，经过镜子，惊了一惊——镜子里古典油画一般的，竟然是二十年前的父亲的脸，怯懦谨慎的表情都很像。不知哪里来了一阵风，焰苗摇起来，想起“人死如灯灭”的古话，连忙用手呵护，没来得及，蜡烛灭了，镜子和书架不见了，手不见了，自己不见了，整个世界都不见了，那一刻，我的慌张无人知晓。

六

如果上天允许我留下一件事物在我眷恋的人间，就目前的想法，我会毫不犹豫地留这本自选集《世间所有的秘密》。这本书是我前半生诗歌写作的总结。我花了半年的时间编辑，并进行了大量的修改。选的都是自己满意的诗歌。全书分四辑，三百七十七页，三百七十一首诗。很多朋友以为我是一个邋遢肮脏不修边幅的人，其实我是有洁癖的，这就是本沾染了洁癖的诗集——连序和跋都是自己的诗。让我惊喜的是湖南文艺出版社，除了字词的校对，竟然没有做任何删改。我喜欢改诗，发表的也改，成书的也改。这本书中的作品，以后再也不会改了。我准备松一口气，告别过去，好好地清零，以便轻松地面对未来的写作。想必，这些被我改怕的诗歌，也会松一口气了吧。

七

有杜鹃在人间的某处叫，无缘无故地叫，仿佛来自我的灵魂深处，反复地叫，啼血一样地叫，叫出了酸楚，叫出了咒怨。似乎在以一己之力，对抗雷声、雨声、水声、武陵山大道上重型卡车的呼啸。夜里两点，这座城市，都认输了，睡去了，它还在不依不饶地叫。据说这种杜鹃，就是衔枝填海的精卫鸟的原型。很喜欢先人的传说，夸父逐日、女娲补天、愚公移山、嫦娥奔月、刑天失头犹战，那时的英雄，只管爱与恨、对与错、是与非，不去管赚与亏、强与弱、生与死。夜里三点，我上床的时候，那只精卫鸟停止了叫唤。

八

天门山真的不见了。

被一座高大的新楼挡了。

九

如果这本书有一首主题诗，我会选这首《下辈子还当不当诗人》：“当！不学建材机械了，直接学诗当诗人 / 找不到好工作，做苦力也当 / 拿皇冠，换我诗人的头衔，都不干 / 看看盛唐的李家，富丽的宫殿 / 墙，比监狱还高，看守，比监狱还多 / 弑父淫母、杀兄灭子，比监狱还黑 / 若一个人骑着摩托走柴达木盆地 / 大内高手们，有一百种方式，让我的头 / 先于落日落下 // 不像当画家要买颜料，买画架、画布 / 当诗人还便宜，问服务员借

支圆珠笔 / 在餐巾纸上，就可以写出三千佳丽宫娥 / 三千里地山河，不用动干戈 // 最重要的是，诗人可以去做 / 上帝曾经做过，但又没有坚持下去的事 / 赋予丢弃的事物，以光芒 / 赋予沉默的事物，以倾诉，甚至召唤 / 赋予失魂落魄的，以灵魂 / 赋予漂泊的灵魂，以骨肉、体温和力量 / 赋予绝望的，以希望 。”

十

世界越来越虚化，渐渐地进入了梦幻泡影。

渐渐地摆脱了牛顿的万有引力。

渐渐地摆脱了爱因斯坦的星光和康德的道德律。

每个即将入眠的日子，都让我感到庆幸。

行吟者的一生

一

黄，是这一生的主色调。

黄昏一样荒芜，黄金一样冰凉。

二

这一生，感谢天和地。

感谢上天，给人间以报应和护佑，让我有所害怕、有所信赖、有所坚持。

大地，给了我无尽的学养，让我阅读四季、理解生死，让我喜欢上了落日、荒原和雪，让我迷上了燕麦、星辰、棕熊和鹰；大地，给了我无数的感动，很多到过的地名，都变成了人名，让我怀念，让我想再回去看看；大地，给了一条布满荆棘、落叶和风景的路，让我行走，让我狂奔，让我停下来，痴痴地回望。

等待和寻找，是这一生的主题。

三

这一生，有很多后悔。

最愧对的，是父亲和儿子。

还有一条狗，名叫大圣，第一锄头没敲死，在菜花里，转一圈，又回来了。

四

这一生，感谢这具肉体。

虽然黑、贱、粗糙、难看，但强壮有力，带着一颗这么倔强而沉重的灵魂，千山万水，千辛万苦，不管不顾，不舍不弃。

感谢这双眼睛，至今视力还很好，可以在最深最黑的夜，望见最远最暗的灯。

至今还有丰盈的泪水，洗我的悲和伤。

五

这一生，注定是个失败者。

世俗和时间两个对手，太过强大。

六

这一生，要感谢诗歌。

她像一个情人，陪我到天边、到天明。她从不嫌弃我的清贫，一起吃野果，一起睡草垛，一起承受他们的唾沫和石头。她像一个翻译家，能够让我和天、地、人进行交流。

她给万物涂上了一层温润的琥珀色。

孤独，因此显得壮丽和高贵。

七

这一生，我会回到靠水的木屋里。

每天做四件事：种菜、酿酒、喂鹅、等几个远来的朋友。

死神，是走在最后的那位。